有爱的青春陪伴者

偷吻荔枝

甜桃 // 著

江苏凤凰文艺出版社
JIANGSU PHOENIX LITERATURE AND
ART PUBLISHING

图书在版编目（CIP）数据

偷吻荔枝 / 甜桃著. -- 南京：江苏凤凰文艺出版社，2023.6
 ISBN 978-7-5594-7390-5

Ⅰ.①偷… Ⅱ.①甜… Ⅲ.①长篇小说－中国－当代 Ⅳ.①I247.5

中国版本图书馆CIP数据核字(2022)第242795号

偷吻荔枝

甜桃 著

责任编辑	王昕宁
特约编辑	周丽萍
责任校对	言 一
出版发行	江苏凤凰文艺出版社
	南京市中央路165号，邮编：210009
网　　址	http://www.jswenyi.com
印　　刷	长沙鸿发印务实业有限公司
开　　本	880mm×1230mm　1/32
印　　张	9.5
字　　数	287千字
版　　次	2023年6月第1版
印　　次	2023年6月第1次印刷
书　　号	ISBN 978-7-5594-7390-5
定　　价	45.80元

江苏凤凰文艺版图书凡印刷、装订错误，可向出版社调换，联系电话025-83280257

目 录
contents

001 / 第一章
初来乍到

031 / 第二章
情窦初开

050 / 第三章
暗生别扭

080 / 第四章
少女心事

107 / 第五章
触不可及

127 / 第六章
天各一方

158 / 第七章
不再坚持

174 / 第八章
重新开始

目 录
contents

186 / 第九章
　　　　再度相逢

213 / 第十章
　　　　别有用心

223 / 第十一章
　　　　以退为进

252 / 第十二章
　　　　那些秘密

261 / 第十三章
　　　　好久不见

271 / 番外一
　　　　情敌危机

279 / 番外二
　　　　心甘情愿

288 / 番外三
　　　　"哥哥"

第一章
初来乍到

黎明时分，窗外的天空渐渐泛起鱼肚白，车厢内的冷气开得很足，冻得白荔鼻尖冰凉。她紧了紧裤腿，仍有冷气窜入。

火车的过道里渐渐有人在走动，她的位置不好，靠着车门，离吸烟区很近。刺鼻呛人的烟味，伴随着饮水机的声音，在这样寂静的早晨显得尤为突兀。

泡面的味道很快就在空气中蔓延，"窸窸窣窣"的声音响起，车厢内的人们慢慢苏醒。

还有一个月就是白荔十四岁的生日。

此刻她独自坐在火车里奔赴陌生的城市，即将寄宿在勉强和她爸有点关系的朋友家里。

旁边的大爷还没醒，歪歪倒倒地将身体拧成奇怪的姿势，两条腿叉开，将桌下原本就不宽敞的空间搞得更加拥挤。

白荔将视线从窗外收回来，落在桌面上，从喝得半半拉拉的几个水瓶里，拿了属于自己的那瓶矿泉水。

她微微抬起酸涩的眼，看向晨曦中的城市。

远处的高楼直耸入云。

清晨，城市还没苏醒，到处散发着陌生气息。

她灌了几口水，才感觉疲惫稍微缓解。

包里的手机突然响了起来，白荔一怔，忙拿出来摁下接听键。

旁边的大爷被吵醒，神情不耐烦地看了她一眼。不过醒来以后，大爷倒是收了收腿，扭身向旁边躺靠。

接通电话，白荔还没来得及开口说话，电话那边的人抢先问出声："嘟嘟，到了没？"

"还没。"白荔瞥了眼窗外，天空中灰蒙蒙的雾气正在被日光一点点地驱散。

她压低声音说："才刚进市区。"

"嗯，你爸非要我打这个电话，他不放心。"钟陈怡说，"到了以后，会有人去接你。到时候你看一下路牌，要是有黑车贩子招呼你，别理知道吗？"

白荔应声："好。"

太久没说话，她嗓音很哑。

"还有一件事。"钟陈怡又嘱咐道，"去了人家家里以后，基本的礼貌要懂，碗筷卫生都要自己清洗打扫。"

白荔说："我知道，妈妈。"

钟陈怡说："别让人家挑你的毛病。"

忽然，电话那边的声音远了一些，白荔听到了男人的声音，在询问什么。钟陈怡回答了两声以后，又对准话筒说："嘟嘟，你还记不记得纪叔叔家的哥哥纪霖洲，小时候跟你玩过一段时间，比你大四岁。"钟陈怡说，"他现在高三复读，也住家里。反正你们平时也说不上什么话，你学你的。"

白荔视线微抬，日光毫无保留地落进车厢，在桌面投射出一道光影。

听到钟陈怡提起这位哥哥，一张清隽白净的冷淡面孔从记忆深处涌了出来。

那时候，还不到十岁的男生瘦削高挑，脸部线条棱角分明，黑眸澄澈明亮，只是脸颊蹭破了皮。

钟陈怡刚带着白荔改嫁给白军的那一年,白荔也跟着住进了大院。院里的孩子多,她这位"入侵者"自然不被喜欢,尤其是不被后爸的女儿白楚楚接受。小孩子们拉帮结派,白荔这位"外来者"自然被孤立,甚至被欺负。

他们欺负她的事情不少,比如捉虫子塞进她兜里,往她的裙底放死掉的麻雀之类的。起初白荔跟父母说过,只是钟陈怡那时候上班忙,也没当回事,三言两语就把她打发了。

于是大院里的小孩们变本加厉,把白荔关在空水缸里,还盖上木盖。缸里沉闷又窒息,夏天知了声阵阵,白荔几度晕厥过去。

纪霖洲就是这个时候出现的。

他逆着光,眉眼干净柔和,然后对她说:"没事,出来吧。"

从那之后有他在,别人便再也不敢欺负她。

眼底被日光刺痛,白荔收了视线。她低垂着眼,思绪渐渐回笼,于是她小声脱口而出:"哥哥人很好啊……"

"好什么啊,我听别人说他把头发染得五颜六色的,而且偏科严重到高考没考好又回来复读。"钟陈怡语气不好,"八成学习态度、品德都有问题,你一个小姑娘离他远点总没错。"

光是听电话里的声音,白荔就能想象到钟陈怡皱着脸,眉头紧锁的嫌弃模样。

于是她不想再争辩什么,抿了抿唇说:"知道了。"

"嘟嘟你记住,学习才是第一位。"钟陈怡千叮咛万嘱咐,"你不要忘记为了供你读书,我们费了多少力气,你绝对不能辜负我们的期望。"

声音透过话筒像是从很远的地方传来,越来越严厉,像是锋利的刀刃渐渐逼近。

从小到大这些话白荔听过很多,于是闷闷地应了声便再无波澜。

挂了电话,火车的速度逐渐慢了下来。

"咣哧——咣哧——"轨道与车轮的摩擦碰撞。

车厢内的哈欠声此起彼伏,"窸窸窣窣"的衣服摩擦声也响了起来,人们开始小声交谈。

白荔的余光掠过窗外耸立的高楼。

不知道哥哥他现在……变成了什么样,还记得她吗?

钟陈怡的话又从她心底冒出来。

从火车站出来,脱离了车站内的冷气,白荔仿佛闯入了温和的热浪里。

她推着行李箱,跟着涌动的人流出去,在约定的路牌下看到了一个四十岁左右、穿着工装的男人。

他风尘仆仆,像是刚从工地赶过来的,胡子拉碴,眼角的细纹遮掩不住,挽起的裤腿沾了些乌黑油渍。

看到白荔,男人先是一怔,又低头比对了手机相册里的照片。

"是嘟嘟吧?"男人转动着车钥匙的动作一停,看看面前个子矮小、面容稚嫩白净的小姑娘,"这多年没见,长得越来越好看了啊。哥嫂在家里等你呢。"

说完,见小姑娘满脸警惕的模样,男人笑了笑。

"放心,我可不是坏人。你满月酒的时候,我还抱过你呢。"男人递来手机给她看钟陈怡联系他的微信,又给钟陈怡打了通电话。

"陈怡姐,嘟嘟我接到了。嗯嗯嗯嗯,你放心。"

讲了几句话,男人把手机递给白荔:"你妈跟你说。"

白荔留意到男人粗糙的手指缝里都是茧子,然后听到了电话里钟陈怡的声音:"嘟嘟,我这边忙,你先跟他回去。等你到家,我再联系你。"

白荔紧绷的情绪在听到钟陈怡的声音后缓解了不少,她放下戒备,轻轻点头:"好。"

"怎么样,我不是坏人吧。"男人笑着,挂了电话以后调侃,"小丫头警惕性还挺高,不错。"

"以后叫我陈叔就行。"他抓了抓头发,笑得很憨厚。

白荔软声喊:"陈叔叔。"接着默默地拉着行李箱,跟着男人离开。

一路上,都是对方在说她在听,除非问到了学习上的问题,她才会回答两句。

"这次来是上高一吗？"陈叔叔问。

白荔点头："嗯。"

陈叔叔一边开车，一边回过头看她，震惊道："真厉害啊。我家孩子跟你差不多大，现在在还上初中呢。"他一顿，又叹口气，"天天就知道在学校里跟同学胡闹，也不知道能不能考上高中。"

白荔成绩优异，跳了两级被省重点高中破格录取。她自己并不觉得很厉害，比她优秀的大有人在，但周围的大人们每次听到她被破格录取的事，都是一脸艳羡地看着她父母。

车窗外，街道两旁的树飞掠而过，白荔敛眸。

她手指攥得很紧，对即将入住的寄宿家庭有些茫然，但对即将见到纪霖洲一事，她的心跳快得似乎有些离谱。

纪家离省重点高中很近，只隔了一条街。这也是当初钟陈怡为什么会选择送她过来的原因，而且寄宿费用很低，包吃住。

到达纪家门口后，那位送她过来的陈叔叔就离开了。

开门的是一位年轻女人，她腰间还系着围裙，一边招呼着白荔进来，一边弓身拿拖鞋。屋内饭菜的香气扑面而来。

"是嘟嘟吧？都长成大姑娘了。"

年轻女人是纪霖洲的妈妈蔡嘉禾。

她说完，身后有个高大的男人也走过来，笑着搭话："可不是嘛，小时候看着又瘦又小的，果然是女大十八变。"男人是纪霖洲的爸爸纪珩盛。

白荔没吭声。

过了一会儿，她才想起来钟陈怡的嘱咐，要叫人。

于是，她抿了抿唇，喊："叔叔阿姨好。"

"哎！客气什么！"蔡嘉禾越看这孩子越喜欢，拉着白荔的手就往屋里领。

"到了这儿，就跟到了自己家里一样。"纪珩盛也笑着说。

蔡嘉禾带着白荔在屋里转了一圈，看了看卧室。

之后白荔就乖巧地捧着水杯坐在沙发上。

蔡嘉禾笑眯眯地道:"等会儿霖洲补完课回来就开饭。你饿不饿?饿的话,先吃点水果。"说完,她塞了个苹果给白荔,"以后你就放心住这儿吧。你纪叔叔常年出差不在家,霖洲他弟在老家上学。霖洲那孩子天天也不着家,这家里就我和你,有什么事就直接跟阿姨说。"

白荔默默想起钟陈怡说的话:要乖巧,要懂事。

于是她礼貌地应了声,但又不知道说什么,干脆就窝在沙发上发呆。

其他人都去忙了,客厅瞬间就安静下来。

墙上的钟表指向"12"的时候,门突然被打开。门外的人还没进来,倒是先扔进来一颗脏兮兮的篮球。

"砰砰砰——"

篮球弹起来撞上停在客厅的自行车,自行车顿时"噼里啪啦"倒了。

蔡嘉禾皱着眉从厨房出来:"不是去补课了吗,又从哪儿拿的篮球?"

男生走进来,转身关上门,笑:"王鹏的。"

白荔闻声看过去。

男生个头高挑,黑色的双肩背包挂在略宽的肩膀上,肩宽腰窄,灰色的棉质短袖隐隐被薄汗打湿,宽阔的后背深一块浅一块。黑色的校服裤镶嵌着银色的裤缝线,校服裤改过,衬得双腿修长。

像是意识到什么,他突然回过身。

白荔撞进了一双漆黑的眸中。

他额前还覆着薄汗,眼眸深邃明亮,神情漫不经心。他扬起的下巴有着漂亮干净的弧度,薄唇微张,在看到她时有一瞬间的诧异。

细碎发梢贴合在额前,微光下泛着淡淡的银灰,越发衬出鼻梁白净高挺,白亮仿佛到能透出光。

白荔猛地蜷起手指,耳边顿时响起钟陈怡的话,他果然有了很大的变化啊……

白荔说不出心里是什么滋味,更多是拘谨。

然后,她听见他拖长了尾音问:"这是谁啊?"

"白荔。"蔡嘉禾说,"之前跟你说过的,你们小时候还一起玩呢。饭还要再等一会儿好,你先把东西收拾好。"

纪霖洲懒散地应了声，随后将双肩包甩在桌子上，手揣进裤兜，迈开长腿就朝白荔走来。

他神情浅淡，垂眸快速地瞥了她一眼，手臂一伸，从她身后的沙发上拿走一件短袖 T 恤。

白荔脸颊一热，还没来得及躲闪，纪霖洲就已经淡漠地转身离开。于是她默默地并紧膝盖，手掌蜷缩成拳。

随后他进了卧室，直到蔡嘉禾敲他的门让他赶紧出来吃饭，他才戴着耳机出来。

餐厅不大，坐四个人稍显拥挤。

纪霖洲一边吃饭，一边玩手机，被蔡嘉禾说了几句以后，他懒懒地抬眸："中午的菜做得不好吃。"

他一顿，撑着下巴问："怎么不下馆子？"

蔡嘉禾面上闪过一丝尴尬，瞪了他一眼："哪有客人第一天来家里就出去吃的。"

纪霖洲也不在意，看了看白荔后，又收回视线。

白荔一直闷头吃饭，连头都没怎么抬。

饭菜很香，但她实在没什么胃口，吃了小半碗就饱了。吃完，她帮忙收拾了碗筷后，就回了卧室。

"你去送点水果给嘟嘟，我看她刚才都没怎么吃饭，肯定是不好意思了。"蔡嘉禾一边洗着碗筷，一边对纪霖洲说道。

"这是什么情况啊？"纪霖洲懒散地倚靠着门，似笑非笑道，"我还得当保姆？"

蔡嘉禾瞪他："怎么说话呢？你要是不去，明天中午的零花钱别想要。你爸今晚出差，家里我说了算，你自己看着办吧。"

沉默片刻，纪霖洲单手揣进裤兜里，眼皮微抬，讨价还价："行啊，那我要三倍。"

门刚被敲响，便听到里面传来一声很轻软的"进"。

纪霖洲推开门。

白荔正趴在桌上复习功课。纪霖洲迈开长腿懒散地走进来，手里端着水果拼盘，抬腿把门一关。他瞥了眼桌面，突然闷笑出声："还挺用功。"

大概是他气场太强，白荔局促地站起来。

她轻咬着唇，也不敢抬头。

纪霖洲慢吞吞地走近。他个头比她高很多，稍微离近了些，身影就能笼着她。

他眼睛微眯，低笑一声："你们优等生都这么没礼貌吗？"

白荔一怔，慌忙抬起头。

纪霖洲骨节分明的手指敲敲桌面，慢条斯理道："见了哥哥都不喊？"

白荔慌张地绞着手指，目光稍抬，碰上他的视线后又拘谨地低下头，小声又不确定地说："哥哥？"

她嗓音细软，跟蚊子似的，听得不太真切。

十四岁的小姑娘，身高还不到纪霖洲的胸口。

"嗯。"纪霖洲浑不在意地应了声，随手放下果盘。

他没着急走，倚在桌角，双手自然地垂落插进兜里，盯着桌面铺平展开的卷子看了会儿。

卷面整洁干净，字迹很漂亮。每道题都细心地标注了解题步骤和知识点。旁边的错题本更是工工整整的。

纪霖洲沉思片刻，像是想到什么，饶有兴致道："你是跳级上的高一吧？"

他听蔡嘉禾念叨这事念叨得耳朵都起了茧子。

"嗯。"白荔应声，不知道他为什么会说这个，但还是老实回答。

他若有所思，笑道："小孩挺聪明的啊。"

白荔一怔："嗯？"

这话她该怎么回答，谦虚地表示还……行？

不过纪霖洲没给她回答的机会，他眼角微抬，语气自然随意："高三的卷子做过吗？"

"做、做过一点。"她闲着没事瞎做的，不过做错的题很多。

"可以，够用。"说完，纪霖洲迈开长腿，转身走了出去。

白荔没太明白他的意思，愣了几秒。

没一会儿，纪霖洲又走过来，手上拿着一张试卷，他将试卷扔到她面前。

是一张物理试卷。

不知道是什么时候发的，反正上面干干净净，一道题没动，倒是左上角写了名字和班级——

纪霖洲，高三（16）班。

除了页脚稍微折损了点，整张试卷看起来跟新的一样，还散发着淡淡的油墨味。

白荔诧异地看向他："这……"

他微微弓身，身影刚好笼着她。

"小孩，哥哥请你吃水果。"他眼睛微眯，嘴唇微掀，慢条斯理地讨价还价，"你不能做白眼狼对吧？"

两人靠得近了些，他身上传来清洌好闻的味道。

她的脸颊瞬间变得滚烫，有些不知所措地看着他："我……"

纪霖洲点了点卷子，眉眼稍挑，诱哄道："所以作业，是不是应该帮哥哥做做？"

空气安静了一秒。

他问："有问题？"

白荔愣住，半晌才呆呆地说："呃，没有。"

等纪霖洲走后，白荔坐在桌前拿起那张高三的物理试卷左看右看。她拿起笔，咬住笔帽，有些苦恼。

高三的物理试卷涉及的知识点很复杂，现在做高三的试卷，对她来说，还是很有一定难度的。

而且，白荔从没干过帮别人做作业这种事，她怕自己做错的题太多导致纪霖洲被骂。

于是她认认真真、勤勤恳恳地抱着书啃，一道题接着一道题地攻克，还特意把字迹写得很工整。

整整一个下午，她都在房间里闷头做题，连口水都没喝。还剩最后一道大题的时候,她感觉肩膀有些酸。

这道大题的知识点是高三的内容,她一时半会儿还真解决不了。

白荔伸了个懒腰,揉了揉困倦的眼。

她想着先去洗个澡,晚上再做。

白荔推开房门走出去,客厅里一个人都没有。黄昏的霞光洒满一室,看起来很温馨。空气中还残留着饭香。

白荔奇怪地看了一圈,室内寂静无声,掉根针都能听见。她的余光突然瞥到了门口贴的一张便利贴:

"嘟嘟,阿姨和叔叔有事,要很晚才能回来,晚饭已经做好了,就在冰箱里,记得吃饭哟!"

结尾处还画了个可爱的笑脸。

白荔把便利贴握在掌心,下意识地看向纪霖洲的房间。门关得严丝合缝,里面也没一丝声响。他应该不在家吧?

她收回视线,进了浴室,将内衣裤脱下来泡在盆里面,拧开水龙头。

热水很快就冲散了周身的疲惫,白茫茫的水汽氤氲一片,她额前的碎发也有些湿润。

水声渐停,白荔眯着眼朝置衣架摸了过去,手指来来回回地摸了几遍,空空如也。

她抹了把脸上的水,勉强撑开眼皮看过去,她的衣服不知什么时候掉到了地上。

白荔半蹲着,手指捏着衣角提了起来。"哗啦啦"一串水声,衣服都被泡湿了,肯定没法穿。她光着身子站在浴室里想了一会儿,还好这里面有条大浴巾,反正现在家里也没人,围着浴巾出去也不碍事。

这么一想,白荔用白色浴巾裹住自己,走到门口转动了门把手。

谁知道刚将门拉开一道缝隙,她整个人顿时不好了,像是被点了穴道一样僵在原地。

纪霖洲……他什么时候回来的?

还没等白荔反应过来,他便斜眼看了过来。

两个人的视线在空气中撞了个正着。

一瞬间,白荔只感觉血液逆流。

心脏差点就从嗓子眼里蹦出来,她反手"咣"地关上门,久久没缓过劲来。

这边,纪霖洲顿住的脚步稍稍移动,他将手里的书包扔到沙发上,然后漫不经心地进了卧室。

听到关门声,白荔吐出一口气,但心脏仍然"怦怦"加速跳动着。

一想到刚才的场景,她就不自觉地抬手捂住脸颊,掌心里一片滚烫。

好尴尬啊……她浑身不自在。

如果可以,她想找个地缝钻进去。

白荔在浴室里闷不作声地站了二十分钟。

她每次鼓起勇气想出去,但手指还没摸到门把手就立刻缩了回来,就这么来来回回,硬是耗到现在。

突然她听见开门的动静,然后有懒散的脚步声朝着浴室的方向过来,到浴室门口时停住。

隔着门,一道慵懒的男声响起,白荔窘得不行,小声说:"我……我马上出去。"

沉默片刻。

气氛令人窒息。

这样的场面会让她很社恐的呀。

浴室事件过后,白荔缩在房间里不出来,连晚饭都没出去吃,纪霖洲也没来找她。

时针已经指向"12",窗外漆黑一片。

白荔还趴在桌上学习,房间里只开了床头的小台灯。

她盯着面前的物理试卷看了半天,还在纠结该怎么给纪霖洲送过去。

还差一道题,她今晚应该能写完。

晚饭没吃,白荔抿着干燥的唇,打算出去喝水。

路过纪霖洲的房间门口时,微弱的光亮从门缝里漏出来,里面传来打游戏的声音。

"小龙团,过来。"

"纪哥,下路打起来了,过不去啊。"

她从餐桌上拿起水壶倒了杯水,刚喝了一口,下一秒,就见纪霖洲的房门突然打开。

他房间里的灯光蔓延出来,照亮了四周。

白荔被水呛到,视线一抬,刚好和纪霖洲的目光撞了个正着。

他眉目清朗,穿着宽松的灰色衬衫,肩宽腰窄,锁骨突出。下面是黑色篮球裤,松松垮垮,露出来笔直纤细的小腿。

白荔默默地收回视线。

纪霖洲走过去,从冰箱里拿了瓶可乐。

他修长的手指抠住易拉环,轻轻松松打开。他下巴微抬,仰着脖子灌了几口,喉结上下滚动。

路过白荔的时候,纪霖洲淡淡地瞥了她一眼,很自然地问:"卷子做得怎么样了?"

"啊……快、快做好了。"白荔差点咬到舌头。

闻言,他点头:"嗯,我明天上午要用。"

"知道了。"白荔跟受气的小媳妇似的,声音越来越小。

第二天一大早,蔡嘉禾就起来准备早饭。昨晚她回来的时候,纪珩盛已经在飞机上了,这次出差又是一年半载。纪珩盛干工程的,回家的次数确实少。

蔡嘉禾拎着油条回来,就看见白荔房间的门开着,瘦小的小姑娘背脊挺直,正坐在桌前背单词。

"嘟嘟,出来吃饭吧。"蔡嘉禾叫了她一声。

"好。"小姑娘乖巧地应道。

早餐很香,清粥、酱菜,还有油条。

到了饭桌前,白荔没动筷,而是安静地坐着。

蔡嘉禾瞧出来她的意思,便解释道:"不用等他,他每天起得很晚,根本不吃早饭,你吃你的。"

闻言,白荔才默默捧起粥来喝了一口。

临走前,她从卧室里拿出那张物理试卷,趁着蔡嘉禾不在客厅的工夫,悄悄地将试卷顺着门缝塞进纪霖洲的卧室才离开。

今天是白荔第一天入学,因为成绩优异,所以直接安排进了省重点高中的 A 班。

白荔到学校以后,就在班级门口安静地站着。大概是她看起来年纪很小,路过的几个学生频频回头,盯着她看了好半天。

有几个女生凑过来问她:"你是我们班新来的同学吗?"

"就是那个跳级来的?"

白荔点头说是。

一直到上课铃响,班主任杨书林过来领她进了班级,走廊里才安静下来。

教室里都是陌生的面孔,白荔做了个简短的自我介绍。但当杨书林说完她是跳了两级以后,班级里顿时响起一片唏嘘的声音。

"我想想,"杨书林扫了一圈教室,指了个靠窗的位置,"你去和江星序同桌。"

白荔看了眼那个叫江星序的女生。

全班只有江星序的旁边有空位,被老师安排了一个同桌,她看起来好像也不在意。她短发及肩,漂亮的鹅蛋脸,一双细眉微挑,抬起的杏眸闪过一丝凌厉的光。她板着脸,手里不停地转着圆珠笔,一副对谁都不爱搭理的模样。

白荔拎着书包走了过去。

江星序见她过来,就把原本放在她抽屉里的东西都拿出来放到自己的桌面,顺便挪了挪椅子,给她让出一些位置。

一上午的时间过得很快,A 班学习氛围好,上课时间基本没有说话、睡觉的。

到了最后一节化学课的时候,白荔在书包里翻昨晚写的卷子。

省重点高中每个学期开学都会进行模拟测验。但白荔因为有事耽搁了点时间,报到时间晚,没来得及参加,所以杨书林就私底下把卷子送给了她,让她跟着一起做做题。

结果白荔从书包里翻出卷子一打开,顿时傻眼了——卷面上写的都是物

理公式。她再仔细看了看，这卷子真是纪霖洲的。

"同学，你有什么问题吗？"化学老师推了推眼镜，在讲台上一眼就看到了白荔的小动作，于是紧皱眉头问道。

白荔说："老师，我没带……"

"那就两个人看一张，你和你同桌一起。"

白荔刚想开口，就见江星序把卷子推了过来。

她小声说："谢谢。"

江星序眉梢微挑，没说话。

窗外日头毒辣，蝉鸣声一阵接着一阵，叶梢都被晒得发蔫打卷。

教室里的同学趴倒一片，安安静静的，只有黑板前的物理老师捧着课本在讲题。他声音不大，也没什么起伏，时不时喝一口水。

"接下来，把物理卷子拿出来。"物理老师敲了敲讲台，"我说，你们都醒醒，起来看看黑板，没几天了同学们。

"现在还不抓紧时间，就知道睡觉。

"高考完了你们使劲睡，到时候绝对没人管你们。"

底下响起翻东西的声音，有同学问："老师你说的哪一张啊？"

"就我三天前发的那张物理卷子，让你们回去做的。"他摸了摸发量很少的脑门，说，"都做了吧？"

"做了。"

稀稀拉拉的声音十分懒散。

物理老师说："我现在检查，你们谁要是没做，就给我出去罚站，听懂了没？"

话音刚落，他背着手从讲台上走下来，手里还握着一把尺子。他走到哪儿就用尺子敲敲桌面："卷子拿出来，我检查。"

纪霖洲被同桌许博文推了推。他微抬眼，顺手从桌子里拿出卷子。

许博文瞥了纪霖洲一眼，压低的声音中难掩惊喜："纪哥你可以啊，这卷子做得……"

话没说完，他的声音戛然而止。

纪霖洲似笑非笑，身体懒散地向后一靠，从容道："接着夸啊，这卷子做得怎么了？"

"不太对劲吧。"许博文说，"嗨，我就说你怎么可能写得这么工整，你拿错卷子了，哥。"

一顿，他纳闷地问："这卷子是谁的啊？你弟的？"

纪霖洲眼眸微沉，看到了试卷上的化学题："我弟哪能写这么好的字。"

眼看着物理老师就要走过来，他也懒得装下去。

"纪霖洲，你的卷子呢？"

"没带。"他说。

物理老师哼了声："没带？我看你是没写吧。"

纪霖洲懒得解释。

物理老师指指教室门口："自己出去吧。

"别以为你每次物理成绩好就不用写作业。都复读了还不好好学，你还想复读几年？"

高三这栋楼是独立的，处于一个十分偏僻的角落。说是防止其他年级影响高三生学习，每一届高三生都会搬过来。

纪霖洲一只手插进兜里，另一只手搭在走廊的围栏上。

他的视线朝着远处瞥了瞥。

倏地，纪霖洲一怔。

他的视线里，有一道身影正朝这边跑过来。

小姑娘满脸通红，许是也看到他了，头立马低垂。

纪霖洲调整了一个姿势，散漫地趴在围栏上，注视着跑过来的白荔。

白荔气喘吁吁的，手里还拿着卷子，跑到他面前才小声说："哥哥，我弄错了，这个才是你的。"

纪霖洲看了她一会儿。

"怎么办？"他突然笑笑，学着她的语气，"哥哥已经被罚站了。"

"啊？"白荔有点慌。

话音刚落，教室里传出物理老师的声音，在寂静的走廊里格外明显。

"纪霖洲你真出息了啊，罚站都不老实，还在那儿插科打诨？"

被当众调侃,白荔哪还好意思待下去,于是她低着脑袋急忙把试卷往纪霖洲手上一塞,想赶紧走人,没想到动作太快,卷子轻飘飘地滑落,盖在了纪霖洲篮球鞋的鞋面上。

白荔刚想弯腰去捡,就见一道身影先一步弯了下去。

纪霖洲不徐不疾地俯低身体捡起试卷,瞥了眼卷面。字迹整洁板正,而且能看出来每道题是认认真真地写的。

他难得地关心了点别的问题:"现在不是上课时间吗,你偷偷跑出来的?"

说到这个,白荔红着脸,十分羞愧地说:"我、我借口肚子疼。"

纪霖洲被她的反应逗笑,像是觉得挺有意思,眉眼稍抬,若有所思道:"小孩,谢谢你了啊。"

话还没说两句,就被班级里传出来的声音打断。

物理老师不知道什么时候站在了门口,推了推眼镜,在看清楚白荔以后,诧异了一秒钟,这小孩的模样看着就跟初中生似的,怎么跑这儿来了?

"这位同学,你是初几的?不知道现在是上课时间吗?"

白荔一惊,忙鞠了个躬:"老师你好,老师再见。"

说完,她就脚底抹油溜了。

等人影消失在了楼梯拐角处,物理老师才看着纪霖洲,紧皱眉头道:"拿了卷子就赶紧进去听课。"

纪霖洲直起身体,视线往楼梯的方向睇了眼。

那边十分空旷什么都没有。

他微敛眼眸,收回视线,进了教室。

回到座位上,他屁股还没坐热,许博文就凑过来:"刚才门口过来给你送卷子的小孩是谁啊?"

"我妹。"纪霖洲淡淡地道,将卷子铺平。

许博文奇怪,"嘶"了一声道:"你什么时候多了个妹妹?不就有个臭屁的老弟吗?"

纪霖洲眼神冷淡:"远房的,你有意见?"

"哪儿啊。"许博文摸着下巴,若有所思地喃喃,"你妹妹看起来很乖啊,哪像你。"

半晌,许博文又捣了捣纪霖洲的肩膀:"大舅哥,借我一支笔。"

纪霖洲:"滚蛋。"

话音刚落,就听讲台那边传来"啪"的一声,只见物理老师将课本重重摔在上面,面色不佳地说:"纪霖洲!回教室了还不安静,我看你是想出去站一节课啊!

"谁再给我嘀嘀咕咕的,请你们上讲台来讲。

"一天天,心里没点数。

"到底是我讲课,还是你们讲课?尤其是你,许博文,跟纪霖洲玩得那么好,结果人家多少分,你考多少分?

"三十分都考不到,美什么呢!"

高三教学楼和主教学楼之间比较远,中间隔着两个食堂、三个篮球场,还有一个超市。

上课时间,校园里十分安静,偶尔能听到教室里传来琅琅的读书声。路边有打扫路面的阿姨在树荫下乘凉,见小姑娘跑来跑去的,便多看了两眼。

烈日当空,水泥地面被晒得滚烫,空气中热浪起伏。

白荔跑了个来回已是满头大汗,闷热的感觉就像往嗓子里塞了一把滚烫的沙砾。所以,她到教学楼以后没着急回教室,而是先去卫生间洗了把脸。

卫生间背阴,窗户开着,有凉风吹进来。

白荔刚拧开水龙头,一股水流就"呲"了出来,没反应过来的她被冷水浇了一身。

这下,是没那么热了,但猛地被冷水一泼,也不太好受。

白荔掏出一袋纸巾,简单地擦了擦。

教室的门开着,化学老师正在黑板上写公式,粉笔"唰唰唰"的声音在教室里回荡,衬得越发安静。

白荔拖着略微沉重的步伐走到教室门口,小腹沉沉的,敲门喊:"报告。"

化学老师没吭声,只分了个眼神示意她进来。

因为纪霖洲家离学校很近,所以白荔中午得回去吃饭。她到家的时候,只有蔡嘉禾一个人。

蔡嘉禾一边盛饭,一边招呼她:"嘟嘟,第一天上学感觉怎么样?"

白荔点点头说:"挺好的。"

"没什么不习惯的地方吧?"

白荔摇头回:"没有。"

"老师、同学还好相处吧?"

白荔突然想起一句话都没跟自己说过的同桌和周围不怎么交流的同学。

蔡嘉禾估计也知道她的处境:"没事,以后慢慢相处就好了,先吃饭吧。"

"好,谢谢阿姨。"她余光一瞥,发现蔡阿姨只盛了两碗饭。

像是注意到了她的视线,蔡嘉禾习以为常地解释:"霖洲中午不回来吃饭,我们吃就行。"

白荔默默道:"哦。"

中午的菜放了辣椒,白荔其实并不怎么吃辣,加上今天天气很热她也没什么胃口,于是,只吃了一碗饭就回了卧室,睡了个午觉。

她睡得迷迷糊糊间,突然小腹抽痛了几秒。这种感觉既陌生又很奇怪,持续的时间也不久。

她以为是中午吃辣的食物导致的,便没多想。

下午,教室里格外闷热,一进去就让人有种昏昏欲睡的感觉。里头的味道也很不好闻,混杂着汗味。

白荔算是来得早的,坐回座位就趴在桌上开始复习。她手指冰凉,明明天气很热,她却一阵阵出冷汗。因为小腹不舒服,她中午没怎么休息好,这会儿趴在桌上浑身提不起劲,不知道怎么回事。

又过了会儿,预备铃响起来。

同学们陆陆续续都进了教室,但白荔瞥了眼旁边的座位,还空着。

直到上课,江星序都没来。

"准备上课,都赶紧回座位。"杨书林不知道什么时候来了,拍了拍手里拿着的课本。

他瞥了眼江星序的座位,突然问白荔:"江星序怎么回事,还没来?"

白荔被问得一怔,迟疑地点点头。

"行,我知道了。"杨书林说完就走了。

白荔摊开书本,掌心摸向小腹。她掌心里全是冷汗,手脚冰凉。

后面有两个男生在嘀嘀咕咕地议论:

"又翘课?"

"嗨,就看她哥那种人,她能好到哪儿去?"

"估计又是跟混混一块儿呢。"

这时,其中一个男生像是知道什么惊天大秘密似的,故意压低声音,语气奚落:"上梁不正下梁歪,她也不干净。"

白荔本来不想听他们议论,但他俩说话的声音大。虽然也听不懂他们在说什么,但话题比较敏感,她忍不住皱了皱眉。

整个下午,白荔都过得异常艰难。

眼保健操结束以后,白荔就感觉情况有些不对劲,小腹开始有下坠的疼痛感,而且愈演愈烈。

等到上课的时候,她感觉小腹有一阵热流涌出,就好像控制不住突然尿裤子了似的。

这种感觉让她很不舒服,于是她默默举起手。

讲台上的老师问:"你有什么事?"

白荔有气无力道:"老师,我想去一趟卫生间。"

"去吧。"

得到允许以后,白荔就从椅子上站起来。她的两条腿沉得像灌铅,捂住小腹走得很慢。

刚到教室门口,她突然听到身后传来"窸窸窣窣"的声音。

白荔忍不住瞥了眼,就看到坐在前排的一个男生笑得极为夸张,好像发现了什么不得了的事,还四处分享。

她到卫生间后才发现自己内裤上都是血,甚至透了出来,弄得校服裤上面都是。不过好在校服裤是深色的，不怎么明显，但尴尬的是，短袖衣摆上也弄到了。

一瞬间，白荔只觉得血气冲到大脑里。

然后她突然明白，估计是她刚出来的时候，被那个男生看到了吧。

她默不作声地咬着唇，拿着纸巾擦了擦。

再回到教室里后，白荔已经听不进去老师在讲些什么。她只觉得全班的视线都似有若无地瞥了过来，头恨不得埋进胸口。

她旁边的座位空着，孤独的感觉更加明显。

一直持续到下午放学，她都一动不动。

下课铃响了，同学们大多去吃晚饭了，教室空了下来，只有几个男生还没走。

白荔闭着眼，一动不动地趴在桌面上。

突然，她的椅子被人用力地一拽，她猛地从坠落的感觉中惊醒。

白荔抬头，是那几个没走的男生围了过来。

她不认识他们，刚转学过来，她看谁都是陌生的。

只是对于她这个新同学，他们显然不是来跟她友好交流的。

纪霖洲晚饭还没扒拉两口就被蔡嘉禾赶了出来。

关门前，蔡嘉禾叮嘱他："去学校看看怎么回事，比平时都晚二十分钟了，嘟嘟还没回来吃饭。"

白荔没带手机去学校，也联系不上。

纪霖洲懒懒地挑眉："不就是在学校，能出什么事啊？"

一顿，他说："她被老师留堂了吧？"

"你以为谁都跟你一样，"蔡嘉禾说，"嘟嘟学习可是很好的。"

高一A班在七楼。

教学楼里没安装电梯，只能慢慢爬上去。

纪霖洲往上走了几层，迎面下来几个男生。楼梯并不算宽，对方四五个人站成一排，楼梯口瞬间就变得狭窄。

擦肩而过的时候,纪霖洲听到几个男生嘻嘻哈哈在说话。

"那新来的小屁孩太逗了。"

"你没看她都不好意思站起来吗?连晚饭都不吃。"

"最讨厌这种跳级的跑出来占好大学的名额。"

"我们就说了几句话,就把她给吓哭了。"

纪霖洲突然脚步一顿,微抬下巴,喊住他们:"你们几个是A班的?"

几个男生怔了怔,见对方穿着高年级的校服,有些意外。

低年级和高年级的教学楼处在不同区域,高年级的学生也不怎么来这边。

"是啊。"

为首那个眼镜男刚说话,就被纪霖洲单手摁在墙角。

"你们班是不是有个叫白荔的?"纪霖洲冷淡地开口。

眼镜男慌得直哆嗦:"你、你要干吗?"

其他几个男生见状,哪里还敢逗留,顿时作鸟兽散,匆匆忙忙跑下了楼梯,连头都没敢回。先不说怕不怕挨揍,万一捅到年级主任那里,他们都要背处分啊。

安静下来,楼梯间就剩纪霖洲和眼镜男。他提了提手中跟瘦猴似的眼镜男,说:"我这人吧,不太爱管闲事。"

眼镜男抖得跟筛子似的,吞咽着口水。

"但喜欢欺负人。"纪霖洲笑得很恶劣,"你们欺负她一次,我就还十次。怎么样,划算吧?"

他脸色微沉,眼底闪过冷冽的光。

被纪霖洲凶悍的模样吓到了,眼镜男顿时连连点头。

纪霖洲刚松开手,眼镜男就跟老鼠似的"嗖"地跑没了影。

喊,没劲!

纪霖洲走到高一A班的教室门口,还没进去就听里面传来轻轻的啜泣声。

他脚步一顿。

许是听到了动静,小姑娘抬起头,朝门口望了过来。

她眉骨漂亮,眼底像是藏着星光,一双哭过的杏眸水润光泽,红通通的,眼角的泪痣随着抽泣的动作若隐若现。

霞光满天,连走廊里都是暖橙色的。

看来新学期的第一天,这个小姑娘过得并不开心。

纪霖洲倚靠在门口,没说话,黑眸微垂,眼皮上有一道清浅的褶皱。

白荔偏过头,把下巴埋进双臂之间。

空气安静。

一道脚步声由远及近,然后是纪霖洲清淡的嗓音:"回家吃饭。"

接着,她突然感觉肩膀一沉。

白荔看了眼,是纪霖洲把他的校服外套盖在了她身上。他个头高,十八岁的年纪,一米八九的个头,外套刚好能遮到她的大腿。

浑身的冰冷仿佛瞬间被驱散。

白荔偷偷蹭掉脸颊上的湿润,然后将头埋下。她不想让纪霖洲看到她在哭,同时也因为初潮的原因不肯站起来,于是就这么埋着头一动不动。

可她还是能察觉到他的目光。

纪霖洲的校服衣摆长至膝盖,算是把她最尴尬难堪的地方遮挡住,袖子又长又宽,他的校服罩在她身上,让她看起来就像是偷穿了大人衣服的小孩。

教室里空旷静谧,只有他们俩。

黑板没擦,上面还写着今晚的作业。

走廊里时不时传来说话声。

这里像是被隔绝在另一个世界。

尽管小姑娘的脑袋都快埋进校服里了,但纪霖洲仍然看到了她因委屈而通红的杏眸,连鼻头都是红通通的。

他从来都不是有耐心的人,随手捡起掉在凳子下的课本,语气平静地问:"被欺负了?"

他声音懒散,好像对此事没什么意外,就像在讨论天气。

白荔一顿:"不是……"

她也不知道该怎么回答他的问题，说欺负也谈不上，只是那几个男生态度的确不友好。

沉默了会儿，纪霖洲拉开一旁的椅子坐到白荔旁边。

"是也没有关系。"

他坐下来以后，同她平视。

"又没什么丢人的，你还手回去不就得了。"

白荔一愣，通红的鼻头微微抽动了下。

她的情绪已经缓和了不少。

像是想到什么，她突然很小声地说："你这算不算是教……"

——小孩不学好。

话说到这里，她就没再说下去。

纪霖洲凑近，微眯起眼："我是在教你保护自己。"

白荔若有所思地看着他。

"你在这儿没朋友？"纪霖洲问。

白荔摇头："没有，我第一次来。"她嗓音细细软软，因为刚哭过还带了点瓮声瓮气的味道。

"自己一个人来的啊？"纪霖洲闻言稍有诧异，"这么小就自己跑出来，不害怕吗？"

他难得有了几分耐心。

虽然小腹不舒服，白荔不是很想说话，但听到他说她"这么小"，她忍不住强调道："哥哥，我已经十四岁了。"

"嗯？"纪霖洲微挑眉。

"虽然是一个月以后。"白荔底气不足地补充了句。

"十四岁怎么了，被欺负还不是偷偷哭。"纪霖洲笑道，"学没学过成语？"

"什么？"

"以牙还牙，以眼还眼。"

白荔一愣，说道："这是成语吗……"

"还挑我的病句，我这不是在教你怎么不受欺负。"纪霖洲挑眉。

没想到纪霖洲会说出这样的话，她忍不住看着他，莫名地对他生出一种

依赖感。

她整个人都放松下来,宽大的外套跟着她轻微抖动的动作一点一点地往下滑,又被她自己慢慢提了上去。

从小她就好像一个拖油瓶,走到哪里都是多余的。这会儿,她却觉得心里一暖。对陌生城市的恐惧和在班级里的孤独在这一刻终于得到缓解,她不禁又红了眼眶。

纪霖汌笑了笑,说道:"我又没欺负你。"

他不说话还好,他一说话白荔顿时更觉得喉咙酸涩。

纪霖汌看着她,觉得很好笑似的:"怎么还真哭了?"

一会儿工夫,白荔就哭得上气不接下气,吭哧了一阵:"我、我忍不住,呜呜呜……"

小姑娘一哭好像就停不下来似的,恨不得把所有的委屈都宣泄出来。但她的哭声其实并不是很大,梨花带雨的。

"这样啊……"纪霖汌漫不经心地开口,尾音懒懒散散的。

她哭了一会儿,见纪霖汌没什么反应,安慰的话也没有,突然就哭不下去了。

纪霖汌挑眉问:"不哭了?"

白荔别过脸,紧咬着嘴角不吭声。

她抬起手背蹭了蹭脸颊,因为抽搭着,肩膀还一耸一耸的,不过哭出来确实好受了一点。

她悄悄抬眼看了看纪霖汌。

他眉眼疏朗,薄唇微勾,有点漫不经心的样子。此时他脱了校服外套,里面只穿了件黑色的短袖。

白荔的视线在他脸上定格了几秒。

这个哥哥,她真的有点看不懂了,有时候感觉很熟悉,有时候又有一种生疏陌生的感觉。

纪霖汌笑问:"看够了没?"

她缓过神来,立刻收回视线。

倏地,纪霖汌直起身,瞥了她一眼,淡声道:"看够了?那回家。"

他迈开的长腿修长笔直,走出去两步又侧过身停住,单手插进裤兜里,在等她。

白荔仍然坐在椅子上。

她瞥了眼他,又快速地收回视线。

如果这时候起身的话,会被他看到吧?她咬着唇,默不吭声。

纪霖洲瞧了她一会儿,小姑娘磨磨蹭蹭就是不肯走。

于是,他俯低身体,胳膊压在了她的课桌上,懒洋洋地靠近:"还不走,等我背你?"

"没、没有。"白荔一慌,支支吾吾的,但还是不肯站起来。

他靠得太近,她下意识就想躲,结果身体猛地一动,校服外套也跟着滑落,落到地上。

纪霖洲目光一沉,瞥到了她白色短袖背面的衣摆,那里残留着一抹猩红的血迹,昭示着眼前的小姑娘正在经历什么。

他一怔,立刻别开眼。

——"哥哥,我已经十四岁了。"

一道略显稚嫩的嗓音突然在他脑海里回响。

他轻咳了一声,将视线投向远处。

此时,气氛凝固到不能再凝固。

白荔默默地捡起他的校服外套。

纪霖洲没看她,动作轻慢地捡起校服外套。

白荔咬着唇,偷偷瞥了他一眼,然后一怔:"哥哥,你的耳朵……"

"我的耳朵怎么了?"他眉梢一扬。

白荔小声说:"你的耳朵有点红。"

其实已经红得要滴血了,但她不敢说。

纪霖洲收敛,一本正经道:"……天气热,没见过?"

又沉默了会儿。

纪霖洲将校服外套扔在她桌上:"穿上,然后跟我回家换衣服。"

白荔一惊——

他看到了?

顿时,她的脸颊红得跟煮熟的虾子似的。她迅速穿好了他的校服外套,遮住了让她尴尬的一切。

天边的霞光一点点地沉下去。

白荔和纪霖洲一前一后地走着。

他腿长,迈开步伐走得也快。

没有风,很沉闷。

刚走出教学楼,白荔就感觉到一阵不适,薄汗湿透了衬衫,其实刚才下楼的时候,就已经有昏沉的迹象。

她继续往前走了两步,头晕的症状却越发严重,渐渐地,已浑身无力,视线也变得模糊。

远处的球场传来一阵阵欢呼声,在这样闷热的天气下,传到耳边却似失了真,眼前的模糊感也令她窒息。

不知道什么时候,纪霖洲停了下来。

白荔没注意,晕晕乎乎地直接撞上去,撞得鼻子隐隐发疼。

她刚想说话,却脚底一软,整个人往前栽倒下去。

她伸出手想抓住什么,却徒劳无功……

好在纪霖洲一看不对劲,及时伸手扶住了她。

看着面色苍白,虽没有失去意识但明显已浑身脱力的白荔,他微一皱眉。

纪霖洲带白荔去了学校医务室。

医务室开了冷气,一热一冷,白荔刚进去就打了个哆嗦。

医务室里很安静,有两个女生在里面打点滴。

纪霖洲、白荔一进去,房间里所有人的目光都"唰"地向他们投了过来。

校医一见白荔这副惨兮兮的模样,以为受了多严重的伤,忙仔细检查了一番。

检查完后,校医说:"还好来得早。"

白荔愣了一下,不会吧,这么严重吗?

校医去后面的药房里拿了点藿香正气水来,一边走过来一边说:"再来晚点我就下班了。"

"你只是来了月经加上轻微中暑，喝点少量的藿香正气水，没什么大问题，在这儿休息一会儿再走。"

白荔乖巧地点头。但当着大家的面，听到"月经"两个字，她还是羞得不行，反正她也没敢看纪霖洲。

"你躺着，我出去打个电话。"纪霖洲晃了晃手机。

门没关，纪霖洲嗓音懒散地说着什么，白荔听着，猜测他是在和蔡阿姨说话。

"我一会儿就带她回去。"

"放心，保证把她带到你面前好吧。"

"知道了，耳朵被你唠叨出茧子了。"

"挂了。"

打完电话，纪霖洲一进门，就迎面撞上脱了白大褂的校医。

"你还在这儿干什么？"校医问。

纪霖洲愣了下，还没反应过来就被校医推出去，叮嘱道："赶紧给你妹妹买点卫生巾回来。"

"我？"纪霖洲语气迟疑。

校医说："对啊。前面的超市里就有卖，也不远。"

纪霖洲紧抿着薄唇，没吭声。

他僵硬了一瞬，然后似无可奈何般叹了口气，往前走去。但还没走出几步，他似想到什么，稍一顿，又转身走回来敲敲门。

校医摘了眼镜："你还有事？"

纪霖洲神色紧绷，黑眸微抬，冷淡地问："用什么牌子的？"

白荔十分害羞，感觉热浪全都朝着脸颊方向涌了过去，她哪里知道用什么牌子的！她之前也没有什么经验。

憋了半晌，她才小声道："都、都可以。"

过了会儿，纪霖洲拎着一个黑色的袋子回来了。

他把袋子放到白荔面前。

白荔瞥了眼袋子里面的东西，脸颊瞬间热了。

稍一顿,他问:"晚上用不用我替你请个假?"

她连忙摇头,回道:"没事,我还可以去上课。"

纪霖洲没再说什么。

等白荔缓过神来的时候,才发现纪霖洲已经从医务室出去,从病床附近的窗户里看过去,他正倚着窗口玩手机。

室内又安静下来。

一旁打点滴的女生问白荔:"那个是你哥哥吗?"

白荔稍一顿,视线看了过去,正巧纪霖洲也挑眉看过来,两人视线微微一碰,她立刻收敛回来,点点头。

女生忍不住说:"好羡慕你啊,有这么体贴的哥哥,还长得这么帅。"又问,"你哥哥是哪个班的呀?"

白荔抿了抿唇,含混不清道:"高三的。"

从医务室出来后,白荔感觉身体舒服了很多。这个时间点,回去吃饭的话应该来不及了,不过她要回去换个衣服。

白荔和纪霖洲刚走到校门口,迎面走来一个留着寸头的男生。他皮肤稍黑,剑眉星目,很刚毅的长相。

看见他们以后,男生奇怪地问:"纪哥,怎么还没回去?"

"嗯。"纪霖洲淡淡地应了声,神色如常道,"陪我妹去了趟医务室。"

男生走近,笑着看了眼白荔,套近乎道:"哈喽小妹妹,我是你哥哥的同学,我叫许博文。"

纪霖洲捣了他肩膀一下:"有事说事。"

许博文一把揽住纪霖洲的肩膀,问:"晚上去不去打游戏?"

"不去。"纪霖洲冷淡地回答。

"哎呀,请假啊。"许博文一拍纪霖洲,"你妹不是正好病了吗?你陪同。"

纪霖洲好笑道:"那你用什么理由?"

"我早就请好假了。"许博文挤眉弄眼道,"你放心。"

说完,两人同时看向一旁乖巧站着的白荔。

见状,白荔头一低,小声:"我什么都没听见。"

跳过这茬，许博文说："纪哥，有件事我差点忘了。"

纪霖洲疏朗地站在原地，微微颔首。

许博文说："刚才你不在，击剑队教练又找到班级门口来，说让你有时间给他回条消息。"

纪霖洲点头："嗯。"

许博文和纪霖洲约定了等会儿碰面的地点，便离开了。

路上。

白荔小声问："哥哥，你不是上高三吗？"

"是啊。"纪霖洲说。

白荔疑惑地问："那怎么还可以去击剑？"

纪霖洲眼眸垂了垂："你不需要知道。"

省重点高中的确有个校击剑队，曾经拿过全国比赛的冠军，还差一点就能出国去比赛，可惜。

纪霖洲一直把白荔送回家里，然后和蔡嘉禾简单说了两句关于白荔中暑的事情，其他一概没提。

蔡嘉禾听说白荔中暑晕倒心疼得不得了，握着她的手上下看了好半天，忙递来一碗冰镇的酸梅汤："嘟嘟，你喝点这个吧，看看能不能好受一些。"

阿姨的一片好心，白荔很感激地接过来："谢谢阿姨。"

"我看晚上的自习还是别去了，你好好在家休息。"蔡嘉禾说。

白荔的脸色还是不太正常的白，但精神状态已经好了不少："没关系，我现在好很多了。"

她的手刚碰到冰凉的碗边，酸梅汤就被纪霖洲直接拿走。

"你别跟着瞎忙了。"他对蔡嘉禾说。

然后他又朝白荔抬抬下巴："去换衣服，我在这儿等你。"

蔡嘉禾一怔："哎？我这怎么是瞎忙呢。你这个孩子说话真是要气死我。"

纪霖洲没什么表情，就点了一句："她不能喝冷的。"

"啊，这……"蔡嘉禾立马反应过来，换了一杯热水，"那还是喝点热

水吧。"

白荔乖乖地接过来喝了。

换完了衣服,纪霖洲从家里随便拿了本练习题。

两个人从家里出来,纪霖洲单手揣进裤兜里。他个头比她高出太多,投向地面的阴影都差距明显。

走了几步以后,纪霖洲轻飘飘来了一句:"以后冷的东西别吃。"

白荔开始没反应过来,随后才明白:"唔,知道了。"

第二章
情窦初开

从家里出来没走多远就是一条街,过了马路,对面就是校门口。

人行道的红灯亮着,白荔和纪霖洲一起停下来。

她低着头,目光落到纪霖洲的手上。他的手掌宽大,手指细长。

白荔悄悄地又瞥了眼自己纤细的手指,她没有哥哥,自小也很少跟男孩子搭话。这会儿才觉得新鲜,原来男生和女生的手,看起来竟是这般不同。

纪霖洲身上有很淡的薄荷味道,像闷热天气中一道清冽的风,带着些许的亲近。

周围吵闹,过往的车响起长长的喇叭,吃过晚饭的学生们也陆陆续续开始朝校门口走去。

所有的一切都循规蹈矩地发生在这个平常的夏天,闷热的傍晚。

路口的红灯秒数一点点地变少。

纪霖洲瞥了白荔一眼,自然又随意地点了一句,说:"别跟丢了。"

白荔的视线正巧撞上他的,她被抓包了似的,心虚得要命。

她立刻屏住呼吸,下意识应声:"好、好的。"

但反应过来以后,白荔又小声反驳:"这么近的距离,怎么可能

跟丢？"

她总觉得，纪霖洲把她当成三岁小孩看待，这让她有些不开心。

小孩子和大孩子之间，也有鸿沟，就像她和纪霖洲。

想到这里，她不动声色地挺直身体，连下巴都轻轻昂了起来，站在原地的脚尖也跟着偷偷踮起来。好像这么做，她就能瞬间长得更高一点似的，身体力行地证明自己不是小孩了。

纪霖洲沉思着看她，眉梢一扬，下巴轻抬："好啊，那你自己走。"

白荔仰起头才能勉强对上他的视线："可是哥哥你不是也要去学校吗？"

说完，她想起来前不久许博文说的话，于是默默改口道："还是要去打游戏……"

气氛安静了片刻。

"小孩操心的还挺多。"纪霖洲懒散地收回视线，但对白荔的问题，既没回应也没反驳。

两人穿过斑马线，走到校门口的时候，白荔突然轻轻地伸出手，拽了拽纪霖洲的衣角。

白荔仰着脑袋踮起脚，用只有他们两个人能听到的声音说："我会替你保密的。"

纪霖洲感到好笑，便问："保密什么？"

白荔说："就是那个事情，你放心，我不会说的。"

纪霖洲眉梢一挑。

这时，预备铃响起。

白荔快步走了几步："哥哥，我先走了。"

小姑娘跑得快，一会儿就不见人影。

晚自习，教室里安静得不像话。

室内灯光明亮，每个人都闷不吭声地埋头学习，高一A班的学习氛围一向是年级主任开大会表扬的，堪称典范。

白荔到的时候已经有点晚了，便静悄悄地进门，一眼就看到了今天下午为难她的眼镜男。眼镜男坐在前排，吊儿郎当地向后倚靠着，桌子硬是被他推出去不少，挤得前面没有走路的地方。

一见白荔，眼镜男顿时慌张地移开视线，不自在地坐正，甚至在她路过的时候，他还把头往下低了低。

白荔稍感不对劲，想起他下午嚣张跋扈的模样，和现在简直判若两人。

她又记起纪霖洲说的"以牙还牙，以眼还眼"，顿时挺直了腰板，坚定地走过去。

白荔的课桌靠窗，外面已经是光线暗淡。最后一丝光亮也被天际吞噬，只有墨染一般的夜空。

窗外有虫鸣声起起伏伏，在这样沉闷的夏夜，略显聒噪。

她端端正正地坐在桌前，算题的草稿纸摊开放在了一边，手里的笔涂涂画画的，无意中竟然写下了"纪霖洲"三个字。

其实这个哥哥，人还是很好的吧。

白荔觉得自己很幸运。

上课铃响。

"要交今天语文课的默写。"班长闷头走上讲台说，"语文课代表去收一下，送办公室。"

他声音不大，却清晰地传到每个角落。

话音一落，下面顿时响起一片翻书声。

江星序下午没来，此时从桌洞里翻了翻，随便拿了张纸，潦草地写了个名字。

"默写的是什么？"这是江星序第一次开口和白荔说话，她嗓音慵懒扬长，虽是提问，但仍能听到些拒人于千里之外的冷淡。

白荔愣了一下，才轻声回复道："《赤壁赋》。"

江星序眉尾稍扬："谢谢。"

短暂的交流刚结束，语文课代表就过来收作业。

语文课代表是个叫孟曲星的男生，个头高挑，长相清隽，白色的校服短袖套在他身上，脚上穿着一双黑色的限量款篮球运动鞋，充满了干净的少年气。

"小朋友，作业。"孟曲星慢慢走过来，说道。

白荔一怔，随即困惑地问："你是在喊我吗？"

孟曲星微眯的眼睛里划过一丝促狭："是啊，不然呢？"

白荔对"小"这个字格外敏感，轻咳一声，很郑重地说："我不是小朋友，我跟你同年级，所以请你以后不要再这样叫我。"

说完，她很乖巧地把作业递了过去。

孟曲星像来了兴趣，微微弯腰凑近，微垂的视线掠过她作业本上的名字。

"白荔……"他薄唇轻启，漫不经心地念出来她的名字，还带着几分故意调侃，喉咙里压低着笑意，听起来清浅细碎，"听起来像是甜甜的荔枝。"

"荔枝，白荔。白荔，荔枝。"他说，"很形象。"

白荔没回应，困惑于孟曲星乐此不疲地纠结她的称呼。

收完了她的，孟曲星视线朝江星序那边一瞥，紧跟着收敛了笑意，神情漠然地离开。

江星序冷冷地开口："孟曲星，我的作业你不收？"

孟曲星微微侧过身，淡淡地说："没写有什么好收的？"

这两人像是针尖对麦芒，连旁边的白荔都不能幸免地被他们二人的眼风扫到……

校园沉浸在夜幕里，空荡寂静。

和白荔分开以后，纪霖洲没急着去教室，去超市买了一瓶冰镇可乐。他单手抠着易拉环，喝了几口，喉结随着吞咽的动作而滚动。

突然，手机响起。

是许博文打来的，他没接。

紧跟着，第二个电话打了过来，手机屏幕上闪烁着两个字：盛蓟。

他黑眸微沉，接通。

"教练。"

那边说了些什么后，纪霖洲回道："行，我现在过去。"

空气浮躁闷热，压得人喘不过气。

体育馆的走廊没开灯，远远瞧着只有击剑训练室的门口洒了点光出来。纪霖洲手插进兜里，慢慢走近。还没到门口，就听见训练室里有两个人在交谈。

"队长，我知道纪霖洲高三了还经常翘课过来训练，确实认真。"粗犷的男声略带轻视的口吻说，"但是出国培训的名额，我还是不希望你这么草率地给了他，再多考虑考虑，队里合适的人选还很多。"

另一道清朗的嗓音响起："方宏宇，出国培训这个事情也不是我说了算，你在这儿跟我说没用。"

方宏宇还想说什么，突然余光瞄到门口倚靠的身影。

纪霖洲疏疏朗朗地站在那儿，双手环胸。

见两人视线看过来，他浑不在意地说："教练，你找我？"他嗓音低沉且磁性，带着点漫不经心的意味。

像是没预料到他会突然过来，方宏宇的表情僵硬了一瞬。

盛蓟朝着方宏宇摆手："你先出去吧，我跟他单独说两句。"

方宏宇见状，没再说什么。

路过纪霖洲面前的时候，他突然抬起头，叹了口气："纪霖洲，我知道刚才你听见我说的话了，我也不怕你听见，这就是我的意见。"

纪霖洲笑，眼皮一抬："你的意见很重要？"

方宏宇一愣，有些磨不开面："怎么说我也是这队里的副队。"

纪霖洲无视他，径直走进了室内。

训练室的桌上一堆空水瓶乱七八糟地摆着，几张草稿纸凌乱地躺在中间。

盛蓟从包里拿了一个盒子出来，递给他："手伤好点了吗？"

"好得差不多了。"纪霖洲敛眸说道。手腕处的疼痛时隐时现，但对他来说不是什么大问题。

盛蓟说："那就行，知道你最近高三开学忙，我找你就是想聊聊下个月比赛的事。"一顿，他又道，"还有这盒点心，我老婆从国外带回来的，拿回去吃。"

…………

桌面的时钟一点点地移动着。

白荔捧着蔡嘉禾送进来的姜糖水有些发愣。

姜味辛辣刺鼻，但喝下去以后，浑身暖暖的。

她有一口没一口地喝完，出去刷杯子。

客厅暗着，很静谧。

刷好杯子，她转身往卧室走过去。

倏地，客厅门口传来了钥匙插进锁眼的声音。

两三秒后，门被打开。

白荔的心跳突然空了一拍，她下意识地抬眸瞥了过去。

和门口的人突兀地碰上视线，她抿着唇突然不知道说什么。

纪霖洲从白荔面前走过去，想起什么似的又顿住脚步，转过身抛给她一盒饼干。

"这是？"白荔一怔，是专门买给她的？

纪霖洲淡淡地说："别人送的。"

说完，他晃了晃手腕，似乎十分不舒服的模样，随后眉头紧皱地进了卧室。

白荔闭嘴，好吧，是自己想太多了。

不过能收到纪霖洲送的东西，白荔还是很开心。她捧着饼干盒，盒子上面是一串书写华丽的英文，摸起来质感也很厚重。

日子过得很快，转眼已经过了一个月。白荔循规蹈矩地过上两点一线的生活，也没什么特别的。班里的同学对待她的态度，渐渐好转。

这段时间，她很少看到纪霖洲，也不知道他在忙什么。高三嘛，白荔也猜得到，肯定学习很紧张。

一晃就快到她生日。

十四岁生日。

白荔每一天都无比期待能过得快一点，不想再被别人当成小孩子了。

钟陈怡提前给她打了电话，说是最近太忙，不能赶过去陪她过生日，但是蛋糕已经订好了。

白荔在电话里安静了几秒，便说知道了。

从小到大，钟陈怡对待她和姐姐的态度就很不同。

姐姐可以住在家里，但从她初中开始就要寄宿；姐姐每天被爸妈接送，她只能自己背着书包回家；姐姐过生日的时候会去游乐场，但她……

羡慕是有的吧。白荔趴在桌子上，心情突然沉到谷底，哪怕明天就是她的生日。

就在这时候，电话突然响起来，白荔起身接通："阿姨？"

电话里，蔡嘉禾笑眯眯地说："嘟嘟，明天你过生日，想吃什么好吃的？"

白荔勉强挤出一个笑容："吃什么都可以。"

"我听你妈妈说你爱吃糖醋排骨，阿姨明天晚上回去给你做。"稍一顿，她说，"对不起啊，阿姨这两天有事太忙不在家，不过明天肯定能赶回去。"

白荔微敛视线，小声道："其实不用这么麻烦的，但还是谢谢阿姨。"

…………

生日当天，早上吃饭时白荔碰见了纪霖洲。

蔡嘉禾这几天不在，早饭都是之前就准备好的面包、牛奶，中午白荔则会在学校的食堂吃。

趁他没走，她拽住他的衣角："哥哥。"

纪霖洲："嗯？"

"今天你会早点回来吗？"白荔屏住呼吸，有点期待地开口。

纪霖洲没在意地问："你有事？"

白荔摇摇头："也没什么事。"

想让他回来陪自己过生日这种事，果然还是说不出口。

空气安静了会儿。

纪霖洲眉眼稍挑，调侃："没事打听哥哥行踪？"

白荔脸颊一热，说："今天阿姨回来，晚上做糖醋排骨。"

"这样啊……"纪霖洲尾音拖长，"知道了。"

说完，他拎起书包出了门。

白荔一整天都如坐针毡，像是莫名期待着什么。

期待纪霖洲能和她说一句生日快乐，还是能和她一起吃蛋糕？她自己也不知道。

下自习以后，白荔以最快的速度回到家。不过家里只有蔡嘉禾在忙，其他房间空空荡荡的，她顿时垂下眼眸。

蔡嘉禾见她回来，忙把生日蛋糕取出来："今天是嘟嘟的生日，又长大了一岁。来，我们嘟嘟有没有什么心愿呢？"

稍一顿，她说："虽然今年只有阿姨陪着你，但是你想要什么，阿姨都会尽量满足你的。"

白荔默不作声地走近。

蔡嘉禾对她真的很好，她说："希望阿姨健健康康发大财。"

"傻孩子，过生日许愿哪有祝愿别人的。"

客厅关了灯，烛光微亮，只两个人在，确实稍显冷清。

"哥哥，他今天还回来吗？"沉默了一会儿，白荔问。

蔡嘉禾说："他今晚应该是有比赛，嘟嘟你想等他一起吃蛋糕吗？"

"没。"白荔低垂眼眸。

失落的情绪在心底蔓延，她俯身，吹灭了蜡烛。

晚上写完作业，白荔躺在床上没睡着。她翻来覆去着，在心里默默叹了口气。每隔几分钟，她就忍不住去客厅假装喝水，想看看纪霖洲回来了没。

没等来钟陈怡陪她过生日白荔的确有些难对，但从小到大这种事情经历一多，用不了多长时间她就能自我调节好，反正也习惯了。

只是，那块蛋糕，她还是想送给纪霖洲。

这回她刚放下水杯，就听见开门的声音。

她慌忙转过身，就见纪霖洲略带疲惫地走进来。

看到白荔，纪霖洲像是也诧异了下。

"哥哥你回来了。"白荔小声说道。

"嗯。"纪霖洲眸光微沉，瞥到了桌上的蛋糕。

他稍一怔，若有所思地看了白荔一眼，想起小姑娘跟他说过，还有一个月就十四岁的话。

纪霖洲笑了笑，走近，扔给她一块奖牌。

"小孩，给你当生日礼物。"

白荔起头，直视着他的眼睛，有些诧异。

客厅昏暗，卧室里的灯光从门缝间漏出来，他身影被勾勒出朦胧的轮廓。

许是刚打完比赛，纪霖洲额前还覆盖着一层细密的薄汗。干净白皙的下颌线条流畅，圆领的白色短袖略松垮，肩宽，腰身劲瘦。

纪霖洲神色柔和，朦胧的光线映得他黑眸稍浅："不喜欢？"

话音落下，他眼睫垂下来，作势要收回去。

"没。"白荔声调陡然拔高，连忙摇头，"没有不喜欢。"

是很喜欢。

稍有停顿，她声音越发轻："谢谢哥哥。"

奖牌大概有她的掌心大小，镏金的表面，印刻着两个击剑的小人。触手微凉，沉甸甸的质感，彩带顺着她掌心的边缘垂落下去。

白荔慢吞吞地握住，轻咬着嘴角。

这是她收到过的最特别的生日礼物，是纪霖洲的奖牌。

像是想到什么，白荔突然抬头："可是奖牌很贵重，这是荣誉的象征。"

白荔想起来，自己小时候获得的奖杯、奖状，会专门找个柜子摆着。对于选手来说，奖牌的意义肯定是不一样的。

纪霖洲默然地瞧了她一眼，手揣进兜里："给你了就拿着吧。"

闻言，白荔突然生出些紧张感来，手里的奖牌分量似乎又重了许多。

她小鸡啄米似的点头："好。"

回到卧室以后，白荔看着堆满书籍的桌面。她小心翼翼地捧着奖牌，轻轻地把它放在了圆柱体的盒子里，又摆在书桌的中间。

圆柱体的盒子上面画着独角兽的图片，白荔趴在桌上，轻轻伸出手点点角上的钻石。

看了好半晌，她眼眸微眯，打了个哈欠。

做完这一切后，她伸了个懒腰，步伐轻快地爬上了床。

闭眼，三秒后，她突然睁开。

纪霖洲送她的生日礼物，是他的奖牌哎！

白荔从来没有收到过这么特殊又具有意义的生日礼物，开心雀跃的模样，像是心脏里藏着只活蹦乱跳的小鹿。

完了，她好像更加睡不着了。

第二天一大早，白荔顶着熊猫眼在背单词。

虽然昨晚失眠了，但她的生物钟还是很准时的。听到门外蔡嘉禾在喊她，于是，她合上单词本，准备去客厅吃饭。

刚打开门就看见纪霖洲从浴室里出来，两人撞了个正着。他刚洗完头，水珠顺着发丝淌下来，白色毛巾挂在脖颈后。

纪霖洲漫不经心地瞥了白荔一眼，随后有一搭没一搭地擦着头发。

他走到桌前拿起手机，单手在屏幕上打字打得很快。

"嘟嘟，来喝粥。"刚从厨房忙完的蔡嘉禾端着饭菜，见白荔出来忙招呼道。

白荔点点头，往餐桌方向走。

蔡嘉禾突然轻轻惊呼了一声："嘟嘟，你这眼睛怎么搞的？"

"嗯？"白荔一愣。

"是昨晚没睡好吗？"蔡嘉禾关心道，盛了碗粥递到她面前，"虽然学习要刻苦，但是也不能把身体熬坏了，知道吗？"

话音刚落，白荔余光察觉纪霖洲也放下手机看了过来。她突然紧张，下意识地就把失眠和奖牌的事联系起来。

"没。"白荔挺直背脊，脸颊滚烫，然后顾左右而言他地吞吞吐吐道，"可能是昨晚喝水太多，所以有点水肿了。"

她很想掩盖住自己收到礼物的兴奋，好像这样就能变得更沉稳。

蔡嘉禾了然："那以后晚上睡前就不要喝太多水。"

"好，我知道了。"白荔乖巧应声，随后捧起碗喝粥。

大家安静地吃着早饭，大清早的，也没什么说话欲望。

突然有电话铃响起，蔡嘉禾从饭桌起身去接电话。

回来以后，蔡嘉禾说："这周六我要去参加喜宴。"

停顿了一下，她接着说："到时霖洲你带着嘟嘟出去吃吧，或者在家里点外卖。我差不多晚上能到家。"

说完，不等自家儿子开口回答，蔡嘉禾补充道："零花钱涨三倍。"

纪霖洲懒懒抬眸，目光掠过埋头吃饭的白荔。

他薄唇轻轻掀起来，没什么情绪道："行。"

一旁喝粥的白荔还有些蒙蒙的。

周六早上，白荔吃着早饭，穿戴整齐的蔡嘉禾已准备出门。

要去外地参加喜宴，所以蔡嘉禾要赶很早的班车。

"嘟嘟，你和霖洲在家里待着，有什么事情给阿姨打电话。"蔡嘉禾一边换鞋，一边说道。

稍一顿，她补充："要是霖洲敢欺负你，等阿姨回来收拾他。"

还没等白荔回应，一道懒散的声音插了进来："妈，你想象力也太丰富了吧。"

纪霖洲一边打着哈欠，一边慵懒地抬眸看向白荔："我又没那么变态，喜欢欺负小孩。"

他懒懒地倚靠着沙发，微挑眉尾，薄唇勾起清浅的弧度："小孩，你说哥哥什么时候欺负过你？"

白荔倏地一愣，含混不清地说了句："好像……没有。"

"嗯？"纪霖洲笑道，"什么叫好像没有？"

白荔立刻改口："唔，是没有。"

"行了，你们两个老老实实在家里待着吧。"蔡嘉禾抬起腕表看了眼时间，"我赶车。"

临走前，她又嘱咐了一遍："别忘记吃午饭。"

两个孩子和蔡嘉禾道了别。

门关上，白荔抬起头默默和纪霖洲对视一眼。

纪霖洲慢慢走到她面前，然后俯低身体慢条斯理地开口道："哥哥欺负你？"

"没有呀……"白荔紧张到差点咬到舌头。

距离稍微有点近,她清晰地闻到了纪霖洲身上好闻的味道。

"我其实想表达的,着重在后面,是'没有'。"像是在肯定自己似的,白荔认真地点头。

"这还差不多。"纪霖洲漫不经心地笑了笑。

他收敛视线,站直身子往卧室走去。

一上午相安无事地过去。

纪霖洲在客厅里打游戏,白荔偶尔能听到他和朋友在语音。他嗓音听起来轻慢又低沉,说话的时候不徐不疾,莫名就让人特别有安全感。

"纪哥,周六怎么还闷在家里啊?"语音对话里,许博文的头像亮起绿色麦克风,"下午要不要出去玩?"

纪霖洲一边操纵着屏幕的技能键,一边懒洋洋地开口说:"我妈不在家,等会儿要领我妹去吃饭。"

"是上次见到的那个妹妹?"许博文的声音提高了几度,突然笑嘻嘻地说,"那一会儿带出来一起玩呗。"

纪霖洲冷笑一声说:"不去。"

"那周六你不会要跟你妹待家里一天吧?"许博文说。

纪霖洲没答话。

他前段时间一直忙着训练今天才休息,对出去玩的确没什么兴趣。

"而且我听说你们小区那片,下午不是要断电吗?"许博文接着说,"断电在家里待着也没意思啊。"

那头刚说完,家里的冰箱"嗡"了一声,紧跟着变得悄无声息。纪霖洲还在给手机充电,突然就跳出来断电提示。

像是沉默的时间太久,许博文诧异地问:"你不知道?"

纪霖洲懒懒地关掉断电提示:"没在意。"

这下,不出去也要出去了。

纪霖洲扔下发烫的手机,挠挠头,他还真没有带十四岁小屁孩出去玩的经历。

半晌,他过去敲敲白荔的房间门。

里面很软声地回应了一个"进"字,他才打开门。

白荔没做作业，正捧着一本书看。

纪霖洲抬眼，问："作业做完了？"

"嗯。"白荔说，"哥哥，我们是要吃饭了吗？"

"家里停电了，你下午是跟我一起出去玩，"稍一顿，他接着说，"还是在家里等着来电？"

说完，他又道："午饭我和朋友一起。"

白荔想了想："我……跟你一起出去吧。"

她不太想被他丢在家里。

"行。"纪霖洲说。

白荔跟着纪霖洲出了家门，朝着公交站走过去。

白荔想到什么似的，问："很远吗？"

"不近。"纪霖洲说，"你中午有没有什么想吃的？"

白荔想了一圈，摇摇头道："没，我吃什么都可以。"

纪霖洲闻言稍挑眉眼，没说什么。

在公交站等了两三分钟，就看见16路公交车开过来。

白荔跟着纪霖洲上了车。

因为这趟车途经的站点都是比较繁华的地段，所以人特别多。

纪霖洲从兜里掏出来一枚硬币递给白荔。她默默地接了过来，并小声地说："谢谢。"

"不用总这么客气。"纪霖洲随意地说了句。

白荔闻言点点头，然后把硬币投了进去。

人太多了，刚上车的他们就像是瞬间挤进了沙丁鱼群。

司机不耐烦地喊着："往后面走，别站在前面，去后面找位置。"

顿时，人群都朝着公交车后面拥过去。

白荔比较瘦小，既抓不到上面的扶手，旁边都是人，也没处让她站稳。

她视线微抬，就只能看到纪霖洲的背影。

公交车突然启动，也不知道是谁突然在背后推了白荔一把，白荔一个重心不稳，突然就朝着前面倒了过去。

慌乱中,她抓住了纪霖洲的衣角,就像是溺水的人抓到了救命稻草。

白荔好不容易站稳,立刻就像是被烫了手似的,正想不动声色地悄悄缩回手来,就听到头顶一道声音响起:"都没句感谢?"

"谢谢……"白荔简直羞得不行,忙缩回手。

停顿了一下,她跟纪霖洲解释:"车子太晃了。"

她声音太轻,很快就淹没在吵闹的杂音里。

纪霖洲笑道:"小没良心。"

她听到这句,反驳不是,承认也不是,便干脆发挥鸵鸟本质,闷不吭声万事大吉。

这会儿白荔孤立无援地挤在人群中间。车身晃来晃去的,她恨不得脚底能生出无限的抓地力来保持平衡。

以前,每逢节假日白荔都很少出门,大部分时间都是窝在家里做题。有什么需要买的,都是钟陈怡替她准备。所以第一次处于这样拥挤的环境下,她多少有点紧张。她低着头努力装作若无其事的模样,尽力保持着身体的平衡。

倏地,她的袖口被人拎住。

白荔抬眸看过去,是纪霖洲。他神色淡淡地搭着她的肩膀,她还没反应过来就被他像拎小鸡崽般拎起来,说道:"过来,扶着椅子。"

白荔听话地乖乖点头,"哦"了一声。

这下白荔的底气更弱了,连视线都没敢抬起来,生怕纪霖洲再问句什么。不过还好他一直沉默着,像是感到无语一般,没有说话的欲望。

车子走走停停,经过了大概十站左右,车厢里的人越来越少。

眼看着离终点站越来越近,白荔站得腿脚发酸。就在她茫然地把视线投向公交车里的广告牌时,突然感觉衣领一紧,她听到纪霖洲说:"到了。"

白荔点头应声:"好。"

刚下车,扑面而来一阵热浪,头顶炙热的太阳把路面晒得发烫。

白荔眯着眼,四处打量着周围。

这里应该是旧城区,小吃街和网吧靠得很近,不远处还有几家商场。

马路对面有一家火锅店，招牌特别醒目。

周末的中午，店里人声鼎沸，空气中都是菜香味道，充满了人间烟火气。门口各式各样的车停了一排，其中不乏豪车。

"跟上。"纪霖洲侧过身，对白荔说道。

两人走到火锅店门口，这时从店内走出来一个长相刚毅的男生，白荔抬眸瞥了眼，觉得眼熟，想了一会儿才想起来这个男生就是上次纪霖洲送她回家时碰到的那人。

"纪哥。"许博文笑着揽过纪霖洲的肩膀，视线一垂，他又笑着跟白荔打招呼，"小妹妹，我们又见面了啊。"

一顿，他捣了捣纪霖洲，问："你妹叫什么？"

纪霖洲懒得搭理他："关你什么事。"

"这不是表达一下友好，"许博文道，"快点说。"

纪霖洲仍旧一副漫不经心的模样，仿佛在吊许博文的胃口。

"喊。"许博文哼了声，"你不说我自己问。"

然后他俯低身体，身影笼着白荔："小妹妹，你长得特别可爱，告诉哥哥，你叫什么名字呀？"

听到他这哄小孩的语气，白荔默默地说："哥哥，我是十四岁，不是四岁。"一顿，她有点迟疑地说，"你的语速可以再快一点，我能听得懂。"

然后，她说："我叫白荔。"

这下轮到许博文傻眼地站在原地，怎么无形之中他感觉自己被这个小孩鄙视了？

许博文直起身，看向纪霖洲，后者的嘴角清浅地勾起一个弧度，眼底的赞许昭然若揭。

好像被小孩她哥也鄙视了。

不等他们再说什么，纪霖洲懒洋洋地出声道："废话太多了你。饿了，先去吃饭。"

"行，我早就订好了包厢。"说完，许博文下意识想问问小姑娘要不要喝点饮料。

但一想到他对她说话就忍不住用哄孩子的语调,于是作罢,只得凑近纪霖洲说:"你妹要喝什么,你让她去前台直接点。"

纪霖洲挑眉。他从高二就跟许博文认识,虽然比许博文大一届,但两个人的关系一直不错。直到这次他复读,碰巧进了许博文他们班。

许博文一直都是直来直去热心肠的性格,纪霖洲早就已经见怪不怪。

包厢里已经坐了三男两女,白荔刚进去的时候,所有人的视线都汇聚过来。

本来是没人注意到白荔的存在,但纪霖洲处处照顾,大家想看不见也难。

那边聊得热火朝天,纪霖洲没搭理,拉开了椅子,朝白荔说:"过来,坐这儿。"

随后他在旁边的位置坐下去。

白荔靠着纪霖洲,餐桌上的人她都不认识,稍微有拘谨感。于是,她便一直盯着眼前的餐具。

饭桌上的聊天,白荔也参与不进去,干脆就埋着头吃饭。她刚吃了几口就舌尖麻得好像没了知觉,浑身都冒出了热气,她脸颊通红,于是只能不停地喝冰水来缓解。

眼看着她手边的冰镇矿泉水要见底了,突然,她碗里多了双筷子。

白荔稍一抬眸,就见纪霖洲一边听许博文说话,一边神情自若地从清汤锅底里替她夹菜。

她慢慢地把藕片放进嘴里,轻咬了一小口,温热清淡的味道很快就冲淡了刚才的麻辣。

吃过饭,几个男生吵吵嚷嚷着要去上网。

白荔的年龄太小,连开一台电脑的资格都没有,于是她就坐在了纪霖洲旁边的位置上。

这是白荔第一次来网吧,一进去就被烟味呛得直咳嗽。假期的网吧人还是挺多的,一楼的位置都已坐满。二楼倒是空旷,远远瞧着零星几个人在玩。

屏幕上的游戏白荔匆匆扫了一眼,没看懂。她连对方玩的是什么都不知道。

纪霖洲开了电脑以后就打起游戏，白荔看了半天，就见他手指飞快地在键盘上"噼里啪啦"操作了一通，紧跟着屏幕一黑。

"哥哥，你的屏幕怎么黑了？"她不解。

白荔很少打游戏，也看不懂这些游戏怎么玩。

纪霖洲的双手一顿，没说话。倒是旁边的许博文被白荔的好问题逗得哈哈大笑。

"你哥哥太菜，来我这儿看吧。"许博文逗她，话刚落，他收到纪霖洲冷淡的眼刀，呛了口水道，"也不是那么菜，纪哥的波比玩得还是很好的。"

"谁是波比？"

"都是啊。"许博文指给白荔看，"这是锤形态波比，这是机甲波比，还有那个绿皮肤的是皮克斯波比。"

他一通乱说，唬得白荔一愣一愣的。

她说："那我哥哥玩的是什么波比？"

"菜狗波比。"

纪霖洲："许博文，你找死啊。"

时间过得快，没一会儿白荔就兴致缺缺。

"没意思了？"纪霖洲趁着游戏等排位时间的工夫，伸了个懒腰，瞥了她一眼问道。

白荔趴在桌面，二楼的窗帘遮挡了大半的光线，让整个网吧看着十分昏暗。

闻言，她点点头："嗯。"

纪霖洲从兜里拿出来手机，扔到她面前："里面有游戏，自己玩。"

白荔拿起来，他的手机摸起来质感厚重，纯黑色的也没戴手机壳。她摁了下按键，屏幕亮起来以后一划。

"哥哥。"

纪霖洲一边选着英雄，一边"嗯"了一声。

白荔震惊："你的手机没有密码……"

也不知道靠近墙的那边谁抽烟，一阵烟味飘过来，呛得白荔忍不住咳嗽了两声。

纪霖洲朝着那边看了一眼,他旁边的许博文立刻会意,下巴一昂朝着邻座的男生说道:"兄弟,墙上贴着指示牌呢,抽烟去厕所呗。"

"啊,不好意思。"男生也好说话,赶紧掐灭,"刚看见有小妹妹在。"

白荔不好意思地脸一热。

纪霖洲手机里的游戏都是白荔玩不懂的,她试了两次以后就点开了 B 站。白荔也有 B 站账号,收藏了很多学习视频。

里面推荐的视频都是按照纪霖洲平时经常浏览的喜好,白荔翻了翻。

《英雄联盟》精彩视频剪辑。

没兴趣。

2020 年春季赛赛车。

没兴趣。

AJ 黑曜石开箱。

嗯?这是什么?

倏地,白荔余光瞥到了一则广告。

封面是黑色和红色,像是血液在黑暗中盛开成了一朵玫瑰,在黑暗的深处似乎仍有什么藏匿。

白荔下意识点了进去,诡异恐怖的风格,是一位 up 主在玩恐怖直播游戏。

白荔觉得挺有意思的,就看了下去。

游戏画面充斥整个屏幕,白荔放大全屏。这位 up 主很少说话,也基本上不尖叫。要不是画面风格太恐怖,其实还是比较容易让人困倦的,但白荔看得还算津津有味。

过了会儿,角色回程,纪霖洲偏过视线,想看白荔在看什么。

他的目光刚触及手机屏幕,就看见一个诡异死尸上吊的画面,稍一顿,死尸突然睁开眼死死地盯了过来,他手一抖。

"纪哥,你在泉水里交闪现?"

"这是什么操作,菜狗波比附身?"

游戏玩起来没有几个钟头肯定是停不下来的。等他们结束以后,已经是晚上八点钟。

从网吧走出去，扑面而来的空气都是清新的。一行人从网吧出来，又去大排档吃了个饭。

吃完饭已是十点钟，期间蔡嘉禾给纪霖洲打了两三个电话，得知白荔和他在一起以后才放心，但仍然在电话里唠叨了他几句。言下之意是说纪霖洲带着白荔到处瞎跑，让家长担心。

打了个车，白荔和纪霖洲朝着小区门口走。

停电的关系，今天小区里的路灯都没开。路面有些不清晰，今晚天色也不好，整片夜空看不到星光，连月色也被大片的阴云挡住。

纪霖洲手揣进兜里，掌心有微凉的湿意。

黑暗里阴影重重，看起来令人毛骨悚然。白天还面目可亲的雕像，夜里看就像是张牙舞爪的厉鬼，仿佛随时爬下来。

也不知道草丛里突然钻过去什么东西，纪霖洲停顿下来。原本他走在前面，所以白荔见他停下来，也跟着放缓了脚步停住。

过了半晌，纪霖洲还是没走，白荔有些困惑地喊了声："哥哥？"

他轻咳了一声，气氛稍微有一丝尴尬。

白荔瞥了眼黑影，好像突然间明白了什么。

她慢吞吞地说："你是不是怕鬼啊……"

纪霖洲道："饭可以乱吃，话不可以乱说啊，小朋友。"

第三章
暗生别扭

"下午是不是很没意思?"像是觉得气氛太沉寂,纪霖洲突然开口问道。

他一说话,瞬间打破静谧,也缓解了一点点尴尬。

白荔缓过神来,视线内虽然看不清,但她仍能感受到黑暗里的清冽气息,带着体温徐徐而来。

每一道脚步声,都像是被放大了似的,四周安静得很,只有他们两个人。

其实白荔本身就是个性格很沉闷的人,随遇而安,所以在哪里待着都不会感到无趣。

于是,她摇摇头说:"不会,挺好玩的。"

她垂落在身体两侧的手指轻轻攥着,慢吞吞地揪着衣角。而且,她也见到了他的朋友们。好像无形之中,她对纪霖洲这位哥哥的了解更多了些。

这个认知让她稍微有点开心。

一顿,她补充道:"许博文哥哥人也很好。"

"哧。"很清浅的笑声,像是从胸腔里发出来的,有一丝细碎,但十分悦耳好听。

纪霖洲笑说:"他又不在。"

白荔脸颊一热,她真的没有拍马屁的意思。

到家以后,客厅黑黢黢的,蔡嘉禾点了蜡烛从卧室出来。见白荔和纪霖洲进门,她走过来递了两双拖鞋,瞪了纪霖洲一眼:"现在才回来?"

纪霖洲挑眉,不在意地说:"吃了晚饭啊。"

"下次不许玩这么晚了。"蔡嘉禾说,"你一个大男生没事,嘟嘟才这么小,别带着她瞎胡闹。"

纪霖洲左耳进右耳出,不是很有耐心:"知道了。"

"嘟嘟,晚上吃饱了吗?"蔡嘉禾笑容和蔼地问,"要是没吃饱,阿姨再去给你做一些。"

白荔点头:"嗯,吃得很饱,谢谢阿姨。"

刚走到房间门口的纪霖洲忽地侧过身:"……妈。"

蔡嘉禾:"干吗?"

纪霖洲默默道:"我没吃饱。"

蔡嘉禾:"那你自己去煮面啊,又不是没长手。"

纪霖洲懒懒的:"我可能不是您亲儿子。"

蔡嘉禾:"去去去,少来惹我烦。"

洗了把脸,白荔走进卧室,手机还规规矩矩地放在桌面,于是她走过去。

刚打开,就跳出来电量不足的提示,紧跟着就是钟陈怡的几通未接来电。她一怔,忙给钟陈怡拨了回去。

"妈妈,今天家里停电了。"她如实禀告。

不过和纪霖洲出去玩的事情,她还是下意识隐瞒了。要是被钟陈怡知道她今天去过网吧……肯定要被骂一顿。

电话里,钟陈怡的声音忽远忽近:"我还在想你怎么没接电话,现在来电了吗?"

白荔应了声:"还没有。"

"也没什么事,就是想说一声,明天你爸开车带我们去办手续,中午叫你一起出来吃个饭。"一顿,钟陈怡说,"明天周日你没什么事情吧?"

白荔突然惊喜："你们明天要过来吗？"

"对，给你姐开个身份证明。"钟陈怡说。

白荔趴在被窝里，笑道："好，那明天你到了给我打电话。"

离开家也有一段时间了，她确实有点想念。

第二天中午，白荔接到了钟陈怡的电话，她跟蔡嘉禾报备了她不回来吃午饭以后，就出门打了个车。饭店地址就在学校附近，但走过去还是有点远。

钟陈怡订的包厢在饭店的二楼，她推开门进去，正好听见他们在说话。

"我记得你们语文老师今年年底结婚吧？"白军的手搭桌子上，坐在左边，有一搭没一搭地说道。

被夹在中间白楚楚一边玩着手机，一边不耐烦地说："我怎么知道啊，你别总问我这些，烦死了。"

白军："嘿，你这孩子，我问两句还不行了啊？"

坐在右边的钟陈怡倒了杯茶水："行了，你少问两句。再说他们老师结不结婚的，楚楚怎么知道？"

"就是啊，跟我有什么关系。"白楚楚说，"而且你非要在我打游戏的时候问。没看见我都死了吗？"

白军："我不是想着给送点礼，这叫礼多人不怪。"

稍一顿，白军的视线抬起来，看见了门口的白荔。

"嘟嘟来了啊，快进来。"他说。

白荔的目光划过钟陈怡："爸，妈。"

然后，她看向白楚楚："姐姐。"

白楚楚冷哼一声，头也没抬。她手指不停地划动着屏幕，突然使劲地将手机摔在桌面："烦死了，这把又输了。"

"好好的，发什么脾气。"白军说。

白楚楚生气："还不是你非要在我打游戏时问这问那的。"一顿，她说，"学习好的来了啊，你问她去。"

白荔敛了敛眼眸，随意找了张椅子坐下。

包厢地方不大，中间摆了张圆桌子，占据了大部分面积。里面没位置，白荔便坐在了门口附近。

整个吃饭的过程，大多数都是白军在问，白楚楚说。

白荔闷着头吃饭。偶尔钟陈怡会问她两句关于学习情况的，然后再嘱咐她要好好学习，千万不能松懈。

又吃了会儿，白荔抬眸，看见钟陈怡和白军给白楚楚夹菜，于是她很快低垂视线，吃了口白饭，只是吃着吃着，越嚼越没有味道。

一顿饭吃了十几分钟，钟陈怡象征性地给白荔塞了点钱便走了。这样的场景，白荔经历过很多次，但还是会有点难过。

学校举办运动会那天在国庆节之前，九月底，天气已经微微泛着凉意。清晨的阳光稀薄，全年级的学生都搬着椅子去学校的露天操场。

许博文一大早就抱着袋零食坐好，在打游戏。

高三年级的学生不需要搬椅子，操场附近的一排排座椅区域划分给了高三。

纪霖洲没穿校服，穿着黑色卫衣和工装裤。白色棒球帽的帽檐压低，空留出浅淡的阴影覆盖在眉眼之上。他手揣进裤兜里，步伐懒洋洋的，远远地走过来，就吸引了一堆视线。

他刚走到自己位置，停顿片刻，问："这是谁的东西？"

许博文说："还能有谁，那些女生送的呗。"

一包包的零食堆放在纪霖洲的座椅上。

"博文，纪哥，"那边的何益晨见纪霖洲来了，站起来伸了个懒腰，朝着他俩挤眉弄眼，"去厕所打游戏。"

高三年级基本没有参加项目的，有也是在班主任逼迫下，班干部不得不自发报名。所以今天对于他们来说，就是放松一天。也有不少人没出来，干脆就闷在班级里做卷子。

高三教学楼离操场远，几个男生朝着主教学楼过去，许博文跟何益晨勾肩搭背在说笑。

"纪哥。"

"嗯？"

何益晨问:"你那个击剑队高考加分的事情,办妥了没?"

纪霖洲收敛眼眸:"没。"

"我觉得吧,你的手腕都有旧伤了别那么拼命。"许博文说。

纪霖洲没说话,垂眸,手揣进裤兜里。

几个男生正走着呢,突然发现离得不远,迎面走过来几个穿着高一校服的女生。

纪霖洲抬眸扫了眼,小姑娘吃力地搬着椅子,椅背很高几乎要遮挡住她视线,摇摇晃晃的。每走一步,凳腿都磕碰在她的脚踝上,隐约瞧着,皮肤都发了红。

许是因为用力过度,她一张娇嫩的脸颊已经染了红晕,漂亮的眉眼低垂着,额前覆盖着一层薄薄的细汗,衬得皮肤越发光滑白皙。她光顾着紧盯脚下的路,眼看着就毫不迟疑地朝公告栏撞过去。

许博文也眯着眼看过去,认出来:"你妹还挺有意思的,这么宽的路她不走,专挑有柱子的地方撞。"

纪霖洲斜睨了他一眼:"你话真多。"他情绪意味不明,语气里也听不出什么。

许博文不乐意:"这我可不满意啊,我说的是大实话啊。"

四周吵闹,叽叽喳喳的学生成群结队。白荔的手臂发酸,椅子太沉,她搬着走下了六楼,这会儿已经吃力到脚步都沉重。

倏地,一道阴影遮盖过来,白荔猛地一抬头,额前撞在了来人的掌心里。

"哥哥?"她诧异地喊了一声。

纪霖洲的掌心干燥温热,带着好闻的气息。

白荔有些发蒙,怎么会在这看见他……

纪霖洲懒散地收回了手:"不看路?还是打算秋季运动会现场表演铁头功?"

经他这么一提醒,白荔才发现自己已经偏离路线直奔公告栏过去,要不是他刚才拦着,可能都要撞上了。

"没注意。"白荔软声说道。被当众调侃了,她的脸颊跟滚了热水似的。

话音刚落,她手里一轻。纪霖洲单手拎起来她的椅子,漫不经心地问道:

"你班级在哪儿?"

白荔愣了一下:"A区。"

明明在她手里沉得像是有千斤重的椅子,到了纪霖洲手里,跟拎着小鸡崽一样。

A区离主教学楼相对算近,基本就是操场边界的位置,但离高三年级位置挺远的。

纪霖洲侧过身对许博文说:"你们先过去,我送我妹。"

许博文他们也懂,跟白荔打了声招呼以后,两个人就先离开。

一路上,白荔悄悄地抬眸看纪霖洲。他的短发刚修剪过,白色帽檐压住了细碎清浅的银灰色碎发,衬得眉目立挺。黑色的卫衣稍显宽大,肩直,说不出的少年感。他双腿修长,迈开的步伐透着股漫不经心的懒散劲,就像是从漫画里走出来的。

"报什么项目了?"纪霖洲随口问了句。

白荔微微一怔,表情稍显心虚:"两人三足。"

当时班主任在问的时候,她就随口报了一个,也没想太多。

闻言,纪霖洲侧头看了她一眼:"这么巧。"

他语气没什么波澜,嘴角稍扬:"跟我一样。"

到了A区,纪霖洲把椅子放下来。

"走了。"他淡淡地丢下了两个字,低头看了白荔一眼。

白荔应了声:"谢谢……哥哥。"

落座后,白荔周围的窃窃私语声就没断过,话里话外都是聊的纪霖洲。关于纪霖洲的事迹,白荔也就跟着听了一会儿。

纪霖洲钟爱贝斯和钢琴,去年曾在学校组织过乐队,后来不知道是什么原因,乐队不欢而散。他喜欢击剑,还有他不爱吃甜的,但格外爱喝某个品牌的运动饮料等等。

有那么一瞬间,白荔竟然诧异于纪霖洲在学校里的关注度原来这么高。她若有所思地抬眸瞥了眼,视线突然和几个叽叽喳喳的女生对上。

愣了一秒,白荔默不作声地收回视线。

阳光渐渐向操场中间移动,炙热穿透稀薄的光影。她的手指摁压在单词

本的页脚，耐心地铺平被风吹皱的页脚。

倏地，一袋曲奇饼干压在了她的书面。

白荔抬头，面前的女生浓眉大眼，马尾辫高高地扎在脑后，个头高挑纤瘦，穿着黑色的运动裤。

"白荔同学，你在背单词吗？"对方问得很敷衍，显然并不是真正想关心她。

白荔认出来，眼前这位女生是物理课代表——肖希茜。

"嗯？"

肖希茜凑近："吃吗？"

她的手指推着饼干靠近，但被白荔拒绝。

"你有事吗？"白荔语气平淡地开口。

肖希茜说："也没什么事，就想问问你，是不是跟纪霖洲很熟？"

白荔稍感无聊，于是视线重新垂落回书本上。

"你是他亲妹妹吧？"肖希茜还是不肯放弃，追问道。

白荔默默地说："不是。"一顿，她问，"你还有什么事情吗？"

她和纪霖洲的确没有血缘关系，也不算说谎吧。

"没了。"肖希茜尴尬地笑笑，看出白荔的抗拒。

两人又聊了几句，肖希茜突然好奇地问白荔，知不知道纪霖洲有没有欣赏的女孩子。

"哎，纪霖洲过来了。"肖希茜紧张兮兮地拽了白荔一把。

这么一撕扯，刚好让白荔抬起的视线撞进了一双深邃的黑眸。纪霖洲也看到了她，所以路过的时候，他手指轻巧地碰了碰她的椅背。换作之前，白荔会很明显地注意到他的小动作，但此刻，她心情却微微有些低落。

一上午的运动会，白荔都埋头在书本之间，只是单词页翻来覆去，一页都没背完。

终于到了午休吃饭的时间，四周的座位已经空无一人，操场上零零星星还有几个女生在慢慢地散步。

就当是替肖希茜问这个问题，她给自己默默洗脑了两遍。于是她深吸了一口气，朝着高三的区域走过去。

碰碰运气，如果遇到了纪霖洲，她就问……

如果遇不到——

白荔微抬眸，思绪顿时被打断。

眼前不是别人，正是让她一个上午都不能好好背单词的纪霖洲，正懒散地倚靠在裁判的桌子旁。

旁边几个男生在说什么，他表情似笑非笑，状似漫不经心。

天！竟然这么轻松地就被她碰到！

白荔咽了咽口水，心突然提到了嗓子眼里。

她转念一想，算了，果然这类问题还是不要问比较好。

她心里直打退堂鼓，脚步一顿，刚转身就听到有人叫住了她。

"哎？这不是白荔小妹妹吗？"许博文的嗓音微粗，这会儿喊出声来，本来人就少，顿时吸引了周围所有的视线。

白荔僵硬地怔在了原地，背对着纪霖洲，她如芒在背。

脚步声渐近，她哭笑不得地转过身："嗨，哥哥……们。"

她的视线碰上纪霖洲的，他黑眸微沉，神情淡然，看到她以后稍微扬了扬眉尾："来找我？"语气不是很确定，更像是以为她走错了路。

白荔硬着头皮点头："嗯，哥哥你中午还回家吃饭吗？"她随口胡诌了一个理由搪塞过去。

半晌都没等到回应，白荔抬起视线。

倏地，纪霖洲慢慢地走近，他的手揣进兜里，俯低身体问道："欲言又止的干什么，有话想问我？"

"哥哥你有欣赏的人了吗？"她说，"我同学让我过来八卦。"

话音刚落，她的心跳快得要从嗓子眼里蹦出来了，但又忍不住期待地看着他。

纪霖洲薄唇抿着，浑不在意地说："有没有都和小屁孩没关系。"

"哦，我知道了，那我告诉她们。"说完，她转过身就一溜烟儿跑没了影。

"哎？你妹怎么跑得这么快？"许博文问。

纪霖洲莫名其妙，说："我怎么知道。"

如果她的同学都算是小屁孩的话，那她对纪霖洲来说，肯定就更是了吧。

想到这点，白荔憋着一口气，闷头一直走出了校门口。她的脑袋恨不得垂到胸口前，沮丧的情绪仍在蔓延。

直到听到街边此起彼伏的车鸣声，她才缓过神来似的，持续加快的步伐逐渐变缓。但她的气息才刚稍微喘匀，突然一道刺耳的急刹车声音在旁边响起。

停靠在路边正在倒车的大爷探过头，凶神恶煞："小屁孩，能不能看路！"

"大白天闲着没事来找死啊！"

"真晦气！"

大爷说出口的话实在难听，而且语气特别凶狠。白荔俏嫩的脸颊顿时涨得通红。但因为理亏，所以她只能默默地低头，没争辩什么就退回到安全的人行道位置。

只是她抬眼看过去，才看见街道对面的绿灯骤然变红。

也就是说刚才是绿灯，她可以通过的。

但是她的余光内，只看到那位气势汹汹的大爷留下一排汽车尾气。也不知道是不是受了纪霖洲的影响，她不想再闷闷地被指责，软弱得不像话，于是她突然跑到了学校附近的交警亭。

"警察叔叔，我要举报。"

"嗯？小孩子你有什么需要帮忙的吗？"

"我举报刚刚有个人闯红灯。"

白荔凭借着自己的记忆力，把闯红灯那辆车的车牌号报了上去。

…………

可从交警亭出来以后，白荔的情绪也没有改变，她的一举一动都好像在学习模仿着纪霖洲。这样的认知让她既懊恼，又茫然。

白荔垂落身侧的手臂贴着裤线，觉得和纪霖洲之间稍有的亲近感突然变得陌生。

初尝失落的感觉，她的整颗心像是被挤皱的柠檬，酸涩。好像只恨不能再长高点，再长大点，这样就没有人可以说她是小屁孩。

吹拂过的微风沉闷，像是重石积压在心口，烦躁的感觉挥之不去。

她眨眨眼，能感受到眼眶的湿热。

午饭白荔没吃多少，因为今天是运动会的关系，所以没有正常的午休，回家匆匆吃过饭就要立刻赶回学校。

期间蔡嘉禾也注意到了白荔的失神，还很关切地问是不是运动会出了什么问题，还是身体不舒服之类的。白荔摇着头否认，只说是天气闷热，有点中暑。

蔡嘉禾闻言还给她拿了太阳伞，说是遮一遮。

秋老虎的时节，比夏天还难熬。中午的日光滚烫，顶着高温出门，几乎要被晒得昏厥，地面滚烫，和清晨的凉意截然不同。

白荔刚到班级的时候，同学来了一大半，座位没几个空缺的，零食袋子堆成了一堆。

"垃圾扔进垃圾桶，别随便丢。"班主任喊了句，"不然到时候被检查出来，要扣分。"

几个男生在后面打游戏，今天是唯一可以正大光明拿出手机玩的日子。难得轻松自在，班主任虽然也在，但基本不会管。

白荔蔫蔫地回到座位。她屁股还没坐热，就见班长神色匆匆地朝着她走过来，手里还捧着一本像是点名册的本子。

"白荔，看见孟曲星了没？"班长紧皱眉头。

白荔兴致缺缺地摇头："没有。"

班长见状转身要走，但稍一停顿，突然说："你是报了两人三足对吧？"

"嗯。"白荔回答得心不在焉的，她这会儿已经对运动会比赛没什么兴趣。

"这个孟曲星真的是。"班长烦躁地挠头，"他也报了两人三足，你们是一组的，结果现在突然找不到他的人。问了一堆人，也没有愿意顶上的。"

"算了，那你先去C区检录，等会儿我找到他让他过去。"班长说完，指了指高三区域的位置，"然后比赛结束以后，你写篇小作文交给我。"

白荔一怔，抬起视线划过高三区域，远远瞧过去，座位上的人已经少了一大半。空气中尽是层层叠叠起伏的热浪，有几个学生在跑道旁穿梭。

"哦，对，这个袖标给你，比赛的时候戴上。"白荔接过来一块白底黑

字的袖标，上面印着编号。

操场很大，白荔过去要走上一圈。等她到了两人三足指定的检录地，没有意外地看到了熟悉的身影。因为上午的时候，纪霖洲跟她说过的，他也报了两人三足。

三五个男生围在检录的桌子旁，纪霖洲和他们站在一处，他们在聊天，声音含混不清，随着风一起吹了过来。

纪霖洲懒散地倚靠在桌前，背对着她。

白荔默默地往前走了两步，又停住。越走越近，她突然就不想过去。

于是她干脆就这么呆呆地站在原地，目光先是投向了远方，看了会儿B区的投标比赛，但很快她就没了兴趣，忍不住又收回了视线，落在纪霖洲背影上。

他身影疏朗高挑，双手撑在身后的桌面，长腿交叠着，帽檐压得很低。黑色的卫衣略宽大，衬得他肩宽腰窄。

还是许博文先看到了白荔，才捣了捣纪霖洲的胳膊。紧跟着，他的视线也轻慢地抬了过来，在热浪中，和她的视线撞了个正着。

一想到自己上午话还没说完就莫名其妙地跑开，她突然不知道该怎么和纪霖洲打招呼。于是她发挥了自己鸵鸟的本质，默不作声。

纪霖洲起身过来，他的手揣兜里。

到了近前，他随意问了句："站这儿干吗呢？"

白荔没什么情绪，淡淡地说："在等着比赛。"

纪霖洲低眸扫了眼她紧攥在手里的袖标，也不在意她的冷淡，接着说道："你自己来的？同学呢？"

气氛安静了半晌。

"同学还没来。"

不过纪霖洲没过多纠结这个问题："练习了吗？"

"什么？"白荔没听清，于是小声又问了一遍。

"两人三足。"他拿起来她的袖标，强调，"不是报了比赛吗？"

"没有。"白荔老老实实地回答道。

刚说完，那边班长急匆匆地跑过来："怎么办，孟曲星人还是没找到，这比赛你——"

"我陪她吧。"纪霖洲说。

"学、学长，这能行吗？"

"不然你找个可行的办法？"纪霖洲懒散地抬了抬手，脱掉了外套。

他里面穿的衬衫，不仔细看倒也看不出什么差别，但光风霁月的模样依旧在人群中惹眼。

两人三足的比赛规则，并没有特意限定规划了年级的区分。也就是高三同学和高一同学也可以随意组队，只是大家约定成俗，基本都是找同年级的。

将用来比赛的绳子往两个人腿上一系，白荔的小腿贴了过去，因为靠得近，纪霖洲周身好闻的味道散了过来。

她的左脚和纪霖洲右脚绑在了一起，粗粝的绳子磨蹭在脚踝的皮肤，有一瞬间刺痛感。

突然队友变成了纪霖洲，白荔的心跳陡然快了起来。

纪霖洲的手搭在白荔的肩膀上，白荔之前没有玩过这个项目，刚开始的时候，她不是迈错脚，就是跟不上纪霖洲的步伐。哪怕她已经很尽力地集中精神，可仍然错误百出。

她今天确实很不在状态。

"小孩，注意力集中点。"纪霖洲说，他语气很平淡，也没什么情绪。

白荔点点头，但一抬脚，还是下意识就迈出了左脚。她心不在焉的，思绪都围绕着他刚才那句小孩上。

"哥哥，我虽然比你小，"她忍不住再次强调，"但我真的已经不是小孩。"

纪霖洲眉尾稍挑："对我来说，怎么不是了？"

他嗓音低沉，很平静，仿佛在陈述事实。尽管这个事实，根本就是她不想听的。

白荔偏过头去，紧抿着唇不说话。

比赛的枪声一响。

开始的过程还是顺利，但慢慢地，白荔就开始出错，她总是失神。

烈日当空，还没走出多远，她额前已经覆盖一层细细的薄汗。突然脚底一个不稳，绳索阻挡的劲带着她整个人向前面扑了过去。

这一切发生得太快，纪霖洲也没反应过来。

白荔的膝盖蹭破了皮，伤口不大，也没出血，就是灰尘覆盖在膝盖上，看起来灰扑扑的。但疼痛还是蔓延开来，像是被针扎似的。她突然觉得很委屈，心底的酸涩泛出来。

"没事吧？"纪霖洲黑眸微垂，指腹轻轻替她擦干净膝盖的灰尘，"还能站起来吗？"

摔疼了，白荔根本都不想说话。

闷了一会儿，她突然说："你找别人组队吧，反正我就是个小孩，只能拖后腿。"

气氛仿佛陷入死寂，两人沉默地僵持着。

纪霖洲黑眸微沉："你在别扭什么？"

"我没有。"白荔低着头，嗓音闷闷的，声音又很小，但语气里带着股倔强的劲，很自然地流露出来。

"没有别扭。"她又强调了一遍，最后这一句话倒像是强调给她自己听的。

话音刚落，她也不知道纪霖洲听见了没有。

膝盖蹭破了皮，风一吹便有丝丝的疼痛。倒也不严重，涂抹点碘酒就行。因为今天是运动会，所以白荔穿的是校服短裤。

早知道还不如穿长裤呢。

"什么叫拖后腿？"纪霖洲俯低蹲下，视线和白荔平行。

稍一停顿，他刚伸出手要搀扶她，就被她下意识地躲避开，他就在空气里扶了个寂寞。

纪霖洲微一挑眉，语气带了点轻笑的意味："还说没有别扭？"

他压低了棒球帽，一双黑眸在帽檐遮盖的阴影中熠熠生辉，下颌的线条还迎着光线，看起来十分干净，像是被仔细雕琢。

他的样貌十分出众，好像天生就是要站在聚光灯下。

白荔避开："反正我说没有就是没有。"

说完，她伸出手解开绑在两人腿上的绳子。

这绳子也不知道是谁捆的,难解得很。

白荔在周围找了一圈,才摸到了弹力带的起始点。

纪霖洲眉眼稍抬:"是我给你的压力太大了吗?"

"什么?"白荔愣了一下,有些困惑地抬头。

"比赛啊。"纪霖洲懒散地说,"你要不想参加就算了,伤口等下去处理处理。"

顿了顿,他有解释的意思,语气平静地接着说:"我没有想逼迫你一定要集中注意力。"

这个比赛说白了也无关紧要,只是不集中注意力就很容易出错摔倒,也很容易受伤。

虽然伤口不严重,但疼一下总归也不好受。

纪霖洲以为是这件事让她很在意,所以,虽然他向来不擅长解释,但还是跟她说了句。

毕竟青春期的小孩很敏感,这点他从弟弟身上也不是没体会过。

"我没有说你有给我压力啊……"她说。

只是因为被小瞧了,有点不开心。而且每一次听到他说小孩子,白荔就越发能感受到两个人之间的差距,他从来都觉得她没长大一样。

这样的态度,让她如鲠在喉。

纪霖洲看了她一眼,语气很淡:"那是什么?"

"是因为……"白荔话还没说完,就突然被裁判打断。

其实是他们两个停顿的时间太长,旁边的裁判已经好几次吹哨示意,只是两个人都没理会。而且随着时间流逝,周围聚集过来的视线越来越多。

"那边的两个学生在干什么呢?"裁判说,"站在赛道上聊天?你们还挺会选地方的是不是?真当学校是你们家客厅呢!赶紧离开!"

眼看着所有人的注意力都被他们吸引过来,白荔顿时脸颊一热,她沉默了半晌,默默地低垂视线想要爬起来。

手刚撑到地面,她周身倏地一轻。纪霖洲单手就把她捞了起来,就像提起小鸡崽来。

063

白荔站稳以后，不自在地缩回去，和他保持距离。

"谢谢……"说话的时机已经稍纵即逝，现在再提起来刚才的话题多少显得有些突兀。于是白荔便抿着嘴角，不吭声。

弹力带已经解开，两个人确实没有继续比赛的必要。

纪霖洲也注意到了这点，他单手揣进兜里，黑眸漫不经心地垂落。

他一直以为白荔的性格又乖又闷，但这么一看，她莫名其妙地倔起来的时候，也挺棘手。

"算了，没耐心。"他冷淡地说了句，"确定不用我送你去医务室？"

白荔顿时绷紧，硬邦邦地吐出一句："不用，又不是什么大问题。"这句话说得像是在赌气。

气氛瞬间又陷入了死一般沉寂。

她真的很有能噎住纪霖洲的本事。

周围给选手加油的声音仍然在继续，只是白荔心情低落，除了耳边呼啸而过的风声，什么都听不进去。

许博文从老远走过来："出什么事了啊？"

"没什么。"纪霖洲神色冷淡。

许博文又抬眼去看白荔，小姑娘低着头。

见他过来，她立刻就扭过身准备离开。

许博文一激灵："吵架了啊？"

纪霖洲冷冷地瞥了他一眼。

许博文摸摸鼻头："我是觉得气氛稍微不太对劲。"

"你什么时候觉得对劲过？"纪霖洲怼他一句。

许博文挠挠头："你吃枪药了啊？"

纪霖洲收回视线："在陈述事实而已。"一顿，他装作不经意地问了句，"你那儿有没有创可贴？"

说话间，几个人已经离开了赛道。

白荔还没走出去多远，就瞧着一个人影过来。孟曲星高高瘦瘦的，宽松的校服套在他身上，肩宽背削，有股少年时期特有的干净气息。

"白荔小朋友……"离着很远的距离,白荔就听见孟曲星吊儿郎当地朝她喊道。

白荔:"……算了,我已经不想跟你强调小朋友三个字。"

她现在真的想知道,有没有什么办法能在一瞬间长大。为什么所有人看到她的第一眼,都会把印象停留在年龄上,这一点真的让她很困扰。

不过,听孟曲星这么喊,白荔除了稍微有点厌烦的感觉,并没有太多的情绪。和纪霖洲明显不同,白荔自己也觉得奇怪。

她想了下,可能所谓的"远近亲疏"大致就是这样。

"准备去哪儿?"孟曲星走近,手还揣在裤兜里,"刚才班长喊我过来比赛。"

白荔老实回答道:"去洗手。"

稍一顿,她说:"比赛已经结束了,我们班——嗯,被淘汰了。"

她刚才扑倒在地面,掌心里攥了满手的沙子和灰尘,现在灰扑扑地粘在上面,有些难受。

孟曲星视线稍微一垂:"你的膝盖伤到了?"

他略带关心地提了句:"怎么回事啊?摔倒了吗?"

白荔点点头,算是默认。

"那我陪你一起去吧,"孟曲星说,"反正我现在过来,闲着也没什么事。"

"嗯。"白荔深吸了一口气,提起来还有点难过,"我觉得我可能肢体不太协调……"

"没事,重在参与。"孟曲星浑不在意地说道,"说起来我跟你一样,我还真挺不喜欢运动会的,每次我都不想参加。"

他略带哀怨的口吻逗笑了白荔,她也不想再提刚才他没来参加比赛的事了。

两个人去了高三教学楼的厕所。因为这边是C区,离高三教学楼近一些不说,等下还得回来比赛,有其他项目。

在男厕与女厕的中间,有公共的洗手台。窗户和门都开着,微风便吹了进来。也许是背阴的关系,空气都带着阴冷。

这是白荔第二次来高三的教学楼,这里有好些年头,已经明显年久失修,

墙角的斑驳一片片。地面已经被阿姨清洗过，但仍然难掩痕迹。空气中有很重的潮湿味道，像是地下车库里混杂着汽油的味道，沉闷压抑。这就是高三教学楼给她的感觉。

孟曲星拧开水龙头："可能有点疼，你忍一下。"

白荔没吭声，只是默默地从兜里拿出来纸巾。

水很冷，冲在皮肤上，有一瞬间的寒意。处理好了伤口以后，孟曲星倚靠着窗户等她。

白荔擦干膝盖上的水渍，走了出去。

两个人还没走出高三教学楼的门口，就和纪霖洲撞了个正着。

纪霖洲和许博文还有几个男生进来，除了他和许博文，其余也都好奇地看了过来。

白荔视线微抬，刚好撞进纪霖洲的黑眸里。

擦肩而过的时候，纪霖洲停下来："伤口处理完了？"

他问得自然随意，语气也没有过分熟稔。

白荔低着脑袋点头："嗯。"

"这个。"纪霖洲扔给她两片创可贴。

白荔愣了一下："谢谢……哥哥。"

纪霖洲没说话，眸光划过孟曲星的时候，稍一顿。

"学长。"孟曲星礼貌地叫了声。

纪霖洲挑眉，又懒散地收回视线。

从教学楼出去以后，沉默着走了一段距离，孟曲星突然像是想到什么问："纪霖洲是你哥哥？"

"嗯？"白荔怔了怔，回答得含混不清。

停顿了一下，她问："怎么了吗？"

"没怎么，有点意外。"孟曲星说。

高三教学楼一楼的楼梯间，几个男生在玩手机，时不时还讨论一些百无禁忌的话题。

纪霖洲的视线投向窗外，这个位置刚好能看到操场的动向。他没参与那几个人的话题，而且他也不感兴趣，目光散漫地落在不远处的两人三足赛区。

"想什么呢？"许博文靠过来，一屁股坐在窗口。

纪霖洲收回视线："嗯？"

"刚才喊了你半天，也不搭理我。"许博文说。

"什么事？"

许博文说："晚上吃饭去啊，今晚不上自习。"

纪霖洲手揣兜里："行。"

"对了，你妹那个小男同学。"许博文故意吊他胃口，尾音缓缓地扬起来，"我看殷勤倒是献得挺及时。"

停顿了半晌，许博文说："你妹太小，交朋友什么的，你得把关啊。"

纪霖洲漫不经心地抬眸："她交什么朋友，跟我有什么关系。"

"我这不顺着你的话说嘛，怎么还别扭了？"许博文调侃地笑笑。

纪霖洲没说话，视线再次投向窗外。

操场C区的边缘，小姑娘正和一个男生有说有笑地准备朝着A区的方向离开，两人身高差距有点大，稀薄的光影将他们的身影慢慢拉长。

一眼看过去，画面难得和谐，他不以为意地收回视线。

"你膝盖的伤好点了没有？"孟曲星脱了校服外套。他胳膊瘦削，里面的校服短袖被改过，略微短了些。

校服外套搭在胳膊上，他看起来很清爽："还疼吗？"

突然被提起，白荔才稍低视线瞥了眼，受伤的位置贴了创可贴，看起来还有点萌。

她摇摇头："不疼了，只是轻微的擦伤。"

"那就好。"孟曲星抬起手臂抓了抓细碎的短发。

他其实也不怎么会照顾女生，尤其是跟他妹妹差不多大的女孩子，所以，这会儿接触起来，他还是有点紧张。

孟曲星侧头看过去，小姑娘脸颊通红，眼眸水润明亮。倏地，她也抬眸看了过来，看起来很紧张的模样。

视线对上的时候，她神情一愣，像是毛茸茸的小兔子突然怔住，有点呆滞。

也太可爱了吧！他开始怀疑自己有妹控的潜质。他轻咳了一声，不自在

067

地移开视线。

气氛稍微变得尴尬。

周围倒是很热闹，比起上午，下午的氛围明显放松了很多。班级座位上的同学越来越少，他们不是跑到草坪上聊天，就是回了班级。

晚一点结束的时候还要退场，再加上晚上班级里要聚餐，所以同学们不能离开校园。

还没走回班级位置，孟曲星状似闲聊道："暑假的时候班里也聚餐过几次，其实大家人都挺好的，你要是有什么别扭的地方，跟我说也行。"

他黑眸微眯，勾起嘴角笑得很爽朗。

白荔抬眸瞥了他一眼，含混不清地应了声。

回到座位以后，班长过来催着要她交稿子。

于是白荔闷着头写了一会儿，稿子是要交给主席台的广播员，然后播出来。

因为 A 班是重点班级，所以基本每个人都要写一份。

整个下午，白荔和纪霖洲的状态似乎就陷入了莫名的僵持，说不上是冷战，就是突然间好像关系变得很淡。好几次纪霖洲从 A 区路过的时候，眼神都没瞥过来一下，像在故意和她保持距离。

白荔有点郁闷，虽然心里想着不要在意，但每次纪霖洲路过的时候，她还是忍不住紧绷着神经，偷偷用余光去留意他的动向。

他的背影瘦削又高挑，迈开的长腿懒洋洋的，和周围的人都不同，白荔一眼就能认出他的背影。

运动会结束以后，白荔跟着班级同学去参加聚餐。

因为这次的运动会跟国庆节撞在了一起，所以今晚以后，就直接进入了国庆假期，也就是一周的时间。

聚餐的地方离学校不远，全班同学基本都到场，就连平时最不爱参与班级活动的江星序也跟了过来。

大概是放假的关系，饭店里人声鼎沸。没有任何老师在场的包厢，男生们很放得开，一上来就搬来好几箱汽水。

人多，气氛也跟着热闹起来，三张桌子才勉强坐下。几个能起哄的男生聚到一起，还有点吵闹。

男生们拿的冰镇饮料，所以白荔就自己跑到楼下，去柜台拿常温的饮料。

路过后厨的门时，她余光不经意间划过，突然被一个略微熟悉的身影吸引了过去。

夜幕笼罩，门口的灯光黯淡。

江星序正倚靠在柱子上，下巴微抬，卷翘的长睫轻颤，视线看向手中的手机。她另一只手随意地插进了兜里，神情轻松惬意却又不合群。

白荔愣了愣，脚步微微停顿了片刻。

白荔想，原来人孤独的时候也可以这么帅气自然。

草丛里的虫鸣声一阵接着一阵，就如同千百个平常的夜晚。

白荔拿着饮料回来的时候，江星序手机屏幕的光已经黯淡。

她还没来得及走开，就听到后厨的位置传来了一阵令人不舒服且很猥琐的笑声。她感觉不对劲，转身就看见江星序被两个男生围困在了柱子旁边。

"美女，加个微信呗？"其中一个黄毛油腻地勾起笑容。

另一个头发染红的男生也凑近，抬手夹起江星序垂落在肩膀的头发放在鼻端使劲地嗅，说道："自己玩有什么意思啊，不如哥哥们陪你一起，怎么样？"

全程江星序的表情都没有一丝一毫的变化。

"你好，请你们放开我同学。"突如其来的稚嫩嗓音硬生生地打断了两个男生，在寂静的空地里显得格格不入。

几个人同时看向了门口，小姑娘板板正正地站在原地，神情严肃，眼神很坚定："不然我会报警的。"

说完，她拿出手机。

报警这件事，她是认真的。

"小屁孩从哪儿滚出来的。"黄毛不耐烦，"这儿没你的事，赶紧滚开。"

红毛摸着下巴："不过这小孩细皮嫩肉的。"

白荔轻轻蹙眉，对男生的说辞很反感。

就在这时候，一直被围困的江星序突然懒散地出声。

"我说,你们两个猥琐男可以离我远点了。"江星序眼眸微眯,"几百年没刷的牙也敢往我这里凑,知道什么叫打落的牙齿往肚子里咽吗?"

"想试试吗?"她尾音稍稍扬起。

两个男生愣了一秒,紧跟着捧腹大笑,好像听到了什么不得了的笑话似的。

结果话音刚落,江星序屈膝一抬,朝着黄毛的两腿之间撞了上去,没有丝毫的怜惜。

顿时,惨叫声响彻整个空地。

白荔:好、好强。

江星序收回视线,随手把头发撩向耳后。

白荔眨眨眼,看向躺地哀号打滚的黄毛。她有那么一丝丝不确定地说:"需不需要打120?"

江星序和她擦肩而过,语气轻飘飘:"他们活该。"

停顿了一秒,白荔抿了抿唇:"嗯……他们好像追过来了。"

她伸出手指点了点气急败坏冲过来的人。

"那你在等什么,还不跑?"江星序用最拽的语气,说出最怂的话,还回头不可思议地看了她一眼,"你不是很聪明吗?"

白荔一愣,眼看两个人一副要吃人的架势,顿时跟上了江星序的步伐。

还没跑上楼梯,她突然和迎面而来的人撞了个正着,一屁股摔在楼梯口的水泥地面。

不禁撞得鼻梁生疼,连屁股也不好受。

还没等白荔反应过来,她的头顶突然响起淡淡的声音:"跑什么呢?"

她慢慢抬起头,撞进了一双深邃的黑眸里,纪霖洲正似笑非笑地看着她。

"纪霖洲?"她震惊到直接喊出了他大名。

"嗯?"慵懒的嗓音有点威胁的意味,他问,"你叫我什么?"

情况太紧急,也没给白荔解释的时间,身后追上来的人已经一拳朝着她打了过来。

倏地,白荔刚闭上眼就感觉身体一轻。紧跟着,她好像被谁用一只手提了起来。

纪霖洲淡淡地抬眸，看着两个男人，语气稍冷："滚。"

两个男人见状，立马识趣地准备离开。黄毛临走前还捂着裆部朝江星序咬牙切齿，又恶狠狠地瞪了纪霖洲一眼。

纪霖洲是学击剑的，在附近都很有名气，两个小混混也认出他来了。

等人走了，白荔才被纪霖洲放下来。

她默默地咽了咽口水，心虚地眨眨眼："呃……哥哥。"

该怎么跟他解释刚才的行为？

空气安静了一秒。

纪霖洲手揣进兜里，神情淡然："个头不大，管的闲事还挺多。"

白荔：他不会是看见了吧？

她脸颊一热，下意识地反驳："没有，我是看到我同学被为难。"

纪霖洲抬手就敲了敲她的脑门："那你自己上？不怕挨打？"

停顿了下，纪霖洲突然轻笑了声："就会跟我发脾气。"

他语气很淡，带了点漫不经心的意味，喉结随着轻笑的动作缓缓地滚动。

白荔脸颊顿时一热，连耳尖都泛着点热潮。她不自在地揪紧袖口的纽扣，很轻地眨眨眼，又低垂："哪有，我没有跟你发脾气啊……"

声音小得跟蚊子哼哼似的。

周围哄闹，刚说出口的话音就被嘈杂的噪音淹没，她也不知道对方听没听到。

浓郁的饭菜香气从后厨蔓延出来，油烟味道很重。

纪霖洲也没打算就这个话题再多说什么，只问了句："刚才受伤了没？"

说完，他视线落下去，瞥了眼白荔的膝盖。

纤细白嫩的膝盖泛着淡淡的粉，之前在操场摔到的地方还通红一片，创可贴板板正正地贴在受伤的地方。

白荔还穿着校服短裤，运动短裤的边缘在膝盖上方大概十五厘米的地方。裤腿宽大，越发衬得她双腿修长笔直。

"没有。"白荔摇摇头，突然一顿，她想到自己刚才差点挨打，"谢谢哥哥。"

"这么客气？"纪霖洲眉眼稍挑，语气轻慢且懒散，凉凉的眼神划过她，

"白天犯倔的时候,怎么没这么客气?"

小孩子脸皮薄,哪里经得起这么调侃。白荔双颊的潮热还没褪下去,猛地又泛了起来。

明明是他总把自己当小孩子,真是不想理他了……

也不知道是不是相处时间长了,白荔现在面对纪霖洲时胆子越来越大:"那我以后还是跟你不客气一点吧。"

她眨了眨眼。

纪霖洲扬了扬眉尾。

正巧许博文从门口进来,看到纪霖洲和白荔在门口,一怔:"你们在干吗呢?"

"白荔小妹妹也在?"他的视线划过白荔,"正好,跟我们一起去包厢吃饭啊,今天你哥请客。"

在许博文邀请的瞬间,她心底还真闪过一秒钟想过去的想法。

不过,最后她还是摇了摇头:"哥哥,我就不去了。"

"我和同学们一起过来的。"她乖巧地解释道,"你们慢慢吃。"

许博文闻言,可惜地"啧"了一声,笑着打哈哈说本来可以多一个人宰纪哥一顿。

纪霖洲懒散地抬眸:"跑哪儿去了?"

"嗨,这不是店里今天人多,连饮料都被喝光了。"许博文一边拎着两箱饮料,一边叹气,"没办法我又跑到旁边超市买的。"

稍一顿,他又说:"你们点菜了吗?"

纪霖洲应了声:"嗯。你回去再点。"

几个人一同朝着楼上的包厢走过去。好巧不巧的是,白荔他们的包厢和纪霖洲他们挨得很近。

临分别前,纪霖洲突然随口问了句:"你的校服短裤改过?"

白荔愣了一秒钟才意识到他在和自己说话,以为他在说校规不允许改动校服的问题,便怔了怔说:"没有。"

说完,她还特意低头看了眼。她有点困惑,是她的校服短裤看起来很别扭吗？

不过当初领校服的时候，确实给她的是最小号。

袖口、衣摆什么的都稍微有些短，但白荔穿着觉得还可以，也就没去换。这么一看，好像裤子是有点短。

白荔"唔"了一声，太过在意这件事以后，突然觉得双腿暴露在了空气中，有凉意袭来。

纪霖洲很自然地收敛神色："没怎么。"

他目光慢悠悠地划过她短裤的裤脚，然后脱了外套。

他俯低了些，随意地把外套系在白荔腰间。他的外套又宽又大，套在她腰间还挺好看的。外套带着暖意包裹而来，白荔轻轻地屏住呼吸，一动都不敢动。好一会儿，她才抿了下嘴角："那我先回去了。"

"嗯。"纪霖洲淡淡地应了声，浑不在意地收回视线。

走廊的包厢很多，还没等白荔走向自己的包厢，斜对面的房间门突然打开，一群人说说笑笑地走了出来。

这么一来，过道的空间就被压缩。

白荔刚迈出的步伐还没来得及收回来，擦肩而过的时候，她的胳膊蹭过了纪霖洲的手臂。

这么僵持了一两秒，慌张中她也没敢抬头，就趁着人群有间隙的时候，匆匆离开。

娇小的背影很快就消失在视野里。

许博文进门前，转过头突然跟纪霖洲说："我觉得吧。"

"嗯？"纪霖洲懒懒地瞥了他一眼，"什么？"

许博文若有所思："你已经有妹控的潜质了。"

"你想太多了。"纪霖洲冷笑一声，"滚蛋。"

回到包厢以后，白荔解开腰间围的外套，认真地把它整理叠好。她刚抱起来，衣服上属于纪霖洲身上的浅淡薄荷味道就散了出来，很好闻。

她担心等一会吃饭的时候，会把油渍滴到纪霖洲的外套上，所以很仔细地把外套放在了椅背上。

又闹了一会儿之后,班长和几个男生勾肩搭背着出来。吃到了晚上近十点钟,这顿饭才结束。

从饭店出去的时候,风吹过白荔的脸颊。热气涌出来了一些,顺着风的方向散去。

夜幕降临,月明星稀。

温度骤降,白荔紧了紧领口。

他们班算是磨蹭的,拖到现在才出来,大厅里已经没什么人。

白荔刚准备打个车回家,还没迈开步伐就被身后的一道女声叫住:"你等一下。"

"嗯?"她转过身,看到江星序走了过来。

"今晚的事情,谢谢你了。"江星序嚼着口香糖,"我欠你一个人情。"

白荔摸了摸烫人的脸颊,摇摇头:"没关系,我也没帮什么忙,不用感谢。"

江星序闻言挑了挑眉,从兜里掏出来手机:"你
的联系方式给我一个,微信号有吗?"

白荔说:"有。"

半晌过后,江星序说:"加你了,通过一下。"

白荔点了通过,随后随意翻了翻手机的消息。

她瞥了眼微信的界面,刚好看到钟陈怡三个小时前发过来的信息。之前她一直忙着处理学校的事情,都没来得及看。

【妈妈:嘟嘟,明天是不是放假了?】

【妈妈:几点的车回来?到时候给我打电话,我让你爸去接你。】

【妈妈:怎么不回消息?是在学习吗?】

结尾处,钟陈怡发来了一张满是荷花的图片,上面用彩色的字体写着:忙碌的日子,照顾好自己。

白荔哭笑不得。

不过说起来,明天就是国庆节假期了。想象中的期待并没有到来,反而变得有些惆怅。

趁着在路边打车的工夫,白荔拨通了钟陈怡的电话。

响了两三声后,电话接通。

电话里白荔也没说什么,就是简单地解释了一下自己为什么这么晚才回消息,顺便跟钟陈怡讲一下明天回家的事情。

期间钟陈怡还嘱咐她早点回家之类的。

白荔含混不清地应了声,也没说其他的。

挂了电话刚好路边停靠过来一辆出租车。

白荔招招手,出租车朝着她打了两下双闪。

孟曲星不知道什么时候走了过来,在白荔旁边站稳:"我送你吧,班长说你自己回家不安全。"

孟曲星眉目疏朗,眼眸澄澈明亮,透着股清隽的书卷气息。

他另一只手揣进兜里,下巴微抬,不给白荔拒绝的机会:"正好我和你顺路,送完你直接回家。"

"晚上的车不好打,你先上车吧。"说完,他上了车。

白荔沉默了一下,见孟曲星神情自然地系好了安全带,于是她也跟着上了车。

出租车里,孟曲星坐在副驾驶座,白荔坐在后排。

一路无言,车内十分静谧。

只是,车里很闷,渐渐地,白荔有点晕车,不知道是不是吃太多的关系,胃里也是翻江倒海的。

"师傅……"她捂住双臂,喊了一声,"我想问你……"

还没说完,就听师傅冷淡地回应:"吐车上清理费两百块。"

白荔:"能开窗吗?我晕车。"

气氛略微有些尴尬。

孟曲星闷声"扑哧"笑了笑。

挂在客厅的时钟已经指向了十点。

蔡嘉禾还没睡觉,她收到了白荔发来的微信,说是要跟同学们聚餐,今天晚点回来。但她还是不放心,不亲眼看到白荔进房间她肯定是没办法睡

075

着的。

纪霖洲出来倒了杯水，余光瞥了眼挂钟。

这小孩玩得这么疯？都几点了还不回来？

"我出去一趟。"纪霖洲随手拿了手机。

门一开，又一关。

四周安静下来。

小区里路灯坏了几盏，光线明明暗暗。

草丛里的虫鸣声一阵接着一阵，远处的高楼亮起了一排排的灯光。小区里十分安静，远处突然传过来一阵说笑声。

白荔和孟曲星相谈甚欢。

两个人有说有笑的，气氛倒是愉快。

交谈声由远及近，纪霖洲动作一顿，停在了原地，视线抬了抬。

看了一会儿，纪霖洲又收回了视线。

他单手揣进裤兜里，另一只手沿着裤缝线贴合。

等到两个人走近，借着路灯的光线，小姑娘正蹦蹦跳跳地沿着砖地走，她身上还套着不合适的宽大外套，衬得越发娇小。

三个人突然碰面，白荔和孟曲星都愣了愣，像是没有想到会在这里碰到纪霖洲。

纪霖洲瞥了孟曲星一眼。

"学长好。"孟曲星突然感觉背脊凉飕飕的，轻咳一声缓解尴尬，"我们吃完饭，我送白荔同学回家。"

气氛尴尬了一瞬。

孟曲星："学长再见。"

纪霖洲应了声，这动静更像是冷哼。

和孟曲星分开以后，白荔就老老实实地跟在了纪霖洲的身后。

"你同学主动送你回来的？"纪霖洲突然问了声。

他语气清淡，也没什么其他的情绪，就好像是在聊明天的天气一样平常。

白荔迷迷糊糊地回："不是，是班长让他送我回来的，他正好顺路。"

"顺路？"纪霖洲轻念了声，笑笑。

白荔点点头，又想到她走在后面，纪霖洲也看不见，于是便说："嗯。"

回到家里，白荔撑着最后的力气洗漱完毕，随后一头扎进了被窝。

不知道过了多久，她突然从睡梦中醒了过来。

头像是被锤子敲过似的，而且口干舌燥，嗓子里就仿佛吞了几十斤滚烫的沙砾，干裂得要命。

不管怎么眨眼，昏沉的感觉仍然明显，好像脑袋里此刻装的都是水，还倒不出来……

白荔轻轻抓了抓头发，也不知道自己今天是怎么了，似梦魇似游魂。

四周一片漆黑，静到掉根针都能听得清。

猛然从梦里清醒过来的感觉并不好，白荔愣了一会儿，孤独和空旷的感觉突然包围上来，无论怎么抛开这个念头，心慌的感觉依然附骨之疽。

她慢慢爬起来，想打开床头灯。

她摁了半天，视野里还是漆黑一片，伸手不见五指。

嗯？是瞎了吗，还是……停电了？

倏地，背脊仿佛有一丝丝凉意。

白荔摸到了床头的手机，勉强撑开眼皮看了看。

凌晨三点多。

她借着手机的灯光晃晃悠悠地走到了客厅。

喝完了水，她嗓子里火辣的感觉稍微缓解了一些，这时困倦和眩晕再度袭来。

路过纪霖洲的房间门口，白荔突然停住脚步。

她揉了揉眼睛，脚步踉跄地进了房间。

"嗯？"被吵醒的人突然出声，他嗓音沙哑低沉，"你有事？"

白荔扯住了他的袖口："哥哥，停电了。"

"所以？"纪霖洲这会儿已经清醒了不少，眼皮微抬，泛着一层清浅的褶皱。

她闭上眼睛喃喃道："我怕。"

她嗓音怯生生的，尾音缓缓扬起来，带了点细声细气的软糯意味。

077

纪霖洲懒懒地倚靠在床头："你睡不着，所以也不让我睡？"

白荔细软的眉头蹙在一起，认真思索。

她脑袋里一片空白，还没想好要说什么。

她其实有好多话想跟他说，但是到了嘴边又想不起来要说点什么，眼眶里像是弥漫着一层雾气，看不真切。

她刚才推开门进来，其实是一时的冲动，后来借着头脑发热，才可以假装毫无顾忌地在他面前撒撒娇。

如果是平时，她肯定不敢这样，甚至一想到她用这样的口气和他说话，她都觉得浑身起了一层鸡皮疙瘩。

而且她并不怕黑。

"但是停电了呀……"白荔瓮声瓮气地说，像是在为自己的行为找出一个合理的解释，歪了歪脑袋。

纪霖洲被她逗得好笑似的："停电和睡觉有关系？"

白荔愣了愣，随后呆呆地说："没有。"

"所以你现在应该做什么？"纪霖洲双手环胸，眼眸微眯，浑身都透着股懒散劲，嗓音压低有命令的意味。

沉默片刻，白荔有气无力："我回去睡觉了。"

"嗯。"纪霖洲敷衍地应了声，"听话。"

白荔："……可不可以不听话？"

"不可以，"纪霖洲认真回答，"已经很晚了。"

白荔："其实也没有很晚……"

纪霖洲笑笑，吓唬她："小孩，熬夜可是不长个的。"一顿，他慢条斯理，"到时候你出门，别人都会把你当初中生。你想这样？"

白荔，他真的抓住了她的命门。

她再也不想被别人当成小孩子了！

其实白荔只是觉得如果自己明天坐了早班车回家，可能在临走之前都没办法再见纪霖洲一面。

这是她第一次并不是那么期待假期回家。

嗯……甚至想萌生出假期继续待在这里的念头。

虽然她知道不回家是不可能的，而且钟陈怡明天早上会很早就给她打电话叫她起床。

沉默了半晌，她既没有开口说话的意思，也没有要转身离开的想法，就这么愣在原地发呆。

纪霖洲挑了挑眉，说：“还不走？等着变成小矮子？”

良久，白荔轻轻地长叹一声：“你睡你睡。

"不过你这么高，好像也不用怎么长了哎。"

她自言自语地嘀咕了一句，也不等纪霖洲的回复，又道："那你是不是可以一直不睡啦？"

纪霖洲说："一直不睡觉，岂不是要猝死了。"

他话里话外的调侃意味明显。

这会儿，白荔已经清醒了，至少理智回笼了一点。

在如此尴尬的情况下，她迅速收回掌心，以迅雷不及掩耳之势冲向门口。

回到卧室，白荔立刻缩回了被窝里。

第四章
少女心事

第二天一大早,白荔被钟陈怡的电话吵醒。她收拾好了东西,坐上了最早的一班车。

早晨七点钟,晨曦透过树叶的缝隙,空气中有湿润的气息,微风吹过,清凉舒适。

回到家里的日子并没有什么不同,作息仍然和上学时候一样,因为钟陈怡不允许白荔赖床。

"床就是滋生堕落的开始。"钟陈怡总是会这么说。

所以白荔也就养成了固定的生物钟,当然这也没什么不好的,作息规律而且也能够充分利用时间学习。

国庆节假期,白荔每天都闷在家里做卷子,听班主任说,期中考试就安排在假后。

A班的位置是有竞争机制的,只有名次在全年级前五十之内才可以跻身A班,一旦期中、期末考试的综合评定成绩掉出前五十名,极有可能会在下学期被其他同学挤掉。

时间一晃而过,马上就要返校了。

白荔正在房间里收拾行李。

傍晚时分，家里没人说话，只有客厅的电视机声音萦绕在房间里。

白楚楚窝在沙发里玩手机，时不时骂两声。

气氛还算温馨静谧。

家里的房子是白军工作单位分的，面积并不是很大，住四个人，略显拥挤。房子是两室一厅的格局，白荔回家的时候，就要和白楚楚住一间房。

手机铃声突然响起，声音刺耳又突兀。白军在客厅喊："老婆，你的手机响了。"

"谁给你打来的电话？"白军语气停顿片刻，"蔡嘉禾？是那个嘟嘟寄宿的纪家吗？"

"来了来了。"钟陈怡放下果盘转身出来，"是，可能找我有什么事情吧。"

房间不隔音，钟陈怡打电话的声音清晰地传了进来。

白荔手里的动作停顿了一下，又缓缓地将衣服放进了行李箱里，整个过程小心谨慎，没弄出什么声响。

她屏住呼吸，眼眸微垂。

"怎么会这样啊？我的天。"钟陈怡惊讶地"哟"了一声，"那肯定很疼吧？"

"唉，你说好好的，怎么突然手臂受了这么严重的伤呢？可不是嘛，好好的孩子……可惜了啊。"

白楚楚突然插话："妈，你能不能去阳台打电话啊，我这打游戏语音呢，你一说话我都听不见了。"

钟陈怡的声音便越来越远，后面的话，白荔就没怎么听得到。

她整个人愣在原地，还没完全消化刚才的消息。蔡阿姨打来的，电话中说的受伤的人不会就是纪霖洲吧？

想到这里，白荔随便地把衣服扔进行李箱里，打开门。

钟陈怡还在阳台，刻意压低了声音："出国培训也泡汤了啊，唉，这可怎么好啊……"

白楚楚还在闷着头打游戏，客厅没开灯，只有电视机里的莹莹白光照亮周围的一切。

"嘟嘟,你在找什么东西吗?"白军拿着遥控器,瞥了白荔一眼,"你想找什么东西,等会儿你妈打完电话帮你。"

"她还能找什么啊,肯定就是带几本破书、几张破卷子呗。"白楚楚撇撇嘴。

白荔摇摇头。

那边钟陈怡打完了电话,低着头走进客厅。

"妈,是纪……"白荔愣了一下,改口道,"是蔡阿姨家里的哥哥出事了吗?"

她紧张地屏住呼吸,轻抿着唇瓣。

钟陈怡点头,有点惋惜:"是啊。"

"怎么会受伤呀,他不是假期好好待在家里吗?"白荔双手紧攥成拳。

钟陈怡心不在焉地刷着朋友圈:"听说是假期去练习击剑,结果因为用力过猛旧伤复发。这下好了,本来出国培训的名额已经定好了他,现在也不能去了。"

白荔心口一闷,忍不住蹙紧眉头。

"那他肯定很难过吧?"她小声说。

钟陈怡:"那肯定的啊。这下学习不行,击剑也没出路,估计这次复读也就那么回事吧,最后肯定就选个大专,没什么出息的。"

像是想到什么,钟陈怡再次嘱咐她:"你离他远点就行,别耽误你自己。"

白荔咬了咬唇,说:"我回房间收拾东西。"

"去吧。收拾完记得复习功课。"

白荔回了房间,但没了收拾的心思,现在满脑子想的都是纪霖洲受伤的事情。

他那么努力地练习击剑,竟然是这种结果。如果换作是她的话,估计要崩溃很久。

她轻叹了一声。

事情来得太突然,到现在她仍然觉得震惊。

她起身在房间里走了两步,想了一会儿还是拿起手机。

她不知道纪霖洲的手机号码，但知道纪叔叔家里的座机号码。

这么一想，白荔犹豫着把指腹移动到拨通的按键上。她深吸了一口气，想着如果是蔡阿姨接的话，那她就找借口说明天回校的事情好了。

白荔一咬牙，拨了过去。

等待接通的提示音缓慢悠长，她的心情也跟着忐忑起来。

十几秒钟，艰难得仿佛度过了漫长的半个世纪。

电话里传来沙哑低沉的男声："喂？"

白荔脸颊一热，明明做好的心理准备却在这一声中全部崩塌，她紧紧地抓着话筒，脚尖在地面磨蹭。

"不说话？挂了。"

"等、等一下。"白荔说道，"哥哥，是我。"

那边沉寂了几秒钟，背景音也不知道是电视机里的声音，还是在吵架，听起来吵吵嚷嚷的，很嘈杂，还有女人的哭声。

白荔愣了愣。

纪霖洲的语气稍微不耐烦："你有事？"

"我没什么事，就是想说一下我明天下午回去。"她声音越来越小，极其不自信，小手不停地翻动着书桌上的练习册，页脚都快要被捏碎了，"家里有人吗？"

"嗯。"纪霖洲懒懒地应了声。

停顿了一下，白荔问："哥哥你……受伤了吗？"

他语气冷淡："别瞎操心。"

白荔还想说什么，但他突然就把电话挂断，她所有想说的话都哽在了喉咙里。

周日返校的下午，白荔刚拎着行李箱到纪家门口，还没从兜里拿出来钥匙，门突然被打开。

视线突然撞在一起，两个人都愣住。

"哥……哥。"白荔小声地喊道。

纪霖洲的神色看起来没什么异常的，只是眼睑下泛着淡淡的瘀青，看起

来应该很久没睡好。

他目光快速地瞥过她,没说话。

屋内,蔡嘉禾带着哭腔的声音传了出来:"纪霖洲,你要是今天敢走出这个家门,你别回来!

"竟然和小混混打架,你真是长能耐了!"

房间里的压抑气息就像是暴雨欲来的漆黑夜空,甚至让白荔这个刚回来还什么情况都不清楚的人,都敏锐地察觉到了沉重。

白荔脚步一顿,就这么僵在了原地。

她余光掠过纪霖洲的手臂,上面打了很厚的石膏,被一层层的纱布围绕起来,吊挂在胸前。

光是看着都觉得触目惊心。

她心口闷闷的,仿佛这伤不在纪霖洲的手臂上,而是在她自己身上似的。

门开着,里面传出隐隐约约的抽泣声。

"我完全没想到你会做出这种事。"蔡嘉禾说,"你真的太不让我们省心。"

白荔很少见到蔡嘉禾这么生气,还没反应过来,就见站在客厅的蔡嘉禾顺手抄起沙发上的抱枕扔了过来。

抱枕直冲着纪霖洲过去,当即就砸在他肩膀上。

他受了伤的手臂微微一动,却什么都没说。

"你到底还想不想我们这个家庭和和睦睦?"蔡嘉禾气得浑身发抖,伸出手指颤颤巍巍地戳着纪霖洲的脊梁骨,"你考不上大学我就送你出国学击剑!辍学的事情你想都不要想!

"除非你不想留在这个家。"

白荔彻底愣住。在她心里一向温柔的蔡阿姨,今天是第一次发了这么大的火气。

纪霖洲仍没有停顿,在下一秒关上了门。

"啪——"的一声,像是闷寂中突然响起的惊雷。

纪霖洲打算走,白荔犹豫着小声地叫住他:"哥哥。"

但他的脚步并没有迟疑,仿佛根本没有意识到她在,又或许是不想搭理。

白荔跟着纪霖洲走了很久,一直到小区门口。

假期的最后一天，街上还是热热闹闹的。

她也没吭声，就埋头跟在纪霖洲的身后，担心地看着纪霖洲带着股颓唐劲的背影。

下午的天气很差，阴云笼罩着整片小区的上空，狂风呼啸，路面的树叶随着风跨过了整条街道。

气息沉闷压抑，仿佛随时会下起瓢泼大雨，空气微微有些冷意。

"你到底要跟到什么时候？"在小区附近的狭窄路口，纪霖洲停靠在墙面，他的语气稍显得不耐烦，言辞间都是冰冷。

白荔顶着压力，慢吞吞地移动步伐朝着他挪了过去。

她想，纪霖洲现在心情肯定不好。

虽然他没说，但是刚刚和蔡阿姨吵架，她看到了他眼底的失落。

离得近了些，她才靠近过去，伸出小手扯了扯纪霖洲的衣摆。她抬眸说："哥哥你打算什么时候回家？"

她的小手小心翼翼地抓紧他的衣角，没有松开的打算。

白荔真的很怕他情绪过激，会不回家。还有她就是想陪着他，在他难过不开心的时候。

纪霖洲视线微垂，他的手臂贴紧了裤缝线，刻意把目光放远了些："你自己回去。"

但没想到小姑娘很倔强，较着劲闷声说："你不回去，我也不回去。"

纪霖洲看她，说："那随便你。"

他的语气很淡，说不上厌烦和严厉，但是仔细听着，隐藏在语气里的疲惫感还是透露了出来。

一直从家门口走到了台球馆，他真的一句话都没跟她说过，甚至连头都没回。

到了台球馆，几个男生在插科打诨，看穿着打扮应该也是学生。

白荔稍微愣了下，猜到这几个人大概率不是省重点高中的，因为省重点高中的校风校纪还是很严格的。

不过说起来，她至今都不知道纪霖洲那染成紫灰色的头发，是怎么从年

级主任的手底下逃脱的。

见纪霖洲过来,两个男生熟稔地抬了抬下巴,算是打了声招呼,但当目光划向他身后的白荔时,眼神就明显变了变。

小姑娘穿着淡紫色的针织外套,里面是白衣黑领的JK制服,下身的格纹裙摆还随着风向微微晃动,一截纤细白嫩的小腿瘦得只有他们胳膊粗。

她小巧白嫩的脸蛋写满了警惕,细软的黑发被吹得在空中飘散开,眉眼好看。

她刚抬眼,就见纪霖洲正准备进去,于是她也跟了过去。

一进门,各式各样的古怪味道混在一起,熏得人眼睛疼。

有那么一瞬间,白荔想走,但是一想到纪霖洲,她默默地深呼吸,没有犹豫地跟上了纪霖洲的步伐。

灯光昏暗。

几个高个男人在玩桌球。球与杆碰撞的声音十分清脆,白荔匆匆扫了眼绿色桌面。

这间台球馆比较大,白荔跟着纪霖洲上了二楼。

二楼的环境相对好了不少,起码没有那么浓重刺鼻的气味,而且安静很多,入眼可见各式各样的长椅秋千,装饰得很清新。

而且还有一张吧台。

二楼不像是台球馆,倒像是小型的清吧,不过是配备了台球桌的那种。

"纪哥,这儿。"何益晨撸起袖子,下巴一抬朝着纪霖洲点了点,"你的胳膊怎么样?"

球桌上面的灯很亮,周遭却十分黯淡。

旁边的沙发椅里,许博文和王媛慧在打游戏。

"没事。"纪霖洲懒散地抬眸,走向了吧台。

"还以为你今天不出来了呢,受伤了怎么不好好在家里养着,"何益晨说,"这伤要多久才能好啊?"

纪霖洲没说话,旁边的许博文出了声:"别问了。伤筋动骨还得一百天呢,纪哥这是新伤加旧伤,且养着呢。不过还好没真的伤到神经吧。"

但何益晨还是多嘴提了一句:"那黄毛下次再找你麻烦,直接报警抓他。"

"什么啊，跟纪哥没什么关系，那黄毛是因为……"许博文没说完，被纪霖洲打断。

"嗯，恢复一段时间就没什么大碍。"纪霖洲说完，眼眸微垂。他没提惹上黄毛是因为白荔的关系，也没说因为受伤所以出国培训泡汤的事。

话音一落，许博文抬头："怎么把妹妹也带过来了？"

兄弟们立刻心领神会，没人再提纪霖洲受伤的事。

许博文也松口气，他放下手机转移话题说道："她能待得住吗？"

毕竟女生通常都不太喜欢这里，觉得很无聊。

纪霖洲侧过身，看着白荔。

突然四周的目光都聚集过来，白荔耳尖一热，看向纪霖洲，挺直身板像是在跟他保证似的："我能。"

少女稚嫩的嗓音格格不入，大家都跟着笑了两声。

过了会儿，纪霖洲一直在沙发里看手机，期间几个男生都是各玩各的，谁也没说话。

气氛突然就沉闷下来，确实没什么意思。

白荔一开始坐得比较远，后来她慢慢地挪到了纪霖洲的身边，不过仍然保持了一定的距离。

"哥哥，"她压低了声音，用只有他们两个能听到的音调，"你……不要生气了好不好？"

纪霖洲微微抬眸，神情淡漠："我哪有生气。"

"不对不对，我说错了。"白荔小心翼翼地斟酌着用词，"你别不开心了好不好？"

稍一顿，白荔接着说："你不回家，阿姨会担心你的。而且今天阿姨说的一定是气话，她肯定还是希望你能回家的。"

"我看起来像不开心？"纪霖洲神情淡淡。

他觉得这小姑娘想得太多，也管太多。

白荔一时间被怼得哑口无言。倏地，她突然站起来，像是想到了什么似的，头也没回地就跑下楼。

白荔冲出台球馆时，才发现外面已经下起渐渐沥沥的小雨，好在雨势

不大。

白荔目光搜寻了四周，在看到超市以后眼睛一亮。

半晌过后，白荔又跑回到了纪霖洲的面前，她眼底噙着笑意，从兜里拿出一袋糖。

"小时候我不开心的时候，会吃糖。嘴里甜甜的，心里也没有那么郁闷了。"她说。

"哥哥，你要不要试试？"白荔略带期待的小眼神慢慢看向纪霖洲。

停顿了片刻，纪霖洲没有接过来的意思，他眼皮微掀，泛出一层浅浅的褶皱。

"你不觉得自己多事吗？"

他语气很淡，但也很清晰。

白荔抬起的手突然一僵，默默地缩了回去。

"我只是不想你不开心。"她低着头说，视线落在她自己的鞋尖上。

话说到一半，她突然没有继续说下去的欲望。

他在烦她吗？在讨厌她吗？在怪她多管闲事吗？

周围很沉闷，是风雨欲来前令人窒息的闷。

纪霖洲神色淡淡的，也没说话。

气氛一下子就安静下来。

白荔心里一酸，像是咬了一大口柠檬似的，五官都快要皱在一起。

她咬着唇，鼻子有点酸："那……那我先回家了。"

出门的时候，天色已经黯淡下来。

白荔闷着头在路上走了好一会儿。突然，视线里出现了两双破旧的球鞋，因为鞋面蒙着一层灰，已经看不出原本的颜色。

她下意识就想避开，谁知道她往右走，那两个人也跟着往右；她往左，那两个人也跟着往左。

"哎？我说你走路不长眼睛啊！"古怪的音调突然响在白荔耳边，还带着压抑的兴奋，刻板又生硬。

一个男生说："你撞到我了知道吗？"

白荔疑惑地皱眉，视线顺着抬了上去："我很确定我并没有撞到你。"

话音刚落，她停住。

眼前这两个人，一个顶着红毛，一个顶着黄毛，而且看起来确实眼熟得很。

"你们是……"白荔已经想起来这两个人是谁，就是前段时间聚餐时碰到的两个流氓。

"嘿！就是哥哥。"黄毛搓着手，笑得很阴冷，"看来你还记得啊，小妹妹。"

白荔默默地说："在地上滚成那个样子，想不记得也难啊……"

她不提还好，她一提，黄毛登时就怒从胆边生。

那滋味儿又上来了！黄毛的视线一下子就变得阴狠，带着怨气。要说被女学生踢了一脚也就算了，没想到后面又踢到了纪霖洲这块铁板，新仇旧恨加一块儿，他哪有不报仇的道理。

红毛见状，猛地去抓白荔外套的帽子，使劲地将她拽了过来："你还有脸说，要不是你同学，我哥能到现在都、都……有障碍吗！还有那纪霖洲，把我哥打成瘸子了！"

白荔一个趔趄就被拽到了红毛面前。她不太清楚红毛话里的意思，这件事跟纪霖洲有什么关系？

"你说这个干啥！"黄毛气坏了，当即就给了红毛一巴掌，"要你多嘴。"

"小妹妹，"黄毛挤出笑脸，"你今天要是能让哥哥们开心，那我以后就不找你，还有纪霖洲的麻烦，你看怎么样？"

"要是不能，"黄毛瞬间变脸，掏出手机，"我就在这儿揍你，还把你挨揍的视频全都保存下来。"

白荔想了一下，从兜里拿出糖来。

她略微迟疑地看了一眼黄毛："呃？"

黄毛一巴掌拍掉："你耍哥哥玩呢？"

稍一顿，他嬉皮笑脸："害怕了吧？"

白荔忍不住皱眉："不害怕。"

黄毛和红毛彻底被激怒，一点点逼近，将白荔逼到了墙角。

天色黯淡，再加上这里离马路有点距离，如果不是特别注意，的确很难会发现这里的情况。

但白荔却是从未有过的平静，她一边想办法，一边拖延时间，说："如

果你们再靠近一步……"

"你就怎么样啊?"黄毛推搡了白荔的肩膀一下,"说啊,哈哈哈,你就怎么样啊?"

"我就喊人了。"白荔想,大声呼救应该会吸引到旁边的商户吧?

"你喊啊,让我看看有没有人来帮你。"红毛笑得花枝乱颤,脖颈间的肥肉也跟着晃来晃去。

白荔深吸了一口气,还没等她喊出声,一道清淡的嗓音突然横插进来:"怎么没有。"

语气很淡,也很懒散,带了几分漫不经心。

白荔一愣,这声音很熟悉,她突然挺直了背脊。刚才被小流氓为难的时候,她没感到害怕委屈,这会儿,她突然觉得鼻腔和眼眶都酸酸的。

纪霖洲虽然受了伤,但对付两个小混混绰绰有余。

等两个小混混都逃了以后,他在白荔身后停下。

白荔背对着他,一时间也不知道该走还是……

但她并没有因为纪霖洲过来而感觉开心,反而心情有些复杂。她从今天的对话中隐隐约约察觉到了什么,可是又不知道怎么问。

"我刚才心情不好。"沉默了半晌,纪霖洲说,"抱歉。"

他确实不该把火发在不相关的人身上。

话音刚落,白荔就觉得自己眼眶里热潮涌动,她几乎要控制不住委屈的感觉,心底的小情绪都跟泛着泡泡似的。

于是她紧咬着下唇屏住气息,恨不得自己不会呼吸。

过了会儿,纪霖洲捡起扔在地上的那包糖。他走到白荔面前,但小姑娘仍旧低着头。

"不是给哥哥的东西吗?"他说,语气难得软了一下。

白荔没忍住说:"但是你不要,就不给你了。"

她的声音带着哭腔,瓮声瓮气的。

纪霖洲轻笑了一声,有点无可奈何,又有点心疼地擦干净她脸颊的湿痕。

"那我们现在回家?"纪霖洲黑眸微抬,说道。

白荔没吭声,抬起手背蹭了蹭微凉的鼻尖。空气中尽是湿润的气息,雨势缠绵仍然淅淅沥沥的。她顿了顿,还是慢慢地绕过纪霖洲。

白荔张了张嘴巴,虽然声音很小,但仍然吐字清晰:"哥哥你已经道过歉了,我原谅你。"

她认认真真地说:"我打算回家,如果哥哥你不想回去,那我就先走了。"

小姑娘的背影倔强劲十足。

纪霖洲直起身,单手揣进裤兜里,掌心里的糖袋湿润,触感坚硬冰冷。

纪霖洲微微一愣,想起小姑娘刚才委委屈屈地说着"但是你不要,就不给你了"这句话。

看着性格柔软,实际上骨子里却坚持得要命,还挺记仇的。

他眉眼稍垂,视线笼着白荔的身影,稍停顿,又不紧不慢地跟在了她的后面。

走了会儿,白荔顿住:"哥哥,你手臂的伤是因为我吗?"

沉闷了良久,纪霖洲才淡淡地说道:"别多想,跟你没关系。"

一瞬,她只觉得心里像是有什么在翻滚似的,热气上涌。

白荔回去以后便直接进了自己的房间。

雨势随着时间一点点地加重,到了晚上窗外已经是狂风骤雨,电闪雷鸣,雨点大得和冰雹一样。

夜里九点多,她听到客厅响起开门声。起初,她以为是蔡阿姨,并没有在意,仍然埋头预习功课。

脚步声渐渐近了,然后消失在她的门口。

紧跟着,响起敲门声,一下一下的。

白荔愣了一秒,跑过去开门。

"给你买的。"纪霖洲没说废话,直接扔给她一大包东西。

购物袋的边角还沾着湿润的水汽,湿气扑面而来,带着几分凉意。

白荔被纪霖洲的举动搞得迷糊:"这是什么?"

她慢吞吞地瞥了纪霖洲一眼。

"不是你说不开心的时候喜欢吃甜的,"纪霖洲眼皮慵懒地抬了抬,"里面是所有的口味,看你自己喜欢。"

"你刚才出去买的吗？"白荔抬眸。他身上被雨水打湿，灰色的卫衣从肩膀的位置暗下去一大片，就连打着绷带的石膏也湿漉漉的。

"可是外面在下大雨哎……"她呆呆地说了句，"而且这些口味要跑好几个超市才能买全。"

纪霖洲浑不在意地应了声："嗯。"

最开始他打了伞的，后来只有一只手不方便拿东西，伞就扔便利店了。

他稍一顿，黑眸噙着笑问道："现在开心了没？"

白荔"唔"了一声，既没承认也没否认。她将很多东西都埋在了心底。

日子平静地过了几天，大概是考虑白荔在的缘故，所以蔡嘉禾没有再和纪霖洲争吵过，但家里的气压还是很低，平时放学回来以后几乎没人说话。

而且纪霖洲每天回家也很晚，一回来就进了自己房间。

所以，这段时间白荔很少和纪霖洲碰面。

有时候两个人撞见，白荔就乖巧地喊纪霖洲一声"哥哥"，纪霖洲会神色淡淡地应了声，语气懒散随意。

除此之外，再无其他。

只是夜深人静的时候，白荔还是忍不住回想。

一想到她当着他朋友的面，红着眼眶一声不吭地就跑出去，她就觉得好丢脸，想找个枕头闷死自己。

事实证明，想太多会心累，而且还会失眠。

白荔将头埋进枕头，长长地叹息了一声。

第二天她顶着两个乌黑的眼眶去了学校，搞得蔡嘉禾以为她在学校里被人打了。

白荔哭笑不得。

上数学课时，白荔一下走了神，碳素笔有一下没一下地在草稿纸上戳着，不知道在想什么。

所以她被数学老师点名站起来的时候，大脑里是一片空白的。

入秋时节，天气微冷，她却紧张得手心冒汗。

"我……我刚才没听。"白荔硬着头皮道。

话音刚落,她的脸颊顿时滚烫一片,觉得臊得慌。

教室里安静了几秒。

数学老师拿起粉笔,轻飘飘来了一句:"哪怕是好学生也不能骄傲自满啊!

"明天就是期中考,不用我说,你们也都懂这次考试的重要性。作为重点班级的孩子,你们要学会更加严格地要求自己,绝对不能有一丝放松。

"所以要更加专心地学习,上课不要走神。"

数学老师的声音很轻,但每一句话的分量都很重。

白荔哑口无言。

"白荔,虽然老师一向喜欢你,但这次的事情,我得一视同仁,你去外面走廊站着听课吧。"数学老师说,"以后别再让我点你的名。"

"知道。"白荔捧着书本走到了外面。

走廊里回荡着各个班级讲课的声音,但嘈杂之下,又是难得的静谧。

白荔捧着书本,视线落在上面的公式上。

只是看了会儿,她的目光悄悄地朝着走廊外看。

重点班走廊外对应的地方,是学校的超市和花园。

在连续几日的阴云密布以后,今天终于晴朗起来,虽然风吹拂过还是冷的,但阳光很灿烂。

楼下超市门口,站着几个男生,白荔一眼就瞥到了那个熟悉的身影。

纪霖洲的头发长了一些,穿着黑色的短袖和修改过的校服裤,背影疏朗瘦削,干干净净,带着股生人勿近的懒散劲。

几个男生在超市门口逗留了会儿,就慢慢悠悠地朝球场走去。

纪霖洲一只手打着绷带,另一只手捧着篮球,对着篮筐投篮。

白荔撑着下巴,眼眸微垂,眸光笼着他的身影。

也不知道纪霖洲的绷带还需要多久才能拆。

下课没多久,就打了上课铃,班级里的同学这时才稀稀拉拉地起身往外走。

对 A 班的人来说,多做两道数学题比体育课重要得多,不过学校还是强制规定必须上体育课。

热身运动结束，体育老师说要围着操场跑两圈。

闻言，白荔扭了扭脚踝。

突然，一道身影挡住她的路，江星序突然走了过来："你……周末晚上有事吗？"语气平淡没什么起伏，只是稍微带了点僵硬。

江星序在班里一直独来独往，很少主动和别人说话。

白荔一愣，不确定她在跟自己说话，便问："我吗？"

"对。"江星序双手揣进裤兜里。她的校服领口微微敞开着，漂亮的脸蛋冷若冰霜，就和她的语气差不多，"你上次帮了我，我哥要请你吃个饭。"

"没关系，不用的。"白荔笑道，说完蹲下身系好鞋带。

江星序性格高冷，虽然两个人是同桌，但平时在学校里并不怎么说话。

"给我一个你的电话号码吧。"江星序掏出手机，"到时候我看情况打给你。"

于是，白荔报了电话号。

江星序走后，两个与白荔关系比较近的女生走过来。

汪琦说："荔荔，你怎么还搭理她？"

旁边的孟丹也跟着说："听说她爸爸妈妈离婚了，因为她妈妈出轨了一位公司高层，闹得沸沸扬扬的。"

孟丹接着说："她那个哥也不怎么样，天天在学府路混来混去……还有，她竟然能考进我们班！不可思议！"

"嗯？"白荔望向江星序走远的背影，目光停了几秒，又若有所思地收了回来。

"你说，她会不会考试作弊啊？"汪琦猜测。

孟丹一拍手："也没准啊。毕竟她家一个两个都不太好，我是觉得近朱者赤，近墨者黑。"

白荔默默地说："我觉得她不会。"

汪琦："为什么？"

孟丹："你又不了解她啦。"

白荔垂下眼，并没有再说什么。

钟陈怡单位放假，清闲了几天。

趁着白楚楚在学校的工夫，她打开了两个姑娘的房间，准备打扫打扫。

一进房间，她就觉得死气沉沉。

钟陈怡一边嘀咕，一边往里走："楚楚这孩子真是，窗户都不知道开一开通通风，闷死了。"说完，她走到窗边，拉开窗帘，打开窗户。

钟陈怡的视线刚收回来，余光突然瞥到了桌椅缝隙里的一张废纸。她以为是白荔验算的草稿纸，就捡了起来。

"嗯？"目光刚触及纸面，钟陈怡皱了皱眉，意识到有点不对劲，她立刻翻来覆去地看了好几次。

白军在客厅喊："老婆，我上班去了啊。"

半响都没有得到回应，白军又喊了一声："老婆？"

然后，他就看见钟陈怡紧皱眉头从房间里出来。

白军："喊了你好几声，怎么不答应啊？我上班去了啊。"

钟陈怡的神情前所未有的沉重，像是凝固着一层经久不散的寒霜。

"当初提议让嘟嘟去蔡嘉禾家，我是不是做了个错误的决定？"

"怎么突然这么说？"白军瞥了眼腕表，赶时间，"等我回来再跟你说吧。"

白军匆忙离开。

钟陈怡蓦地攥紧了手心，一点点地将纸攥成团，又愤怒地丢进了垃圾桶。

体育课跑操结束，体育老师吹响了哨声，示意解散。

"白荔，所以你现在是住在纪霖洲家里吗？"闲聊之时，孟丹突然问了白荔一句。

三个人并排坐在台阶上，刚围着操场跑了两圈，几个人的气息到现在都没喘匀。

空气中光线稀薄，有一小块云遮挡住了日光。

白荔愣了一下，视线从远处收回："嗯。"

她性格比较沉闷，话也少。

最开始孟丹和汪琦还以为她是高冷，接触久了发现她是真的呆萌。

"不过你跟纪霖洲应该不是亲兄妹吧?"孟丹好像对纪霖洲很感兴趣的模样,生怕错过什么消息,"因为你们的姓不一样。"

"不是。"白荔视线低垂着,她的两只脚在台阶上晃来晃去,小女孩的心思难掩,"我和纪霖洲哥哥没有血缘关系,我只是借住在他家里。"

说这句话的时候,她又抬起目光,视线划过远处高三的队伍。

操场很空旷,高三生的体育课很随意,连人都来不齐。

几个男生高高瘦瘦的,站在萧瑟的秋风里说说笑笑,他们背影单薄,穿着校服,带着瘦削的少年感。

"哎!"孟丹不自觉流露出羡慕的语气,"我也想要住进纪霖洲家里。"

像是想到什么,孟丹一拍手:"今天放学你能不能带我去他家里玩?"她停了一秒,随后笑笑,"我对他家里是什么样挺感兴趣的,还有他卧室。"

一想到能进到纪霖洲的卧室,孟丹眼睛都在发亮。

"嗯?"白荔一愣,"我不习惯带同学回家。"

这句话是真的,她从小跳级,所以和班级里的同学关系并不是十分亲密,更别提那种寒暑假煲电话粥的闺蜜情,她没体验过。

"这有什么关系,一回生二回熟。"孟丹笑嘻嘻地说。

汪琦说:"听说他爸爸是高级工程师,现在的这套房子是因为纪霖洲在省重点高中上学才买的,家里还有好几套呢。"

汪琦:"工程师大家都了解,尤其是这种干了有些年头的,一个项目一套房的收入呢。"她说得津津有味,手撑着下巴,"真是有钱还低调。"

"而且你看到纪霖洲的球鞋了没?"孟丹说,"我们班体育委员也穿了同款,但体育委员买的假鞋太明显了,纪霖洲的是真的。这鞋应该要几千块,联名款。"

白荔震惊:"你们……都了解得好清楚。"

"就很自然地了解到了呀。"孟丹说,"你该不会没注意到吧。"

白荔抿了抿嘴角。

她……真的没感觉到,甚至都没注意过。

其实纪霖洲在学校很有名,偶尔在卫生间都能听见女孩子议论他。

"虽然他偏科严重,但你们知道吗,他的物理简直是不学习都稳拿高分的。"汪琦说，"这天赋，我真的羡慕了。"

"嗯嗯。"白荔欢快地点着头，默默地攥紧手心。

不知道为什么，她听到别人夸赞纪霖洲，比自己得了表扬都开心。

是呀，自小就会替她解围，会帮助她的哥哥自然是最好的！

聊了一会儿纪霖洲后，话题很快就转移到自己班的同学身上，孟丹和汪琦两个人都是话痨，一说起话就停不下来。

白荔在旁边听着她们讲班级里的事，感觉还挺有趣的。

孟丹和汪琦聊了一会儿就去超市买零食，白荔不想去，就坐在原地等她们。

白荔低着头翻出手机。

班级群里在通知明天的期中考试。

倏地，一道阴影遮挡过来。

白荔还没反应过来，就闻到了一股熟悉的味道。

紧跟着，一件衣服朝她扔了过来。

她猝不及防地抬起头，视线被外套罩住，整个人被蒙在衣服里面。

衣服上有一股干净又好闻的洗衣液味道。

白荔扯下衣服，才看见是纪霖洲。

他微微俯低，口气随意懒散，很自然地说："等会儿回家，把我的衣服拿回去。"

许是刚才打球打得热了，他额前覆盖一层很细的薄汗，眼眸漆黑。

颈部的线条延伸至短袖的下方，肩膀直且宽。

"哥哥，你不回家吗？"白荔问。

说话间，她认真仔细地折叠好衣服。

"嗯，不回。"纪霖洲一顿，从兜里拿出来一块糖，递到白荔面前，"算是感谢费？"

他眉眼稍挑，似笑非笑的语气。

白荔伸出手接过来，糖纸仿佛还带着些许的热度。

她微微一怔："糖块虽小，或重于泰山或轻于鸿毛。"

半晌面前都没有动静，白荔猛地抬起头，就见纪霖洲仔细地打量着她。

"小屁孩，你脑袋里都在想什么呢？"

白荔脸颊微微一热："我不是小屁孩。"

虽然是在强调，但心虚的小奶音显然底气不足。

纪霖洲笑笑："我又没说你是。"

他低着头看她："这么着急对号入座。"

他的闷笑声低低溢出。

说完，纪霖洲的另一只手滑进了裤兜里。

小、屁、孩。

虽然他没说，但他的眼神里就是这个意思。

白荔很气，哪怕她心里很敬重他这位哥哥，但也很气。

"哥哥你这么'直男'，"她抿了抿嘴角，抬眸，"以后可能会没有女朋友的。"

"直男"是她刚从孟丹和汪琦嘴里听到的词。

虽然白荔对这个词的理解并不是那么透彻，但她认为，不会甜言蜜语哄女孩子的就是直男。

所以纪霖洲等于"直男"，没有问题。

纪霖洲故意逗她："小屁孩，这么诅咒自己哥哥？"

"哪有诅咒。"白荔认真地点着小脑袋瓜，"我是好心替你着想。"

纪霖洲慢条斯理地捏了捏她脸颊。

"还学会倒打一耙？"他黑眸微沉地说。

白荔："唔……"

她任由自己的脸被纪霖洲捏圆搓扁。他的力道不重，手指干燥带着温热，而此时划过他指缝间的微风，吹起白荔鬓角的碎发。

突然间谁也没说话，白荔眨了眨眼眸，黑如鸦羽的睫毛轻颤着，脸颊红润。

纪霖洲若无其事地收回了手。

晚上白荔刚下课回到家，就接到了钟陈怡的电话。

电话里钟陈怡问了几句白荔的学习状况，她一一回应。

只是在问到纪霖洲的时候，钟陈怡的语气稍微有些古怪，虽然没说什么，但白荔就是能感觉到钟陈怡在生气。

白荔心虚，含糊其词地敷衍了过去。

期中考试很快结束，两天的时间安排得满满当当，考场的座位也是随机打乱分配的。

在出成绩以后，白荔小小地松了口气，因为她的成绩没有下滑，还前进了三名。

这其实挺难的，因为在已经是全年级最好的班级里想要超过别人，需要付出更多的努力。

日子一天天过去。

十一月份，天气干冷。

难得的周末，下午白荔复习完毕，伸了个懒腰。

门突然被敲了敲，敲门声很轻。

不用打开门，她就能猜到是谁。

于是，白荔踩在拖鞋上就小跑着过去开了门。

纪霖洲站在门口，他穿着黑色的卫衣，头发柔软。

他的视线微微低了低，停顿片刻才漫不经心地抬起来："看来天气还是不够冷。"

"嗯？"白荔愣了愣，没太明白他的意思。

"鞋呢？"纪霖洲意有所指地点点她的脚。

白荔低头看了一眼脚上的毛绒兔棉袜，由于刚才跑过来得太着急，跑丢了一只拖鞋她都没注意到。

"我现在穿上。"她小声说，像是被长辈教训了似的，委屈巴巴地低着脑袋。

纪霖洲瞥了小姑娘两眼，饶有兴味，眉眼稍抬地问了问："想不想出去玩？"

白荔怔了怔："去哪里？"

"这周末有一家游乐场开业，怎么样？有没有兴趣？"他嗓音懒洋洋的。

"新开的游乐场吗？"白荔说，"我想去。"

纪霖洲挑了挑眉尾，双手随意地滑进了兜里。

小姑娘的眼眸在一点点地发亮，眼角的泪痣也随着洋溢的笑容而动。看得出来，她是真的很开心。

"但是吧，"他稍一顿，"让哥哥带你去，不表示表示诚意吗？"

白荔愣住，想了想，语气都变得小心翼翼："那、那我帮你做作业？"

纪霖洲显然没料到她会这么说，思索了会儿："嗯，也不是不可以。"

他双手环在胸前："或者你求求哥哥，我就带你去，怎么样？"

"可是我不太会。"她小声嘀咕。

求人是什么样子呢？

"要不，我还是帮你写作业吧。"

纪霖洲也就逗逗她，没真想让她怎么样。

今天阳光好，但天气干燥又冷。

新开的游乐场在开发区，离市中心有点远。

白荔出了门以后还特意摸了摸兜里的公交卡，顺便搜索了一下怎么去的路线。

乘坐公交车过去比较久，大概要一个小时。

公交车一路停停走走。原本去往开发区的公交车上人并不多，但大概因为新游乐场的关系，今天的人格外多。

好不容易到了游乐场，没想到游乐场门口人就超多了，放眼看过去除了家长带着孩子，还有不少是学生组队来的，人头攒动。干冷的天气也好像被此刻的氛围融化，变得热络。

离着很远，白荔就看见站在门口的许博文。

他正举着棒棒糖朝她挥手，旁边还站着几个陌生的面孔。

"小妹妹，博文哥哥给你买的糖。"许博文笑嘻嘻地把棒棒糖塞进白荔的怀里，"怎么样，我比你哥好吧？"

白荔慢慢攥紧掌心，悄悄地抬眸瞥了纪霖洲一眼。

他好像并不是很在意，反而懒散地走向售票处。

过了会儿，纪霖洲递给了她一张票。

一行人买完票就进了游乐场。

白荔第一次和朋友们一起过来，走到哪儿都觉得新鲜，里面的游乐设施让她眼花缭乱，周遭的摊贩个个活泼搞怪。

小时候钟陈怡忙，白荔只去过一次游乐场坐旋转木马，是在她跳级的那天，钟陈怡很开心就带了她去。

远处的尖叫声此起彼伏，白荔看过去。

"哥哥，云霄飞车。"白荔扭过头惊呼，没想到映入眼帘的是一大堆陌生的面孔。

她愣了一秒。

周围人多，白荔腿又短，很快，她和纪霖洲就被人群彻底冲散。

人声鼎沸，环境嘈杂。

哪怕她努力地踮起脚，也看不到熟悉的背影。

她沮丧了一会儿，刚想从兜里拿出手机打电话，倏地，她的手腕被干燥而温热的掌心握住。

指缝间溜过的风很冷，但心底的暖流却在蔓延。

所有的难过情绪仿佛在一瞬间被击溃。

空气中有很淡的好闻味道，令人格外心安。

白荔抬头看去，高大的身影遮挡住了她视线里的阳光，纪霖洲逆着光，黑眸微垂。

他眉眼干净，薄唇勾起笑意。

她说："唔……我刚刚还在找你。"

"跟紧，"纪霖洲言简意赅，神色淡淡，"跑丢了怎么办？"

白荔呆呆地看着他，那句"可以打电话"被她硬生生地吞回了肚子里。

纪霖洲停顿了下，又蹲下来替她紧了紧领口的淡紫色围巾，下一秒他伸出手牵住了她的小手。

纪霖洲没什么情绪，神色如常地直视前方，好像牵手并不是什么了不得的举动，和拎只鸡没什么区别。

这么一瞬间，白荔被他的面无表情小小打击到。

果然，她在他眼里还是普通的小孩子吧，所以才能这么心无杂念地牵手靠近。

"你妹妹真可爱啊。"路过的阿姨抱着自家的小孩，忽然凑近到白荔面前，"你们家的基因真好。"

纪霖洲眼尾稍挑，没说话。他紧了紧手臂，便把白荔拽得更近一些。

"有吗？"他也学着那位阿姨凑近了白荔仔细看。

半晌，他轻笑："是挺可爱的。"

纪霖洲问："好了，看看有没有什么想玩的项目？"

白荔闷着脑袋，幽怨地抬起眼来。她的目光突然被面前的山洞吸引住，看起来十分阴森的山洞门口写着几个大字。

于是她说："诡异山洞。"

纪霖洲瞥了眼："这看起来很恐怖啊，你不害怕吗？"

白荔摇头，学着他刚才的语气："不哦。"

顾名思义，诡异山洞就是鬼屋。

排队一个小时，玩一圈十五分钟。白荔从进去到出来，完全不害怕，甚至还在鬼屋里和"鬼"们玩得有来有往，互动十分热络。

反而是纪霖洲的脸色比刚来的时候难看了很多。期间，纪霖洲还一直牵着白荔的手，到出了鬼屋还没有松开的打算。

许博文没进去，说是怕鬼。其他几个人倒是玩得很开心。

除了鬼屋，游乐场里其余的娱乐项目，纪霖洲陪着白荔也玩了个遍。

小姑娘明显玩得嗨了，扯着他的袖口在游乐场里跑来跑去的，和平时只知道埋头学习的乖学生完全不一样。

不过纪霖洲倒觉得，这个时候的她才是最放松、最开心的，才有点这个年龄段该有的活泼。

至少看着比闷里闷气的好学生舒服点。

一直到了傍晚，光线一点点黯淡下去。

几个人在游乐场里吃完了饭后分别。

纪霖洲领着白荔向公交车站走过去。

她走在前面，步伐和来的时候相比，欢快了不少。

纪霖洲散漫地落后一步，但视线笼着她，盯得很紧。

路灯光影将两人的身影拉长。

"哥哥,我感觉海盗船没有传说中那么恐怖哎。"白荔小脸兴奋,眼眸澄澈明亮,"而且我好喜欢玩云霄飞车啊,真的太刺激了!"

她掰着手指头数:"还有激流勇进、大摆锤、螺旋桨……"

稍一顿,她补充说:"就是排队时间太久,不然还想玩上好几圈。"

纪霖洲说:"是啊,排队两个小时,娱乐三分钟。"

"不过女孩子不是都喜欢旋转木马吗?"他问,"你好像很喜欢刺激的东西?"

"我喜欢有趣的,"白荔点点头,"可能是我……生活比较枯燥吧?"

她腼腆地笑笑:"所以很喜欢这些。"

"那你有想过以后做什么?"纪霖洲来了兴趣,跟她闲谈几句,"一成不变的生活不是你想要的吧?"

"没想好。"白荔说,"不过我妈妈希望我能考入顶级大学,然后出国深造,以后能够出人头地。"

这些话钟陈怡说过很多遍,望子成龙,望女成凤。

"这样……"纪霖洲稍一顿,喟叹的声音飘散在暮色里。

半响后,他淡淡地说:"那是你妈妈的想法,你自己的呢?"

白荔突然安静下来。

嗯……她自己的梦想,是什么呢?

异样的气氛蔓延了一会儿,白荔动作很自然地伸出手去拉住他的袖口:"那哥哥,你想做什么……"

她抿了抿嘴角:"你有心仪的大学吗?"

离高考没剩多少天了……

想到这里,白荔突然觉得鼻头很酸。

"我啊?"纪霖洲笑笑,眼眸低垂,"随心所欲。"

白荔抬眸看他,他话虽这么说,但神情并没有像他语气里那般轻松,他的眼底仿佛被枷锁禁锢。

莫名地,让白荔感觉很心疼。

两个人谁都没说话,安静地走着。

公交车站已没有什么人了,只有个年迈的奶奶拄着拐棍颤颤巍巍地缩在冷风中。

站台后方是一片准备拆迁的老居民区。

这边正在开发,很是空旷,看着有几分凄凉。

"呵呵,看看这是谁啊?"突然,响起一声口哨。

从后面的破旧居民区里走出来一堆人,为首的黄毛看着十分眼熟。

秋末冬初的时节,夜里气温很低,而这些人仿佛不怕冷一样,穿着单薄。

白荔愣了一秒,突然想起黄毛是谁,还真是冤家路窄。

她向着纪霖洲的方向靠了靠。

见两人没有搭理的意思,黄毛的脸上闪过一丝不快,笑容逐渐变冷。前几次就是他废话太多,导致自己吃了亏,所以这次他没有再多一句废话,仗着人多,干脆利落地说:"兄弟们,动手。"

后面的红毛说:"这两个人跟黄哥有过节,不要放过他们。"

一群人"呼啦啦"围上来。

白荔忍不住皱眉。

他们身上的气味十分难闻,就好像十几天没洗过衣服的味道。

纪霖洲反应也快,抓住白荔开始跑。

"哥哥,我们打不过吗?"白荔一边跑,还一边问。

纪霖洲冷静地回头,瞥了她一眼:"你指送死?"

好吧。白荔乖巧地闭上嘴。

纪霖洲跑进老居民区的街道,身后的人穷追不舍。

白荔的小心脏"扑通扑通"直跳,一秒钟都停不下来。

好像突然间世界就只剩下他们两个人,彼此相依为命,彼此互相依靠。

白荔对这群穷凶极恶的流氓并不十分了解,也不清楚如果一旦落到他们手里会有什么下场。

这一片还在开发中,乱得很,所以流氓、地痞都喜欢聚集在这里,他们脸皮厚还心肠黑,臭鱼烂虾聚一块儿,还是挺危险的。

凌乱的脚步声断断续续。

老居民区里，四周都是黑漆漆的。

"你还可以吗？"纪霖洲紧皱着眉头，时不时回头来确认白荔的状态。

白荔累得气喘吁吁，还是点头："嗯，我没事。"

实际上她现在感觉肺要爆炸了一样，看来体育课上还是要多跑两圈啊！

她能清晰地感觉到喉咙间的铁锈味道越来越重，于是干脆紧抿着唇瓣。

逃了一段距离，纪霖洲和白荔进了一条死胡同。面前的围墙足足有三米高，看来是爬不过去了。

"哥哥，我们现在怎么办？"白荔说，"要不你踩着我的肩膀上爬过去吧。"

看着小姑娘坚定而稚嫩的眼神，纪霖洲无语。

他的目光向四周瞥了瞥，语气难得认真："想法可以。不过这次算了，下次吧。"

突然，白荔感觉自己被抱了起来。

她的头埋进纪霖洲的怀里，看不清眼前的路，耳边只有呼啸而过的风声，他的怀抱温暖可靠，带着好闻的味道。

不知道过了多久，紧随其后的人群追赶过来，寻找了一圈无果后又往其他地方搜查。

渐渐地，周围安静下来，草丛里的虫鸣声一阵接着一阵。

纪霖洲抱着白荔挤在墙壁的缝隙里，这缝很小也不高，天色黑下来不容易被人发现。

两个人一动不动。

沉默了很久，久到几乎听不到那群流氓的声音，白荔才很小声地问："哥哥，现在是不是安全了呀？"

"再等等。"纪霖洲还是不放心。

小姑娘闷闷地应了声："哦。"

她动来动去间，凉凉的鼻尖划过纪霖洲的下巴，像是个小冰块。

于是纪霖洲轻笑："冷了？"

"有点。"白荔瓮声瓮气，被他这么一提，突然感觉周身一冷，顿时就打了个哆嗦。

纪霖洲没再说话。

"窸窸窣窣"的声音响起,下一秒,白荔突然感觉自己被裹进了他的怀里,他的外套包裹着她的后背,甚至可以让她把头都缩进去。

纪霖洲淡淡地说:"再忍耐一会儿。"

温暖来袭,白荔点着脑袋,好像有点困。

今天玩得太久,再加上刚才逃命地跑,小姑娘的体力早就没了个一干二净。不知道过了多久,她渐渐闭上眼睛,两只小手紧紧地抓住了纪霖洲的衣服。

第五章
触不可及

时间一晃，距离那天已经过去了小半个月，可恍惚间，白荔感觉游乐场的事情还是在昨天。

那天以后，纪霖洲没有再跟白荔发过消息。

两个人之间的关系，好像从放了假就断开，就像风筝断了线，看着还有点影儿，但仔细一想，没什么能联系的，也没什么交集。

白荔曾数次点开和纪霖洲的对话框，但删删减减还是作罢。然后她悲催地发现，原来跳出校园的圈子，她竟和纪霖洲什么共同话题都没有。

白荔怅然若失之余，偶尔会默默地盯着仅有两句聊天的对话框发呆，把这几个字翻来覆去地看上很多遍。有时候学习累了，她也会点开纪霖洲的头像。

他朋友圈很干净简洁，背景图是白色的。和班级里不论什么事都要在朋友圈公布的男生们相比，纪霖洲好像的确成熟很多。

这就是年龄差距的鸿沟吗？就像她现在腿很短，不论怎么跑起都追不上腿长的纪霖洲。

腿短没办法在一朝一夕间改变，年龄也是。而相差的四岁，几乎可以横

跨整个青春。纪霖洲就像是无法触及的光，却也像动力。

于是她发呆似的摁动自动铅笔，看着铅芯一点点变长。

钟陈怡突然推门进来的时候，房间里沉寂了片刻，接着她眼珠转向白荔，说了一句："你出来，我有话跟你说。"

"嗯？好。"白荔愣了一秒，结果手里的铅笔芯一顿，戳到纸面瞬间就折碎成了几段。

钟陈怡把她叫到主卧。

白荔开门进去，就看见钟陈怡佝偻着背坐在床头，背对着她，背脊像是无形中被什么压力压得很弯。

见她进来，钟陈怡板着脸问她："你最近怎么回事，每天趴在桌上题也不做，书也不翻？"

"你是不是心散了？"

"好不容易跳级上了高中，怎么学习状态还不如以前？"

"没想什么。"白荔收敛了视线，声音很轻地含糊道，"我有在复习下学期的课程，作业已经写完了。"

避开钟陈怡锐利的目光，她低垂脑袋。

房间里沉默了半晌。

"跟妈说实话，你是不是谈恋爱了？"钟陈怡质问道，她的眼神就像鹰一样直勾勾地戳进白荔的瞳孔里。

"……没有。"

又是一阵压抑的沉默。

"你现在最主要的目的是学习，等到了大学以后，你会发现优秀的男生很多的，我的乖嘟嘟。"

倏地，白荔开口："那大学……我可以谈恋爱吗？"

"当然。"钟陈怡说，"等你到了大学，我就不管你了，但现在你没有吧？"

见白荔不愿意说，钟陈怡便只是冷着脸不轻不重地嘀咕几句。末了，她说："还有件事，过两天奶奶要来。"

"知道了。"白荔应声。

白家的奶奶不太喜欢白荔，因为她不是白军亲生的，哪怕白荔在很小的时候就改了姓氏也没什么用。不过虽然老人家偏心了点，但也没为难过白荔，一家人面上还算过得去。

回到卧室，白荔就听到白楚楚不咸不淡地来了一句："你妈找你说什么啊，又是学习的事啊？每次来来回回都是那几句，啰啰唆唆烦死了。"

白楚楚"哧"了一声："真佩服你，耳朵还没起茧。要是我爸敢这么烦我，我绝对跟他翻脸。"

白荔习惯性地坐回桌前："她也是为了我好。"

"得了吧，把你教育得呆头呆脑，像一台只会学习的机器，又听话又不会反抗，大人能不喜欢吗？说白了，你妈就是控制欲太强。"白楚楚头也没抬，"对了，刚才你的手机一直在响，吵得要死。"

闻言，白荔瞥了眼屏幕，视线在亮起来的群消息上停顿了几秒。

她快速地解锁，点了进去。

【孟丹：都在不在，你们猜我碰到谁了？纪霖洲！】

【孟丹：给你们看张图。[图片.jpg]】

【汪琦：这是纪霖洲？后面那个女生是谁啊？】

【孟丹：我也想问呢！@白荔 荔荔你知不知道？】

消息是十分钟前发的，白荔没着急回复，反而是小心翼翼地点开图片。

高清大图，男生和女生在街边说话的悠闲场景：男生懒散地倚靠着墙，薄唇勾着，神情淡漠；女生稍微矮一点，仰着头朝着他笑。

暮光柔和，画面看起来也和谐般配。男生是纪霖洲没错，但这个女生……

白荔没忍住，偷偷并拢两指缓慢地放大图片。

女生长得很漂亮，贝雷帽加浅棕色的毛呢外套，胸前挂着垂落下来的围巾，凹凸有致。女生稍微踮着脚，脚踝纤细，骨节分明——是和白荔完完全全不同类型的女生。

看完图片，白荔又低头看了看身上的玩具兔睡衣，才突然明白为什么纪霖洲会一直叫她小屁孩。

果然在性感面前，可爱一文不值。

白荔抿着嘴角，画面越和谐，她心里就越闷。于是，她默默回复了"不认识"三个字后，就关闭了群消息提示音，不再去看手机。

也不知道是哪里来的气，白荔又打开手机微信，把纪霖洲的对话框置顶取消。她盯着备注后面的小爱心看了会儿，一鼓作气把备注也改成了：普通哥哥纪霖洲。

改来改去还是不满意，白荔干脆不给他备注。

他不配在她这里有备注！

哼。

十分钟以后。

纪霖洲备注：纪大烦人。

除夕夜那天，雪下得格外大。鹅毛般的大雪洋洋洒洒从空中落下来，路灯照得雪地绵软发亮，风小，外面并不冷。

街道张灯结彩，气氛热闹，随处可见堆起来的雪人和领着孩子一起玩耍的父母。

白楚楚吃完饭就跟同学们约出去玩，房间里就只剩下白荔自己，桌上的钟表声"嘀嘀嗒嗒"地响着，气氛静谧。

今天和多年来每一个普通的日子一样。她揉了揉发酸的手指，正打算休息一会儿，手机消息毫无征兆地弹了出来。

平常这个时间，只有微信运动会给她发消息，于是她只稍微瞥了一眼备注名。

下一秒，她整个人僵住。

看清以后，她差点从椅子上跳起来。

是……是纪霖洲发来的消息。

这么久没联系过，她都以为……这个假期两人都不会再说话。

突如其来的惊喜感让她有一瞬间慌乱。

她咬住嘴角，慢吞吞地点开消息。

【纪大烦人：出来，和平路。】

和平路是很多年前白荔住的那块，已经荒凉很久。

心跳得特别快，白荔感觉心脏已经要从喉咙里蹦出来。

她颤颤巍巍地打了问号发过去。

纪霖洲的回复很迅速。

【纪大烦人：哪个字看不懂？】

大约是白荔回复得不够及时，纪霖洲一个语音电话就打了过来。

铃声响起的一瞬间，白荔差点没抓住手机。

她深吸了一口气又吐了出来，调整了下呼吸。

白荔接通："喂……"

"在干吗？"三个字言简意赅，伴随着很轻的风声，纪霖洲的嗓音低沉又清晰，像是冬日里的冰雪，干净冷淡。

她走到床边，揪着窗帘的蕾丝边说："在学习。"

那边响起笑声，低低的声音像是从喉咙深处翻滚出来，好听且低磁："过年都不休息吗，小优等生？"

心里像是被猫爪撩拨了一下，白荔下意识就否认："哪有……"

"带你玩去不去？"他说，"假期还闷在家里做什么。"

白荔轻咬嘴角："哥哥你为什么会来这边，今天不是应该在家里吗？"

"来找你啊。"纪霖洲随意地说了句，笑了笑。

像是在笑她的明知故问。

半晌，纪霖洲突然问："什么时候搬的家？"

白荔怔了怔："都好久了，你不会在老房子那里吧。"

纪霖洲说："嗯。你给个定位，我过去。"

从和平路到她家也没多远。

白荔坐立不安了十几分钟后，纪霖洲的电话就打了过来："到楼下了。"

一出门，空气中尽是冰雪混杂的清冷气味，闻着格外清新。

夜幕很淡，一眼望过去，路边的灯柱上挂着通红的灯笼，星星灯连成一片，沿着石砖小路铺了过去。

路灯下有个人影，身形颀长，单手插进兜里，远远瞧着，身影陌生又疏离。

这边人少，周围空空荡荡的。白荔踩着细碎的雪靠近，朝着纪霖洲走了两步，又停住。

白荔没出声喊，她指尖泛着凉意。

最后还是纪霖洲发现了她。

他迈开腿,不徐不疾地走过来。他颀长的身影挡住了路灯光芒,把白荔笼罩在他的影子里,他眼眸漆黑,鼻息间有薄薄的雾气。

到了面前,纪霖洲很自然地拍了拍白荔的脑袋。

他笑了笑,像是喃喃道:"长高了?"

不提这个还好,一提,白荔悄悄挺直背脊。

她抬起头来,如实回答:"嗯,长了三厘米。"

虽然她还在长身体的阶段,但这样缓慢的速度让她在心里焦灼呐喊。

想快点长大,再快点长大。

"不错嘛,小孩。"纪霖洲神情淡淡的,挑眉低笑,顺势就捏了捏她的脸颊,"长胖了没?"

他的指腹带着温度,揉捏的力道不轻不重,但全然没有疏离和淡漠的劲儿,他很放松。

白荔的脚步慢了半拍,他的手指揉蹭而过,离开后有凉风袭来,带着冷冽的气息。

她慢吞吞地说:"才没胖。"

除夕夜热闹,饭店门口人声鼎沸,充满烟火气息。

白荔不知道为什么纪霖洲会过来,但她没问,就像她也没有问他关于照片的事情。

纪霖洲带着她去了间民谣茶馆,昏暗的灯光,灯红酒绿。缓缓的歌声流淌充斥在茶馆的每个角落,歌手的嗓音很沙哑,仿佛带着饱经风霜的沧桑。

他点了几瓶不知名的饮料,然后将它们混在一起,调出来的颜色很是好看。

白荔拄着小脑袋看着纪霖洲的动作。

壁灯映得他瞳孔微亮,一双漂亮白皙的手动作行云流水。

光影从高处落下来,黑如鸦羽的眼睫就像是沾了光。

只是他眼神虽然淡漠,但和平常还是有些不一样,眼眸深处埋着阴郁,仿佛在昏暗的光影下一点点被勾出来。

纪霖洲好像不开心。

虽然他这个人看起来好像对什么都无所谓，但她知道，他想做的事情不会张扬，都会默默拼尽全力。

这么一瞬间，白荔突然觉得很心疼。

"尝尝？"纪霖洲把杯子推到她面前。

白荔听话地捧起来抿了一口，润唇膏沾在杯壁上，在光下发亮。

果香混杂着淡淡的酸涩味道，在舌尖炸开，很奇妙。但最初的甜味过后突然变得涩口，让白荔没控制住表情。

"好喝吗？"纪霖洲问，眉眼都稍带着笑意，像是觉得她挤在一起的五官表情有趣。

白荔先是摇了摇头，又点了点头。她秀气的眉头挤在一起，表情古怪。

"这是什么表情？"纪霖洲眼眸稍抬。

原本枯燥乏味也并不期待的假期，因为纪霖洲今天突然的到来，好像就变得不一样。

这是最开心的一天。

临走前，白荔去了趟卫生间。她回来的时候，纪霖洲在付钱。

白荔正准备走过去，突然被人叫住。

"小妹妹，写下你的愿望吧。"茶馆的老板娘递过来木牌和记号笔，"留个纪念，没准能成真呢。"

白荔朝着许愿树的方向看过去，上面挂了很多许愿牌。

她被老板娘说得心思一动，于是接了过来。

【愿望：想成为纪霖洲哥哥那样的人。】

白荔刚写完，就见纪霖洲在门口等她。她放下了木牌走过去。

"写什么呢？"

"没什么，老板娘说许个愿望。"

纪霖洲黑眸抬起："那你许了什么愿望？"

门推开，冷空气突然袭来。

白荔抬眸去看纪霖洲，他额前细碎的发丝被吹乱，一双眼眸澄澈明亮。他眼神很专注，像是真的感兴趣。

沉默了片刻，她说："说出来就不灵了。"

回去的出租车里，纪霖洲陪着白荔坐在了后面。

一路上相对沉默，直到白荔手机的微信铃声狂轰滥炸，像是停不下来一样疯狂在响。

"你不看看？"纪霖洲倚靠着座椅，余光瞥她。

小姑娘默默地拿出来手机，慢吞吞地解锁屏幕。

出租车里很暗，她的手机屏幕异常明亮，纪霖洲一眼就看到了置顶的备注。

"……纪大烦人？"

小姑娘打字的手肉眼可见地一抖。

纪霖洲的薄唇勾着，眼眸微眯。在狭窄的后座，他慢慢地靠近，很有压迫感："长能耐了啊。"

白荔眼皮一跳。

沉默半晌，谁也没说话。

纪霖洲仿佛很有耐心，既没有催促她回答，也没有再更近一步地压迫，而是像温水煮青蛙似的，看她煎熬。

他单手撑在耳侧，清眸澄澈，神色疏离淡然。

"开玩笑的……"白荔不太自信地回应道。她心不在焉地敲下了一句话以后，匆忙关掉了手机。

她也没去看他，反而将头低了低，视线垂着。

小姑娘尴尬起来，难免害羞。

屏幕黯淡，整个后车座都被笼罩在朦胧的路灯光影中。

纪霖洲抿唇笑，思索："所以这还是个爱称？"

他嗓音清清淡淡，细听之下带了点沙哑，尾音稍稍扬起，似有若无地哼了哼。乍一听，仿佛是在替她解围；但光影重叠间，又好像不经意地透露出什么。

白荔只感觉有股暖烘烘的水果香气扑过来，来不及争辩，她掌心里一阵清凉。

等到白荔缓过神来，他已经把她的手机拿了过去。

"哎？"白荔愣了一秒，下意识抬眸看过去。

纪霖洲的侧颜映着手机的灯光，眉目立体，肤白如润玉，整个人都透着清心寡淡的劲。

她只看见他修长的手指漫不经心地在屏幕上随意点了点，然后拿起手机来，手机对准了她的脸。

"唰！"一秒解锁。

解锁的过程异常通畅顺遂，有那么一瞬间，白荔真不知道该夸这个手机是人工智能还是人工智障。

等到纪霖洲扔过手机来的时候，白荔将将接住了。她余光一瞥，见纪霖洲把他的备注改了。

纪霖洲闷笑一声，问："不高兴了？"

白荔摇摇头："没有。"

停顿片刻，她突然抬起头："哥哥，你为什么会来找我？"

她真的很想知道。

小姑娘抬起的眼眸水润明亮，像是海上月，天上星。

视线轻轻碰撞，纪霖洲一顿，没吭声。

她太干净太美好，他连靠近都仿佛会产生罪恶感。

这样的眼神，他小时候也见过。

刚碰见白荔的那个夏日，他把她从闷热的水缸里抱出来的时候，她好像也是这样微抬下巴瞧着他，眼眸湿漉漉的，和刚出生的鹿崽似的。

倏地，童年时的一段画面闪现在他脑海里，冷若冰霜的妇人紧皱眉头，严声厉色。

纪霖洲视线挪开移向窗外。他轻慢地摇下车窗，冷气吹进来，头脑才清醒点。

其实白荔今天过得并不算开心，所以能遇见纪霖洲，和他出去玩，是她觉得最开心的事情。

在这样的节日里，在这样特殊的时间，她对他来说，也是不一样的吧。

出租车缓慢地行驶，司机慢悠悠地打转着方向盘。

车身倾斜的时候，白荔出于惯性更靠近了纪霖洲一些，甚至能察觉到他周身温热的气息。

纪霖洲没正面回答，反而问了句："你觉得是因为什么？"

"我想不到。"白荔回答得很快，"是来找我玩吗？"

纪霖洲笑笑。

"大概是来体验妹控的生活。"他淡声说了句。很是随意，仿佛就是过来看看小猫小狗似的。

白荔突然间就默不作声，刚才还靠近的距离立刻被她拉开，她恨不得坐在车把手上，小脑袋转向侧面。

不想只在他心里当妹妹一般的存在，白荔委屈地垮着肩膀，失落极了。

"干吗？"见她沉默着一直不说话，还很明显地背对他，纪霖洲好笑地问道，"怎么搞得像是我在欺负你。"

"你哪有。"白荔冷淡回应。

纪霖洲问："真生气了？"

白荔没吭声。

他又说："那把备注改回来。"

白荔垂眸，忍不住在心里叹了口气。

唉！根本就不是备注的事情呀。

可是真让她说，她又说不出口。

纪霖洲从小到大这么多年，很少有对女生这么有耐心的时候。偏偏对上白荔，他倒也不觉得烦，反而有几分逗弄的心思在。

小姑娘的神情松动了不少。

"那哥哥你……有欣赏……"白荔支吾地吐出来几个字，又很快咽下去。果然这件事，怎么问都觉得别扭。

白荔咬着嘴角，想该怎么问才能自然。

"欣赏什么？"纪霖洲自然地接过她的话，凑近了些，视线与她对齐。

"别的女生。"白荔被他盯得一紧张，下意识就吐出这句话。说完她卡了半天，白嫩的手指搭在膝盖上，绞成一团。

她突然就说不下去了，一张脸涨得通红。

话音一落，气氛瞬间凝滞。安静了一会儿，纪霖洲才古怪地看着她："你脑袋里每天都想什么呢？"

白荔小声反驳了几句，没再吭声。

出租车停在了路边。从这里看过去，能看到白荔家窗口还亮着灯，隐隐约约还有人影走动。

纪霖洲在付车钱，白荔就默默地踩在街边的石砖上，她盯着脚尖，踢着石子。

空气冷冽。

远处的夜空中，烟花一簇接着一簇地绽放，热闹又喧嚣。

纪霖洲转过身的时候，就看见白荔在轻轻呼气，正朝着远处的烟花看。她双颊粉嫩，鼻尖有点红。

他敛了敛视线："小孩，给你个礼物。"

白荔愣了一下："嗯？"

下一秒，她从他手里接过来一个系着漂亮丝带的黑色礼盒，模样很精致。

她的掌心慢慢贴近礼盒，又悄悄地攥紧。

"来见你，总不能空着手。"纪霖洲神色淡淡，浑不在意地解释了句，"新年快乐。"

白荔沉默了两秒："谢谢哥哥……可是，我没来得及给你准备礼物。"

纪霖洲没说什么，只眼神掠过她手腕戴着的灰色头绳，淡声道："就这个吧，新年礼物。"

白荔怔了下，将头绳摘下来给他，又看着他套进了手腕。

纪霖洲的手腕关节比起她的，要稍微粗一些，骨骼分明，很好看。

纪霖洲抬起手看了看，挑眉笑着说："还挺好看。"

两个人又简单地说了几句后，白荔就捧着礼物小跑着回家，跟阵风似的。

单元门刚打开，她还是忍不住回眸瞥了眼纪霖洲。

他站在阴影里，还没走。高瘦的身影略显单薄，双手揣进兜里，虽然看起来懒洋洋的，但眉宇间却透着股落寞。

白荔脑袋一热，于是一咬牙，又从台阶上飞跑下来，冲到了对方的面前。

117

她脸颊滚烫,两只白嫩的小手交叠在了身后,指尖紧紧地锁在一起,头也跟着低垂下去。

她紧张得不行,冲动过后理智才慢慢回笼,但这个时候,雀跃的心脏已经止不住地猛烈跳动。

大约纪霖洲也没想到她会有如此突然冲过来的举动,毫无防备地看着面前的小姑娘。

他微微一怔,气氛仿佛被冬日的冰雪凝固。

半晌,小姑娘还羞怯得根本不敢抬头。

小姑娘瓮声瓮气:"哥哥,谢谢你。"

这一次的道谢她说得很慢。

气氛沉默片刻,像是认真思索过一样,她又道:"哥哥,你开心一点。不开心的事情,都会过去的。"

白荔并不知道纪霖洲身上到底发生了什么,但她的新年愿望,是希望纪霖洲在新的一年里万事顺遂,不要不开心。

她头顶一沉,脑袋被他揉了揉。

白荔感觉到他周身干净好闻的气息吹拂过来。

他的声音清冷:"是啊。"

夜晚的风,仿佛将一切都变得温柔。

时间一晃,眼看着就到了开学。

白荔和纪霖洲的关系并没有因为假期的那次见面而突飞猛进,之后两个人的联系仍然是淡淡的,微信聊天记录也没几句。不过白荔仍然感觉很期待。

开学前一天,白荔满心欢喜地收拾行李,想着能见到纪霖洲的时候,钟陈怡突然敲响了她的房间门。

"这学期,你不用去纪叔叔家里住了。"钟陈怡只淡淡地说了一句。

白荔一愣:"为什么?"

钟陈怡说:"没有为什么。我为你申请了在校寄宿,跟你一起住的学生是我向你们班主任严格要求过的,是你们班的前几名。"

白荔突然就说不出话来。

钟陈怡轻描淡写地说了句:"开学以后还要更努力学习才行,要专注,嘟嘟。"

半响,白荔闷声说:"我知道了。"

新年那晚,纪霖洲送白荔的礼物是条精致小巧的鹿角项链,两只鹿角都镶嵌着切割精美的钻,完美地垂落在锁骨的位置。

然后,她很惊喜地发现,她这个假期确实长高了不少,就连锁骨都越发分明,脸颊的婴儿肥也在慢慢褪去。

就这样,她每天都在和前一天对比。

开学当天白荔直接去了学校报到,没有见过纪霖洲,也没有去过纪家,所有的东西都没有经过她,就全被钟陈怡搞定。

好像突然之间,生活就平淡下来。

宿舍里的几个女生的确都是班级里学习非常好的,而且作息、生活习惯都很好。

慢慢地,白荔和她们混熟。

又过了几天,周末下午白荔回到宿舍,没人,于是她背好书包就跑去了教室自习。

每个周末来学校自习的同学并不少,尤其像 A 班这样竞争激烈的班级。

白荔刚坐下,后面的孟丹就踢了踢她的椅子:"荔荔,跟你分享个大秘密。"

"嗯?什么大秘密?"白荔摆好书,又把书包放进了桌堂里,才侧过身小声问。

孟丹挤眉弄眼,神神秘秘地压低了声音说道:"关于纪霖洲的。我敢肯定你还不知道。"孟丹自信地拍着胸脯,好像这个消息多么惊天地泣鬼神。

白荔以为她要说的是照片的事情,有些兴致缺缺地收回视线:"是照片的……"

话还没说完,孟丹就打断她:"不是,那件事我同学已经打听清楚了,那女生是许博文的堂妹。许博文你知道吧?跟纪霖洲关系挺好的那个。"

白荔闻言没说什么。

孟丹继续说:"看你这个表情,肯定还不知情吧?也是,你这学期都在

学校住的,不知道也很正常。估计他们也不会告诉你。"

白荔问:"到底是什么事……"

"纪霖洲不是他现任父母亲生的。"孟丹说完,眼睛都忍不住瞪大,"我从其他同学那里听到的消息,基本上可以说是真实可靠的消息。纪霖洲是纪爸爸从前朋友家的儿子,听说从小就被抱到纪家抚养,也是刚爆出来的消息。"

"纪叔叔的朋友吗?"白荔愣了愣,"那为什么会过继给纪叔叔?"

"纪爸爸的朋友以前是开采场的,十几年前,他们家因为开采条件不合格,但是强行开采导致矿场塌陷……当时纪霖洲应该还小吧,反正他亲爸在矿场出了事故,他们家的钱用来赔偿,他亲妈受不了压力跳楼了。"

稍一顿,孟丹咂舌:"这些消息,你都没在纪家听到过吗?"

白荔心绪很乱,心不在焉地摇摇头。

"十几年前的报纸上应该还有当时的消息。"孟丹偷偷用手机查找了当年的新闻,果然在这个小地方,矿场塌陷这样的大新闻一搜就能搜到。

白荔忍不住也看了眼,新闻消息没多少,入目便看到了各种不堪的辱骂言论。

纪霖洲在学校是风云人物,所以有点风吹草动,这些讨论肯定是少不了的。

孟丹接下来的话,白荔一句都没有听进去。

忽然之间,她突然明白了为什么除夕那天晚上纪霖洲会坐几个小时的车去找她,也明白了为什么钟陈怡只字不提,就让她从纪霖洲家里搬去学校。就是因为大众不能接受纪霖洲亲生父母当年的所作所为,将排挤的情绪转移到了纪霖洲这里。

孟丹还在不停地说着,白荔却默默地转过身。她每多听一句,眼前浮现的画面都是除夕那晚纪霖洲落寞的身影,心好像都跟着揪起来似的疼。

"孟丹,你能闭嘴吗?"旁边沉默了很久的江星序突然烦躁地摔了书本,冷笑一声,"不然你去讲台上说?"

孟丹本来就不喜江星序,被怼后立马回击:"我说什么你也要管?你管得太宽了吧,跟你有什么关系。"

江星序眉眼稍冷:"那纪霖洲跟你有什么关系?需要你在这里替他宣传

他们家的事?"

孟丹的脸色黑一阵红一阵:"我愿意。"

倏地,白荔突然起身。

孟丹一愣:"你要走吗?"

出了教室以后,白荔自开学以来第一次给纪霖洲打电话,提示音响起来的时候,她手心冰冷。

明明只有十几秒的提示音,在此刻却显得异常漫长。

良久,电话才接通。纪霖洲语调清淡,带了点沙哑,像是得了重感冒似的:"你找我?"

白荔反倒不知道该怎么开口,两人这么久没见面,也没联系。结果,开学以后第一次听到他的声音,她却大脑一片空白,满腹安慰的话就这么卡在了喉咙里,像是哽了一根刺。

于是,慌张中,她磕磕巴巴地下意识找了个借口搪塞过去,暂时缓解了沉默的尴尬。

"你又在乱想什么呢。"那边,纪霖洲的嗓音略微沙哑,鼻音有些重,听起来反而有种慵懒散漫的意味。

气息还未喘匀,白荔的步伐慢慢停顿下来,攥紧的掌心已经全被薄汗打湿。白荔视线投向走廊的窗外,眼底划过一丝心虚。

"当然没有。"白荔捂住跳得飞快的心脏,睁着眼睛说瞎话,"我是按错了电话。"

纪霖洲似乎是在学习,沉默的间隙能听得到翻动卷面的声音,和笔尖游走于纸面时的窸窸窣窣声,静谧又美好。

走廊里时不时有学生从白荔身后走过,于是她悄悄拿着手机去了偏僻的楼梯间。

虽说学校现在没有查手机,但要是被教导主任看见,免不了一顿批评。自从她住校以后,钟陈怡倒是允许她上学期间携带手机,说是如果真有什么事情发生,联系方便一些。

刚才听到那个消息以后太过震撼和心疼,直到听到纪霖洲的声音,她才意识到自己冲动了。

是啊，打电话又能说什么？难道一个电话就能解决所有问题吗？总不能问，哥哥你家里最近还好吗？

学校里风言风语那么多，白荔相信她都已经听到的八卦，纪霖洲肯定也会知道的。所以，无论说什么，都无异于揭开他的伤疤去撒盐，是让他难过。

纪霖洲哥哥曾经在她小的时候帮助过她。

她不想让他难过。

那股冲动劲儿褪去以后，白荔冷静下来，但是电话又已经拨通……

此刻骑虎难下的白荔缩在角落里，盯着裂开的墙缝，忍不住思考她钻进去的可能性有多大。

哪怕知道他只是随口逗她一句，白荔还是忍不住脸颊泛起热潮。

她舔了舔略微发干的嘴角，白嫩修长的脖颈仰起来，她眨眨眼，空气中有尘埃的味道，安静得仿佛与世隔绝。

想问的话、关心的话，在唇齿间徘徊，她停顿许久，电话那边也耐心地在等。

"你……"

"你……"

沉默了半晌以后，两人异口同声。

电话里轻笑一声，她听见纪霖洲问："还有别的事没？"

白荔默默地说："没有了。"

她嗓音低低的，软糯中带着沮丧。

临挂断前，纪霖洲语气挺散漫地来了一句："晚上文娱室有活动，你来吗？"

白荔没听清，疑惑地"嗯"了一声以后，纪霖洲不太在意地又说了一遍。

"我，我也可以去吗？"白荔一愣。

"虽然是高三学生组织的，"纪霖洲说，"但他们挺老套的，搞了多少年还是这一套，没什么意思。正好你走以后，我好像也没怎么见过你。"

小小的雀跃在心里炸开，让她忍不住想多问几句，比如"什么活动，你也会参加吗"之类的话,但最终作罢。

"好,我想去。"她说。

纪霖洲懒散地应声:"来的时候给我打电话。"

电话挂断,白荔努力装作若有其事,可一想到晚上即将和纪霖洲见面,她竟觉得坐立难安。

整个白天的时间都比想象中要难熬,白荔写了几道题以后就忍不住发呆。

为了让自己看起来又成熟了一些,白荔跑回宿舍的时候,偷偷涂抹了新买的润唇膏。钟陈怡不许白荔化妆,所以她买润唇膏的时候只能偷偷买这种涂上去会带一些红润颜色的,看起来亮闪闪的。

临走前,白荔站在镜子前仔细检查。看着镜子里的自己,她深呼吸,努力凹出锁骨的位置,让锁骨显得更加分明立体一些。

白荔忍不住将视线向下移了移,果然还是很青涩。

终于,夜幕悄悄降临,她也有了正大光明给纪霖洲打电话的理由。

"到哪儿了?"电话接通,纪霖洲问。

白荔扯了扯今天特意穿的格子裙,一阵风吹来,裙摆就贴近了笔直光滑的双腿。

夜里,还有些冷。她无措地站在高三教学楼的门口,视线茫然地朝着四处黑暗的角落里看:"门口。"

"我去接你。"

白荔应声:"好。"

高三教学楼后面的空地还在施工,周围寂静又空荡,教学楼不少教室的灯还亮着,光影疏浅。

白荔在阴影里站了一会儿,就看见纪霖洲从教学楼的门口走出来。

周围很静,静到只有纪霖洲一个人走来的时候,像是整栋楼只有他们两个人。

他和之前没什么太大的变化,清隽俊秀的脸,颀长的身形,步伐懒散又肆意。仔细看,他比之前要瘦了很多。

倏地,纪霖洲视线微抬,白荔猝不及防地撞进了他的清眸里。

"过来。"纪霖洲神色淡淡地说了一句。

白荔走过去,乖巧地叫了声:"哥哥。"

纪霖洲笑笑:"你要是嫌太吵,跟我说,我早点带你走。"

"嗯,好。"白荔点头。

说完,纪霖洲把身上的外套脱了下来,动作自然地搭在了她的肩上:"这么冷的天穿成这样,不冷?"

他的外套有好闻的气息,披上后暖暖的,白荔低着脑袋,整个人被他的外套笼着,有点窘迫地逞强道:"还好。"

两个人朝着楼梯口走的时候,纪霖洲瞥了她一眼:"现在在住校?"

白荔又点头:"嗯。"

提到这个问题,她一颗心都突然提了起来,生怕触碰到纪霖洲的伤疤。

"住校也挺好的,食堂三楼的炒菜很好吃。"纪霖洲说。

"我妈说,有时间让你去吃饭。"话音落下,纪霖洲从兜里拿出一块糖,剥开后放入嘴里,又道,"倒是天天都在念叨。"

空气中立刻飘过来很淡的甜味。

白荔偷偷地瞥了眼,他吃的糖是当初她送给他的那个牌子的。

她的视线没有收回,被他抓了个正着。

"明天晚上怎么样?"他说。

白荔愣了愣:"方便吗?"一顿,她手忙脚乱地补充说,"我的意思是会不会太麻烦了呀,还要多做一份。"

纪霖洲笑:"方便啊,你什么时候变得这么客气,又不是没吃过。"

这么一来,白荔竟然说不出话。

高三教学楼外面看着冷清,但文娱室里的人还挺多的,白荔跟着纪霖洲进去,里面没开大灯,只开着类似于酒吧暗光灯的那种。

一进门,她就听见了此起彼伏的哄闹声。

"纪哥的妹妹?"倚靠在讲台的男生撑着下巴,突然把视线投向了白荔,他轻浮地吹了声口哨,勾着嘴角笑。

理科班级的男生多些,纪霖洲他们班级自然也不例外。讲台边围着一堆男生,灯光昏暗,白荔看不清他们的长相。一群人跟着起哄,文娱室气氛瞬间热烈。

白荔从未和这么多男生打过交道,一时间涨红脸,只能闷着脑袋缩进纪霖洲的外套里,跟鸵鸟似的。

纪霖洲冷淡道:"差不多得了。"

见纪哥发话,几个人兴致缺缺地收敛了。

除了男生以外,也有不少女生。白荔随便抬了抬视线,就看到了角落里高高瘦瘦的女生群体。其中好像就有许博文的妹妹,也就是她上次在照片里看到的那位女生,而且女生的座位就在纪霖洲的旁边。

正巧许博文的堂妹也抬头看过来,白荔顿了顿又收回了视线。

几人开始玩真心话大冒险的游戏,瓶子转来转去都完美地错过了白荔。她就是来这里凑人数而已,过程与她无关。

人多又不熟悉的情况,白荔通常会沉默,存在感低到不能再低。

"无聊?"酒瓶子再次指向了许博文的堂妹,纪霖洲轻搭在了白荔的椅背,问。

白荔从发呆中缓过神:"嗯?还好。"

纪霖洲笑:"那带你出去透透气?"

白荔还没来得及回答,就听见旁边的人突然起哄道:"纪哥,别走啊!许可馨说要选真心话,好机会纪哥!什么都可以问哦。"

看热闹不嫌事大,几个男生你一言我一语,嘻嘻哈哈说得热闹。

许可馨算是级花级别的。这个游戏的规则是,如果被瓶口指到,则由座位左侧的人来提问或进行惩罚。许可馨,也就是许博文的堂妹,她的左侧就是纪霖洲。

"你们玩。"纪霖洲不咸不淡地说了句。

话音落下,白荔微微一怔。

纪霖洲视线淡淡的,余光更是瞥都没瞥旁边的许可馨,语气漫不经心,真的浑不在意的模样。

紧跟着，他起身从许可馨身后的桌面拿走了他的外套，转身披在了白荔身上。

"穿这么少，能不冷？"他似笑非笑，眸光映着她。

白荔坐着，仰着小脸去看他。稍一顿，她委屈巴巴地说："还是……挺冷的。"

光暗，但他眉目疏朗。

她突然想起来她第一次去他家的时候，她坐在沙发上，他也是神情淡漠地从她身边拿走了他的衣服，冷淡到了极致。

第六章
天各一方

高三教学楼顶楼,天台的围栏外是浸没在黑暗里的校园。

今天周末,只有宿舍楼灯光通明。夜里相较白天,还是要低几度。周围安静,两个人谁都没说话。风一吹,楼道口的旧铁门"嘎吱嘎吱"作响。

来到顶楼,纪霖洲停下脚步,懒散地倚靠着门,视线笼着面前的小姑娘。

一顿,他视线又收了回去。

白荔是第一次来高三教学楼顶楼,她走进去,稀奇地看了一圈,很空旷的平台,零星摆着几张废弃的书桌椅子。虽然摆放得杂乱无章,倒是很干净,能看得出来这里是经常有人打扫的。

不远处有一块很大的画板,颜料泼洒在纸上,已经干涸。五彩斑斓的颜色在夜幕里格外绚丽,她走过去轻轻用指尖触碰,触手冰冷湿润,但色彩却仿佛是鲜活、有生命的。

而另一处靠近围栏的地方,还有个白蓝相间的小帐篷,外表崭新整洁,不像是丢弃了很久的模样。

小姑娘自顾自地在这里转了几圈,然后蹲在了白蓝相间的帐篷前一动不动。

倏地,她惊喜地叫纪霖洲:"哥哥,你快来。"

纪霖洲神色寡淡,悠悠地抬眼看过去:"发现新大陆了?"

"你看这个。"白荔献宝似的让开了一点位置,小脸上洋溢着惊喜,眼睛亮亮的。

她白嫩的小手指着里面的小东西。

就在帐篷里,慢悠悠地伸出来一只毛茸茸的白色猫爪。紧跟着,猫咪整只身体也探了出来,似乎能感受到来人的善意,凑近了些。不知道从哪儿跑出来的流浪猫,许是将帐篷当成了窝。

"喵?"

猫咪抻长了身体,蹬了蹬腿,从白荔的裤脚边蹭过去,又走到了纪霖洲的裤脚边蹭了蹭,一脸享受。

"好可爱啊。"白荔的心都要融化,一边感叹,一边伸出手逗它,"咪咪。"

白荔喜欢得紧,爱不释手地抚摸着:"小家伙真的是一点都不怕生呢,告诉姐姐,你在这里做什么呀?"

"你怎么知道它比你小?"纪霖洲抬起下巴点了点。

话音一落,白荔才意识到自己当着纪霖洲的面自言自语,于是羞赧得垂着脑袋,下巴垫进膝盖中间,她闷声说:"你看它多瘦呀,肯定是刚出生不久。"

纪霖洲若有所思地勾起嘴角,问她:"挺胖的,看着比你胖。"

白荔的双眼就没有离开过小猫咪,她的手指在它柔软光滑的小脑壳上戳了戳。

她一直觉得,纪霖洲的性格和猫咪很像,时而冷淡有距离,随心所欲,时而会逗着她玩,也会解救她于危难。尤其是他眯着眼时,一副慵懒高贵的模样,简直和猫咪如出一辙。

玩了片刻,白荔看了下时间,说道:"时间不早了,我还有题没做。"

"还是这么认真啊?"纪霖洲说,"优等生。"

白荔:"是作业啦,明天要检查的,当然不能不写呀。"

沉默了半晌。

"急什么。"他嗓音很轻又淡,"我送你。"

女生宿舍楼距离高三教学楼算近的,两个人沉默不语地走了十分钟,就看见了宿舍楼的大门,不少人进进出出。

周末的夜,和平常没有半分区别。

临分别前,纪霖洲也没说什么,就说让她明天记得去他家里吃饭。

白荔缩着脑袋,点了点头。

还了衣服后,她一溜烟儿就钻进了宿舍楼。

纪霖洲没着急走,视线微抬,若有所思地看着小姑娘的背影逐渐消失在了楼梯口,才又慢慢地收回来。

熄灯以后,宿舍里难得进行了一次夜话。

白荔翻来覆去睡不着,于是干脆也加入了。

闲聊了一会儿以后,好不容易有了点困意,结果刚闭上眼睛,她又想到了要去纪霖洲家里吃饭,瞬间睁开。

这么反反复复,一直到很晚,白荔才迷迷糊糊地睡着。

第二天她醒得很早,顶着熊猫眼去了纪霖洲的家里。

敲了两下门,是蔡嘉禾给她开的门。

"嘟嘟来啦。"蔡嘉禾一看见白荔,眼睛都笑得眯缝起来,高兴得不得了,"可算是把你叫过来了,之前你搬去学校的时候,我还跟你妈说,有时间要请你吃饭呢。"

"谢谢阿姨。"白荔接过来蔡嘉禾递上的拖鞋,一如既往地礼貌。

屋内没什么变化,扑面而来的暖意和饭菜的香气。她进去了以后就像是第一次来的时候一样,略微拘谨地坐在了沙发上。墙上的挂钟"嘀嘀嗒嗒"地走着。

蔡嘉禾端过来了水果:"嘟嘟,吃。"说完,放了个苹果在她手心里。

蔡嘉禾是真的对她很好,白荔心里一暖。

"好,谢谢阿姨。"白荔双手捧着苹果。

蔡嘉禾佯装生气地沉下脸来:"跟阿姨这么客气做什么,再这么客气,阿姨可是要不高兴了。"

129

白荔腼腆地笑笑:"我知道了。"

蔡嘉禾给她递完水果以后,就转身进了厨房去炒菜。

没几分钟的工夫,蔡嘉禾又突然着急地出来,嘴里还嘀咕着:"你说这么关键的时候,酱油突然没了。嘟嘟你等会儿,阿姨下去买个酱油,你帮阿姨看下锅。"

"阿姨,还是我去吧。"白荔起身,"反正我坐在这里也没什么事情做。"

蔡嘉禾也没推辞,之前白荔在这里住的时候,也帮她跑腿买过东西,所以她就说了句:"行,那就辛苦嘟嘟啦,回来阿姨给你发红包。"

"没有没有。"白荔摆摆手,"不用的。"

她一边说着,一边走向门口。

刚穿好鞋,白荔去推门把手,谁知道一把推了个空不说,她整个人都跟着惯性向前扑了过去。

猝不及防地相撞,让她直接撞到了面前的人。

白荔好不容易站稳了身体,一颗球从对方的臂弯里掉下来——"砰砰砰——"

气氛瞬间变得尴尬又古怪,熟悉却又不熟悉的场景。

纪霖洲好整以暇,眼眸低垂瞥了瞥,他勾着嘴角笑:"这么热情?跟第一次来确实不一样了。"

白荔的舌头就跟打了结似的,只能涨红脸,半晌说不出一个字。

"霖洲,正好你回来。"蔡嘉禾探出头来,"嘟嘟来了,你陪着她一起去楼下的超市买瓶酱油回来,你们两个再看看有没有什么想吃的零食,我掏钱。"

"嗯。"头顶响起来散漫的声音。

白荔不敢一直盯着他,只匆匆扫了一眼。

他像是刚打完球回来,短发湿黑,嘴角还扬着似笑非笑的弧度。

纪霖洲随手将外套挂在了衣架,打球热,现在出去实在没必要穿着。

小姑娘不敢正大光明地看他,就只敢偷偷瞥了他一眼,生怕被抓住似的又快速地收回,挺有意思的。

门刚关上,纪霖洲没着急走,倚靠在楼梯扶手上,神情懒懒散散。

他笑笑，也不知怎么想的，突然就问她："小孩，这么腼腆了啊？"

白荔心跳猛地漏了一拍，几乎是颤声道："我……"

纪霖洲也没给她回应的机会，像是逗弄够了，他冷淡地收声，长腿一迈："走了。"

"嗯？"白荔愣了愣，双手还紧张地垂在身侧。

一晃几个月过去，纪霖洲迎来高考。

白荔发现，从纪家离开以后的日子突然变得好快。哪怕她不停地在内心祈祷，慢一点，距离纪霖洲要去上大学的日子再慢一点。

可是时间还是过得飞快，如白驹过隙，根本不会为谁停留。

暑假因为钟陈怡的关系，白荔被摁在家里老老实实地补课，就连纪霖洲的升学宴也没有去参加。

不过蔡嘉禾在微信上跟她聊天，告诉了她关于纪霖洲的消息，比如考了什么大学，选了什么专业之类的。

就这样，白荔心底的不安突然消失，她突然间就有了目标和方向。

又过了一阵，白荔虽然还是会时不时去留意纪霖洲的消息，但她的心思大部分还是放在了学业上。

高二的课程已经紧起来，重点班的同学简直跟吃书一样预习，白荔也不想被落下。

周末放假回来，白荔背着书包进了教室。她屁股还没坐热，后面的孟丹又兴冲冲地踢她的椅子。

对于孟丹这样的动作，白荔早已经熟悉，肯定又是有什么大八卦要和她分享。

果不其然。

"荔荔！我有个惊天大秘密要跟你分享。"

白荔淡淡地说："嗯？"

"惊天哦！"孟丹强调。

白荔笑笑："你每次都说是惊天大秘密。"

孟丹拉住她的袖口："这次不一样。"

说完，孟丹还特意看了一下江星序不在，这才放大了音量。

江星序和孟丹不和睦，两人经常说着话就拌起嘴来，互看不顺眼。

"什么大秘密？"白荔并不太感兴趣，她知道孟丹这个人喜欢一惊一乍。她将书本摆出来，视线不停在题目上浏览。

"纪霖洲有女朋友了！"

"你……说的是真的吗？"白荔的表情慢慢僵住。

"八九不离十吧。"孟丹很自信，"纪霖洲和我认识的一个学姐上同一个大学，我听她说的。"

"哎，你懂的。纪霖洲学长在哪儿都是很出众啊，上大学以后肯定也是。"孟丹手撑着下巴，咂舌，"他不是考进了土木工程学院吗？新生入学当天，就有女生向他表白了，好像就是那个女生。"

"不过我没有看到那个女生的照片，听我学姐说，对方是美术学院的校花，那长相简直接可以出道当明星。"孟丹叨叨了半天，说得口干舌燥，从抽屉里拿了瓶矿泉水"咕咚咕咚"灌了几口。

白荔抬起视线，没心思再去看题目，呆呆地看着孟丹。

"明星呀……"她很轻地喃喃出声。

"我学姐说，那个女生有微博，好像确实是个小有名气的网红。"孟丹一边说着，一边瞄了一眼班级门口，确定班主任没过来立刻就掏出手机，"我给你翻翻……"

"没事，不用，"白荔回过身，"我不是很感兴趣。"

不知哪儿吹来的一阵风，吹得白荔掌心冰凉，连转身的动作都跟着僵硬起来。

"别呀，荔荔。"孟丹嘤嘤嘤，"你不陪我吃瓜，我自己八卦好无聊的。"

孟丹还想说什么，就瞥见了江星序沉着脸从门口进来，一副阴郁的神情，怎么看都让人觉得心情不爽。

于是，孟丹斜了斜眼睛，十分看不惯地小声嘀咕了句："丧门星。"

江星序将手里的练习册"啪"地扔到桌上，一屁股坐下去，挤得孟丹桌子猛地一晃。

"你有病啊，屁股那么大？"孟丹顿时提高了音调。

江星序挑眉，冷淡道："是，你有意见？"

"咣！"

孟丹使劲往前一挤，脸色臭得不行，咬牙切齿到恨不能白眼都翻出去。

对于两个人拌嘴的场面，白荔已经司空见惯，重点班级并非表面看起来那么和谐，隔三岔五有人吵架拌嘴。

不过班级里很少有人和白荔闹矛盾：一个是她年龄小，乖巧又可爱；还有一个就是随着时间过去，小姑娘的容貌一点点变化着，眉梢眼角已经渐渐有了灵气劲，越看越好看。

哪怕是独来独往的江星序，和班级里谁都合不来，也能和白荔说上几句话。

"上午的物理题你写了吗？"江星序抬眸，余光状似自然地掠过白荔。

白荔心不在焉地应声："嗯。"随后把本子一推，也没抬头。

江星序盯了她一会儿，就见小姑娘埋头在课本里，但是半晌没动笔。啧，这情况可不多见。

于是，她视线微垂扫了一眼题目，是一道很简单的选择题。

江星序若有所思地收回目光。

教室里安静，只剩下"沙沙沙"的写字声音。

这天晚上，白荔失眠了。

宿舍里熄了灯，几个室友也都睡下。

夜很静，门窗里漏了点走廊的灯光，勉强能照清室内的大概。

白荔瞪着眼看天花板，眼睛瞪得酸涩却还是不想闭上，像是要把天花板盯出个窟窿来。

她拿着手机缩进被窝里，屏幕亮起的一瞬间，有些刺眼。她调低亮度，点开微信，被子里很闷，闷得她喘不过气。

纪霖洲的账号仍然是她唯一的置顶。如果他有女朋友的话……她是不是就不能再把他放在置顶的位置。

白荔指腹轻移一划拉，屏幕上就出现了"取消置顶"四个字。无论是在微信上，还是在心里，她都不会再有资格。

一直以为高考以后的天各一方是最让她感到不安的，但其实，真正让她不安的是改变，而且是纪霖洲的改变。

时间一转，就到了高二上学期期末考试。

这半年的时间里，白荔个头高了，脸颊的婴儿肥也褪去不少，哪怕是穿着校服，也难掩清丽。

渐渐地，班级里注意到她的男生越来越多，抽屉里时不时会多出来一些零食。但她一概没动，全部交给了班长。

期末考试的最后一天，白荔在班级里填写假期免责同意书。

刚签完字，几个男生推推搡搡过来。

马上就放假了，班级里乱得很，嘈杂声一片，空气中都弥漫着湿冷的气息。

值日生拎着滴水的拖布从白荔座位旁边过去，白荔的鞋底也沾了水迹。

"白荔，你今晚回家吗？"为首的男生又高又壮，皮肤是健康的小麦色，五官俊朗。

他单手压在她桌前，另一只手举起来挠着后脑勺，看起来憨厚又老实。

白荔知道他，班级里的体育委员陈阳。

不过她一直感觉体育委员凶巴巴的，尤其是领队跑操的时候，所以两个人基本没什么交集，也就交作业的时候说过两句话。

"明天。"她正收拾书包头也没抬。

钟陈怡说白军出差，没有车来接她，让她明天自己坐火车回家。

陈阳说："那今晚，班级里聚餐，你也一起来呗。"

"聚餐吗？"白荔的语气顿了顿，她没有收到通知，不过——

"可以吧。"

陈阳见她应允，连忙眉开眼笑地敲桌定下："那就说好了，一会儿你可别找不到你的人影。"

"唔。不会。"白荔摇摇头，"如果是班级的集体活动，我会参加的。"

在得到肯定的答案以后，在旁边等着陈阳的男生拥到他那儿，一边时不时地看一眼白荔，一边笑嘻嘻地跟陈阳说什么，还拍着他肩膀。男生们簇拥在一起的画面很常见，白荔也没多想。

等教室里的人走得差不多了。

江星序单手撑着下巴,懒洋洋地抬眸,说:"你不会不知道吧。"

白荔愣了愣:"什么?"

"陈阳让你去参加聚餐的目的啊。"她打了个哈欠,散漫劲十足,"他是怕你不去,所以特意过来要了你一个口头约定。"

聚餐难道不是班级里组织的活动吗,跟陈阳有什么关系?白荔没太明白江星序的意思,也不想问。

江星序一双猫似的眼睛懒懒地眯起来,说:"他说有话要跟你说。"

"……你在开玩笑吧。"白荔不敢置信,她跟陈阳压根儿就没有交集啊。

江星序笑笑:"不过可惜,碰上我。"

"我这个人啊,就喜欢破坏气氛。"她的尾音稍稍扬起来,带了点性感又魅惑的意味,"我这个人够坏吧。"

经过几个学期的相处,白荔已经差不多能摸清江星序的性格。

江星序做什么事情全凭心情,什么世故圆滑、卖弄情商在她这里是没有用的,她完全不吃这一套。

原本白荔还抱着侥幸的心理,觉得会不会是江星序想多了。

可是当她背着书包准备和班级同学一起去聚餐的时候,却被孟丹连拉带拽拐进了操场。

看着很多同学都聚集在这儿,而目光也都朝着她看了过来。

白荔……破防了。

她很想装成路人离开,结果还没迈出几步,袖口就被孟丹拽得很紧。

"我们来啦!"孟丹兴奋地拽着白荔直接冲入人群。

一向男人味十足的陈阳此刻娇羞地低着头轻声咳嗽。在场每个人的表情都是兴奋的,只有白荔,实在是笑不出来。

"白荔,我其实从开学第一天的时候,就注意到你了。"陈阳说。

她真的,忍不住想骂人。

这气氛什么情况啊。

白荔垂在袖口里的粉拳默默攥紧。

不是吧!

"嗯,陈阳同学。"白荔想打断他。

陈阳却深情地竖起食指:"我还有话。"

"其实我一直都以为自己对你,就是照顾小妹妹的情绪……"

"可是……"她数次想说话,都被陈阳打断。

终于,忍无可忍的白荔在他没有将剖析内心的话说完,便打断了他,让他还有好多话没能说出口。

晚风吹拂,白荔挺直了背脊,一字一顿地说:"我只想在高中好好学习,其他的事情都不会考虑。希望你也能在接下来的时间里拼搏冲刺,考上理想的大学。"

刹那间,四周寂静,掉根针都能听见。

白荔顶着所有人的目光,却丝毫没有胆怯羞赧。

"如果没什么其他事情的话,我就先走了。"

在几乎全场寂静的氛围里,白荔被所有人盯着一步一步地离开。闹出了这么僵的局面,晚上的聚餐她自然是没有去的。

不知道怎么回事,最近钟陈怡和白军的争吵十分频繁,搞得白楚楚直接回了奶奶家。没过两天,钟陈怡说是有什么事要和白军私下解决,又把白荔送到蔡嘉禾那儿住一阵子。

好像过了那段最具舆论争议的时间,大家对纪霖洲的身世又变得不介怀。

小孩子哪有什么决定的权利呢。

白荔再次拎着大包小包的行李出现在火车站的时候,突然接到了蔡嘉禾打来的电话。

"嘟嘟呀,阿姨今天有事。"蔡嘉禾十分愧疚地说,"本来阿姨想亲自去接你的,但这下可能去不了。你在火车站等几分钟,我让霖洲过去。"

白荔一怔,冷风吹得她鼻头冰凉:"阿姨,我……"

"我其实可以自己回去的"这句话就这么卡在了喉咙里。

那边匆匆挂断电话,连给她说话的时间都没有。大人们好像总认为小孩子什么都做不了。

白荔收了手机，裹了裹围巾，呼出的气息让眼睫都上了霜。

她的目光从川流不息的人群中扫过，等了许久都没看见那个熟悉的身影。

时间一点点地过去，因为答应了蔡嘉禾阿姨，所以她不能自己离开，就只能在这里等着。

期间还有几个黑车贩子不停凑过来搭讪，挂着虚伪的笑容，询问她需不需要帮忙。

在刚听到纪霖洲要来时的忐忑心情，已经完全被四十五分钟的等待时间消磨得一干二净。

白荔只觉得心里闷闷的，不开心。

"等了很久？"面前突然出现一道人影，白荔听见熟悉又清淡的嗓音。

纪霖洲单手插兜，目光从她眼底掠过，停在了她冻得通红的指尖上。

小姑娘的五官舒展开，眉梢眼角都变得更出众更漂亮，只是红唇紧抿着，像是在倔强地压抑着什么。

"没有，我刚到。"白荔也不知道自己在气什么。

是气他晾了自己四十五分钟？

总之，委屈的情绪全都泛出来，嘴里像是含了酸涩的柠檬。

纪霖洲微一挑眉，察觉到了小姑娘生气的情绪。

他半蹲下身子，视线与白荔平行："饿不饿？请你吃肯德基？"

他伸出手来，想捏一捏她的脸颊，但动作稍一顿，转移了方向。

他眼眸微垂，抬手将白荔鬓角的发丝拨至耳后。她的发丝又细又软，触手冰凉，泛着光泽。

小姑娘的耳垂圆润莹白，肌肤的边缘被冷风吹得通红。一看就知道她在车站等了很久，这会儿她正倔强地抿紧嘴角，像是在生闷气。

许久没见，确实生疏了很多。

"还好。"像是极为不习惯近距离的触碰，白荔缩了缩。

她视线和纪霖洲错开，神情淡淡："我们不是要回去吗？走吧。"

说完，她紧握着行李箱拉杆的手拽了拽，一副随时打算离开，不想多说

137

的模样。

无论是眼神还是肢体动作，都很明显在躲避他。

纪霖洲默不作声地瞧了她一会儿，眼眸起来："生气了？"

"没啊。"白荔说，似是为了强调，"我没有生气。"

"那见了哥哥都不喊？"他的声调懒洋洋的，却不打算就这么放过她。

白荔突然说不出话来。

仔细想想，好像从刚才和纪霖洲见了面以后，她确实没喊。

于是，她绷着脸喊了句："哥哥。"

机械又生硬的音调，哪里有以前见面时候的软糯。

"怎么搞得我逼你似的？"纪霖洲笑，"哥哥知道来晚了，给你赔礼道歉怎么样？"

话落，也不等她做出什么反应，纪霖洲揽住她的肩："你阿姨不在家，想吃什么？"

两个人突然靠在一起，白荔猝不及防地僵直身体。

下意识，她心里想的那句话就蹦了出来，虽然声音很轻很弱："你不是有女朋友了吗？"

这话一出，两个人都愣了愣。

气氛瞬间比深冬的风还冷。

"我、我不是你的亲妹妹。"白荔硬着头皮解释，磕磕巴巴的。

然后她从他臂弯里退出来，默默拉开了两人之间的距离："你女朋友知道的话，会不开心吧。"

如果将来有一天，她的男朋友在放假回家的时候，和并没有血缘关系的妹妹走得很近，她一定会不开心的，会吃醋。

半晌都没人说话。

白荔这才后知后觉地想着，自己是不是太小题大做。懊恼的情绪突然涌出来，她偷偷瞄了纪霖洲一眼。

这么一瞬间，连白荔都感觉到自己在无理取闹，早知道就不说出来，默默地拉开距离就好了呀；说出来以后，反而显得她特别在意。

她低垂眼眸，脸颊因为羞赧而开始发烫。

138

"还挺关心哥哥的感情生活,以前哪个小孩说我太直男找不到女朋友?"纪霖洲收回胳膊,突然倾身过来,凑到她面前才停下,"还有,谁跟你说的?"

清冷好闻的气息混杂着微凉的风,薄荷味道。

白荔的呼吸瞬间一窒。

纪霖洲直起身,单手揣进兜里,他薄唇轻启,扔了个字:"没。"

算是解释。

这回轮到白荔一愣,他在跟她解释。

话音断了,纪霖洲也不在意白荔什么反应,径直朝着前面的地铁站走过去。

走了一会儿,他倏地停住步伐,转过身,眉尾稍扬:"不跟上来?"

上了半年大学,他五官更加挺立,细碎稍短的黑发,没有那些花里胡哨的颜色,看上去完全不像是大学生,就像是高中生似的。

和从前一样,即便是温度很低的天气,他仍然穿着单薄。一件黑色的风衣套着,领口没系,肩宽腰窄,侧过身的背部线条利落流畅。

白荔咬了咬嘴角,拉着行李箱默默跟过去。

走到近前,她的手背突然被温热的掌心熨帖包裹。下一秒,纪霖洲从她手里接过来拉杆。

白荔尴尬到一句话都说不出。从地铁一路回到家里,白荔都恨不得能"鸵鸟埋沙"。小姑娘别扭起来,九头牛都拉不回来。

到了家门口,她还是垂着脑袋。纪霖洲拿出钥匙开了门,她就在旁边安安静静地杵着。

开了门,两了进了屋。

白荔眼前突然出现一道阴影,他俯低的身体一点点逼近过来,无形之中的压迫感。

"跟我这么生疏了?"纪霖洲笑。

白荔的呼吸差点停止,半晌她嗓音软下来:"我没有啦。"

话题一转,她先告状:"你、你欺负小孩。"

白荔一抽搭,杏眸里马上水雾涌起:"而且还让我在车站等了你四十五分钟。"

"天很冷的。"她软声软气,"好几个陌生人都过来,我……还要被你欺负。"

"我哪欺负你了?"纪霖洲无奈,"好了,别哭。"

好不容易扯开了话题,又发泄了自己心里的委屈,白荔还是抽抽搭搭的,没有要停下来的意思。

纪霖洲突然笑笑:"之前还说自己已经长大了,怎么现在半年不见,又哭得像个小孩。"

他的尾音懒洋洋地扬起,从桌上递了盒纸抽过来。

"大人也可以哭。"白荔想了想,反驳道。

纪霖洲弹了弹她脑门,说:"嗯。不过大人轻易不哭,你学着点。"

白荔:"……疼。"

因为蔡嘉禾不在家,纪霖洲点了外卖。

两个人在吃饭的时候,白荔脖颈间挂的鹿角项链突然滑了出来。

纪霖洲瞥了眼,没说话。

白荔愣了一秒,顺着他的视线一看,脸颊一热。

刚吃完饭,白荔的手机就响了。

是个陌生的号码。

以为是钟陈怡借用别人的手机给她打电话,她接通了。

也不知是手机太卡,还是手指不小心碰到了屏幕的扩音键,总之当陈阳的声音从话筒里传出来的时候,白荔愣了一下。

"荔荔,你在干吗?吃饭了吗?"

闻言,纪霖洲看了她一眼。

白荔和陈阳说了两句,便挂了电话。

吃过饭以后,纪霖洲在客厅里打游戏,白荔出来喝水路过。

他突然说:"荔荔,帮哥哥拿瓶水过来。"

白荔:"……你能不能别这么叫我?"

话是这么说,但她还是乖乖地递了瓶水过去。

生活又平静地过了一阵子,这次假期过后,纪霖洲倒是经常和白荔联系,还会给她分享大学周边的摄影图片。

开学没多久,某天在宿舍里午休的白荔突然被钟陈怡的一个电话吵醒。这个电话带来了天翻地覆的变化,打了她一个措手不及。

钟陈怡和白军在闹离婚。白军出轨,被钟陈怡捉奸在床。而且出轨的对象,不是别人,正是白荔班级里一个同学的妈妈。

据钟陈怡所说,那同学是单亲,她妈妈和白军是在家长群里认识的,因为共同话题多,一起出去吃过两次饭,接着就越走越近。走到了这一步,钟陈怡来班级里闹了两次。

一时间,学校里尽人皆知。

白荔想劝钟陈怡离婚,可钟陈怡又不想离,就这么一直闹啊闹啊的。过了很久很久,久到每一位身处事件中心的人都身心俱疲。

钟陈怡不想离婚,但她管不了白楚楚,只能把压力给了白荔,让白荔劝说白军。

高二下学期,白荔的成绩一落千丈,期间被班主任和各科老师约谈了无数次。

后来白军给白荔打了电话。

电话里,白军的声音像是苍老了十几岁:"嘟嘟,真是抱歉啊,给你带来了麻烦。"

白荔沉默着,实在不知道该说些什么。

半晌,她问:"为什么会做出这样的事情?"

其实最初的震惊过后,白荔现在只觉得疲惫和平静,甚至在学校里,她也能对风言风语置之不理。可是她还是想问一问,为什么?

她想替钟陈怡问一句,尽管她无比希望两个人能离婚。

白军说:"你妈妈很好,只是控制欲太强,我会感觉累。

"另一个阿姨性格完全不同,相处起来会很轻松。"

挂了电话,白荔就删除了白军的所有联系方式。后来她的成绩实在太差,从重点班掉入了平行班,还是平行班级中吊车尾的那种。

到平行班以后，白荔更加沉默寡言，学习一直也没有起色。她的成绩已经差到连本科都考不上的地步，几个曾经带过她的老师都感到惋惜。

其实大家都知道白荔不是实力不够，而是家庭变故带来的改变太大。

白荔的厌学情绪越来越重，后期严重到考试的时候直接交白卷。

高三的时候，白荔经常不去上课，每天都是在宿舍里睡觉。她现在已经没有了家，朋友也很少，连个固定住处都没有。

白荔很迷茫，心里也很空，唯一的慰藉就是和纪霖洲偶尔的聊天。

家里的事情她没有告诉他，也许他已经知道了，但是没有跟她提。就像当初她知道他家里的变故一样。

在这件事上，她和纪霖洲都无比默契。

某天睁开眼的时候，宿舍里一个人都没有。

手机一直"嗡嗡嗡"地振动着，白荔沉默了好一会儿，才揉了揉脑袋拿起手机看了眼。

是钟陈怡打来的电话，她没接。

点开微信，是钟陈怡发过来的三十多条语音，每一条都有一分钟。

白荔瞥了一眼，刚想把手机扔床上，突然又打过来一个电话。

她下意识以为是钟陈怡，直到余光瞄了眼来电显示，心突然慌了下。

白荔恍神片刻没踩稳，直接从扶梯上摔了下去。

脚崴到了，她忍着疼，把手机贴近耳边，却没说话。

这一年来因为家庭的变故，她变得越发沉闷，好像心已经完全封闭，如一潭死水毫无波澜。

她既不想理会任何事情，也不想思考。

"我在学校门口。"半晌，纪霖洲说。

白荔点点头，淡声道："哦。你是没课了吗？"

今儿的天格外蓝，万里无云。光线洋洋洒洒地落在窗台的绿植上，让人看着就觉得心情舒畅。

的确是个适合出门的好天气。

自从白荔家里出事以来，宿舍里的几个学霸立刻向学校申请换宿舍，理由是不想因为白荔而影响自己学习。也能理解，于是白荔自己搬了出去。

之后钟陈怡闹了几次，学校也不想管，干脆就放任白荔一段时间。

纪霖洲说："嗯。出来见个面？"

白荔赶到学校门口的时候，纪霖洲正在等她。他站在树下，简单的黑色短袖配一双篮球鞋，身影干净利落。

纪霖洲也看见了她，视线落过来的一瞬间，他神色柔和不少。

"饿吗？"许久未见，他说的第一句话。

白荔摸了摸肚子，忍不住舔着嘴角："还真有点。"

学校附近的饭馆，一进去热气扑面而来。

老板在后厨忙着，听见门口有动静忙探出来半个身子："两位吃点什么？"

老板认出纪霖洲，熟稔地笑着："霖洲，大学放假了啊？还是老样子吗？"

纪霖洲稍点了个头。

一顿，他说："你吃什么，自己去点。"

看墙上的店面介绍，这家店铺在学校门口开了有七八年。

白荔随便点了道特色菜，就在纪霖洲旁边等着。

这顿饭吃得很沉默，白荔以为纪霖洲会跟她说些什么。但他什么都没说，只是时不时往她碗里夹点菜，问问她学校之类的事情。

白荔也都一一应答。

吃了饭，两人从门口出来，走到巷口拐角的地方。

见白荔急着回学校，纪霖洲说："不急，今天不是请了假。"

她一愣，僵在原地，迈开脚步往前走。

纪霖洲眼神微沉，伸手将小姑娘拉到跟前。

这段时间她真的瘦了很多，巴掌大的脸颊瘦得都看不见婴儿肥，只一双杏眸泛着微微的光。

"最近没好好吃饭吗？"

白荔耳边只有呼啸的风声，什么都没听进去，呆愣了半晌才后知后觉地红着脸："什么？"

143

纪霖洲也耐着性子:"我说你,最近没好好吃饭吗?腿瘦得快要比我胳膊还细。"

揶揄的语调,一贯的漫不经心。

他从没有因为她的家庭、成绩而改变对她的态度。

"有……"她底气不足,"可能是胃口不好吧。"

纪霖洲瞧了她一会儿,眉尾稍扬说:"我们学校的菜不错,考虑一下?"

"考虑……考虑什么?"白荔差点咬了舌头,不敢相信自己听到的。

"没听见算了。"纪霖洲懒得再重复一遍刚才的话,从兜里拿了个东西出来。

鹿角手链,和之前送给她的项链是同系列的。

"见你喜欢,就多送一个给你吧。小孩。"

白荔小心翼翼地捧着,连视线都不曾从手链上面移开分毫,像是得到了全世界最好的礼物。

所有的委屈、压抑,仿佛都随着纪霖洲的出现,随着纪霖洲的动作而烟消云散。

"我听见了。"她难得用欢快的语气道,"你在邀请我考你们大学。"

白荔仰着清瘦白嫩的脸蛋看他:"对不对,哥哥?"

纪霖洲漆黑的眼眸微眯,薄唇挂着笑,没出声回应,却也没有回绝。

他掌心在她脑袋上揉了揉:"嗯,等你啊,小孩。

"等你长大。"

送白荔回了学校,许博文的电话打过来。

"老大,今天上午大物点名你不知道啊?"许博文叽叽歪歪。

纪霖洲浑不在意:"嗯?忘了。"

许博文哀号:"全宿舍都没去,就我一人去了。好家伙,我一人分饰六角。你不知道那老师看过来的时候,我后背都湿了吗?你们也太狠了吧。"

纪霖洲:"他们人呢?"

"睡觉呢。"一说到这个,许博文又开始骂骂咧咧,"你们一个个该打游戏打游戏,该谈恋爱谈恋爱,我单身有什么错。我就算有错,请让法律来制裁我!而不是你们这帮浑蛋!"

纪霖洲把手机拿远了点。

许博文问他:"你什么时候回来啊?"

"今晚的车,差不多凌晨一点到。"

"你去哪儿了啊?你——"

纪霖洲挂了电话。

为什么过来?因为好像没办法放心白荔。

他一直以为白荔对他来说,就是个小孩。说得亲近点,充其量算是个妹妹。

他无奈地收敛视线。

周围突然很闹,几个学生下了课径直奔向饭馆,叽叽喳喳有说有笑的气氛,完全符合这个年龄段该有的活力。

纪霖洲正准备离开,一道声音突然在他身后响起。

女人的声音显得格外突兀:"小纪。"

纪霖洲一愣,转过身看到憔悴不少的钟陈怡站在拐角的地方。

他在阴影里,她在阳光下。

视线一抬一收间,纪霖洲还是礼貌叫了句:"阿姨。"

他心里不认同钟陈怡对待白荔的方式,但也知道没资格插手。

钟陈怡拎着挎包,掌心攥得很紧,紧到手背上的青筋凸显,但她仍然保持着微笑:"学校放假了吗?有空的话,阿姨请你喝杯咖啡吧。

"你妈妈最近怎么样?看我年纪大了,做事也糊里糊涂的,好久都没上你们家去串门。"

像是不允许纪霖洲拒绝,钟陈怡如一潭死水般的眼眸盯着他。

她见纪霖洲没有要走的打算,嘴角的笑意收敛:"虽然我和你白叔叔现在闹得很难看,但到底我们还没离婚,你不会不给阿姨这个面子吧?"

白荔又重新振作起来了。

无论其他人怎么说,她都只专注于学习,每天三点一线 教室、宿舍、食堂。

因为荒废了一年学业,现在重新捡起来,有些吃力。

不过好在江星序时不时会到宿舍里帮她讲讲题。

有江星序的帮助，白荔的进步就快了很多。

一晃，高考结束。

白荔从考场走出来的那瞬间，步伐好像都轻得要飞起来。

突然卸下了高考的重担，她现在满心都是纪霖洲。

白荔打算报考纪霖洲所在的大学，也打算……向他告白。

回到宿舍的第一件事，白荔拨通了纪霖洲的手机号。

很奇怪的是，他的手机关机，发了微信也没有回复。

白荔耐心等了一会儿，然后开始收拾东西，做自己的事。

她刚打包好东西，突然听见门口有脚步声，转过身，是江星序双手环胸站在门口。

"你没回家吗？"白荔把最后一件衣服放进了袋子里。

江星序挑眉："我回家。你自己把东西扛回去？"

她说话向来是这样夹枪带棒的，白荔已经习惯。说到底，这也是江星序表达自己关心的一种方式而已。习惯以后，她还蛮喜欢江星序的做事方式。

"没关系，我等下邮寄。"白荔笑笑，杏眸微微闪烁像噙着光。

"得了吧，学校快递，我又不是不知道。你真打算自己把这些大包小包的东西都搬下楼，累死你。"江星序说完，向门外一仰，"哥，进来搬东西。"

话音落下，从门口进来个高高瘦瘦的男生。

男生长得还算清隽，个头很高。见了白荔，他明显怔了怔，随后笑笑说："是白荔吧，一直想找机会请你吃饭，也没来得及。"

白荔尴尬地摇摇头："呃……"

她真的不知道该怎么说。要是三年前那次流氓事件，这都过去了这么久，也没必要了呀。

江星辰也不在意她的反应，瞥了眼地上的东西，打了个电话。

顷刻间，突然从门口进来七八个男生，白荔的这点行李都不够他们分的。

校园里四处都有走动的学生。

白荔拎着行李箱走的时候，余光瞥了眼高三教学楼，顶楼现在正在维护，据说是要重新装修。

收回视线，白荔摸了摸手腕上的鹿角项链。

她忍不住勾起嘴角，想到什么，她又赶紧拿出来手机看了眼。

安安静静的，没有新消息。

她有点失落，但很快又调整状态。

没关系的，他只是暂时没看到，所以没回复。

钟陈怡和白军还没离婚。

之前钟陈怡的借口是不想影响白荔学习，所以打算等白荔高考结束就离。可真等到这一天，她又改口说不想让别人觉得白荔是单亲家庭，不完整。

对于钟陈怡出尔反尔这一套，白荔已经见惯。

暑假的时候她一天打三份工，想挣钱攒着。除此之外，也能避免在家里发呆长霉。这些钱不只是她的生活费，还有给纪霖洲买礼物攒的钱。

报考学校的事情，白荔没有告诉纪霖洲。她想等到开学的时候，给他一个惊喜。

整个假期，她没再主动找过纪霖洲。

现在脱离了高中校园，白荔始终觉得，有些话有些事情，她可以当面和纪霖洲讲。

暑假因为打工过得特别快，钟陈怡因为白荔不听她的话，自己报考了一所普通的学校而感到生气，连送行都没有去。

白荔一个人拎着行李箱上了火车。

车厢里冷气很足。

火车晃来晃去的，她从书包里找到了礼物。

她想着，不知道纪霖洲见到她，会不会觉得很惊喜……

白荔视线微抬，车窗外是晴朗的天，电线在高空纵横交错，火车慢慢驶向市区。

新生开学，A大门口人山人海。

白荔刚进校门就被热情等候在门口的学长们吓住，几个男生簇拥过来，伸手就要抢她手里的行李。

"学妹,你是不是这届的新生?"

"哈哈,学妹,我是大二的学长,你住在哪个宿舍楼?"

"我大三的,这学校已经很熟悉了,学妹想去哪儿可以直接找我,我带你去。"

"哎哟,你们几个是没见过女生吗?我单身二十年了,这个机会求求各位让给我吧。"

报考之前,白荔稍微了解了一下。这所学校前身是军工院校,后来拆分合并,尽管如此,学校里还是男多女少,放眼望去女生少得可怜。

"谢谢学长。"白荔脸颊通红,忙道谢,"没关系,东西我自己拿就好。"

白荔坚持自己拿行李,几个学长也就不好再说什么,不过很热情地陪她一路走向 B6 栋宿舍楼。

"学妹,这是我们学校的学思楼。"

"学妹,这是我们学校的公园。"

"学妹,这是我们学校的篮球场。"

说到篮球场的时候,白荔下意识地抬眸看了一眼。下一秒,她顿时一怔,人群中那道熟悉的身影正高举着篮球,一个三分球投进。

球场一片尖叫欢呼。

纪霖洲弯腰擦了把脸,似乎是察觉到了什么,微扬视线,朝着白荔的方向看过来。

隔着人群,两人视线相撞。

他被女生们包围着,而白荔则被一群男生簇拥。

想想,这场面着实还有点搞笑。

不过白荔怎么也没想到,和纪霖洲再次碰到,会是在这样的情况下。

她紧张地攥紧了行李箱拉杆,唇抿着,不知道该做什么样的反应,连呼吸都慢慢停滞。

纪霖洲很快收回了视线,没有打招呼的意思。他几步走到篮球架下面,球衣被汗水打湿。

他转过身的时候，白荔稍有失落。

是看见她了吧？可是为什么仿佛看见陌生人似的？

"学妹喜欢看篮球赛吗？"旁边的学长察觉到什么，佯装很懂行的样子说道，"最近正好有篮球赛，是我们学校和Z大打友谊赛。现在他们篮球队正在训练呢，估计过两天就要比赛。"

"是吗？"白荔垂下眼。

应该是因为在训练吧，所以没办法过来和她打招呼，这么想着，她心里的沉闷消散了点。

"学妹要去吗？我这里有票，不如……"

耳边的声音越来越模糊，模糊到她几乎听不清这个学长在讲些什么。

白荔若有所思地看向篮球场。

她会去，哪怕是给纪霖洲加油。

"纪哥，那边的小学妹你认识？"

球场上有几个男生似有若无地看过来。

"她一直看着你呢，该不会是你前女友吧？"

"纪哥可以啊，这么漂亮的前女友。"

"让人家小学妹念念不忘追到大学。"

纪霖洲仰着脖颈灌了几口矿泉水，视线淡淡地瞥了一眼，神情寡淡又清冷。

"嗯，认识。"

几句交谈顺着风吹进了白荔的耳朵里。听到纪霖洲和朋友之间的对话，她耳梢顿时一烫。

一时间，球场上许多目光都投了过来，几个男生嘻嘻哈哈，笑声带着点坏，没打算停止话题。

白荔脸皮薄，哪里应付得来。于是她没多作停留，忙拉着行李箱匆匆朝宿舍楼走过去。

天朗日清，烈日晒得水泥地面发烫，篮球场旁高楼的玻璃窗映着光，十分刺眼。

新生入学第一天，到处都是人，嘈杂声不绝于耳。

可背身离开的时候，白荔还是清晰地听见纪霖洲随意地低声说了句："老家妹妹。"

白荔突然攥紧了双手，不知道路边怎么会有块坚硬的石头，而她没注意，就那么踩了上去。

她感觉到一阵钝痛涌出来。

她沉闷地走了半晌，篮球场渐渐远去。

"学妹认识纪霖洲？"许是听到了刚才球场的动静，旁边的学长热情的态度也收敛了不少。

白荔大方地点头承认："嗯，认识，老家哥哥。"

她依葫芦画瓢，有模有样地学着纪霖洲刚才的语调。

学长明显松了口气，口无遮拦道："我还真以为你和纪霖洲有什么不可告人的关系呢。"话落才慌张地捂着嘴巴，"我瞎说的，你别往心里去。其实是因为你哥在学校人气挺高的，我还以为……"

"和纪霖洲在一起过的女生很多吗？"闻言，白荔试着打听。

高三这一年，她很少了解纪霖洲在大学的事情，倏地，心底好像有股酸涩的滋味泛出来。

学长说："倒也不是。他每个周日晚上查寝都不在，后来被全校通报了呗。听他们说他是跟女生约会去了。"

"谁知道真假，也有说他是出去勤工俭学挣钱的。唉，八卦消息真真假假的。"学长不咸不淡地补充道，"这话你可别跟你哥说啊，我也是听他们说的。"

白荔视线微垂，握住行李箱拉杆的手蓦地攥紧："这样啊。"

几个学长簇拥着把白荔送到了宿舍楼下，本来还打算帮她将行李箱送上楼，但被白荔道谢拒绝了。

今天是新生开学日，按道理来说是允许男生进入女生宿舍的，不过她还是不想欠人情，尤其是双方还不熟悉的情况下。

白荔自小习惯独立，如果是麻烦别人来帮忙，她反倒觉得浑身不舒服。

B6栋宿舍是没有电梯的，白荔在门口处登记了以后，拿了钥匙和水卡。

"小孩,哥哥请你吃水果。
所以作业,是不是应该帮哥哥做做?"

——"好久不见。"

校园小路,路灯投影下,隔着不远的距离。

一前一后。

这句"好久不见"倒像是穿过岁月,慢慢而至。

她瞥了眼登记列表，宿舍里的其他人都已经签过了名。

两天前就开始报到了，只有她是赶在最后一天到的。

登记列表上的签名分别是：林曼欢、王嘉、孟碧妮。

白荔收回视线，拎着行李箱爬上了五楼。

打开门，屋里的几个小姑娘都愣了愣。

"你是我们宿舍最后一个吗？"靠窗的女生高高瘦瘦，乌黑的长发披肩。她戴着副眼镜，笑着说道。

面前的短发女生替白荔拉过箱子："你看起来年纪很小啊，你几几年的？"

白荔说了年份以后，几个女生怔在原地。

"窒息，你居然比我们小两岁。"短发女生说道，"我叫王嘉。"

高高瘦瘦戴眼镜的长发女生一脸哭丧表情："比我小三岁，我复读了一年。该死，我好像一下子成了老学姐。"一顿，她说，"我叫林曼欢。"

而旁边的鬈发大波浪女生一边补着妆，一边从镜子里观察道："我叫孟碧妮，你的邻床。"

"白荔。"她慢慢走到了自己的床边。

林曼欢："荔枝。"

白荔："唔……"

林曼欢："你的名字真好吃啊，听起来又白又甜。"

几个女生都很好相处，没说一会儿话就混熟了。白荔话少，但被气氛带动也能说几句。

王嘉提议大家一起去外面聚餐，几个人也是说干就干，锁上门就下了楼。

林曼欢挽着白荔的臂弯，四个女生走在路上，回头率还算高。毕竟这是所偏工科的大学，男女比例三七开。

路过篮球场的时候，白荔下意识抬眸看过去。

周围的骚动声没有她来之前那么大了，她心里还想着，是不是纪霖洲他们已经离开球场了。

结果这个念头刚冒出来，围观学生的缺口那儿，迎面走过来三五个人。

白荔心蓦地一跳，差点从胸腔蹦出来。

纪霖洲刚打完球，漆黑的眼眸像是浸着汗，看起来格外明亮。他发梢湿黑，略宽的肩随意地挂了条白色毛巾，纤长的手臂肌肉随着他抹汗的动作立挺出来，手腕上戴了条灰色的头绳。

旁边的男生正揽着纪霖洲的肩在说什么，但看纪霖洲的表情，明显是有一搭没一搭地听。

倏地，感觉有些不对劲，白荔眯着眼看了看。

头绳有些眼熟，好像是之前他过年去找她的那次，她送给他的礼物。

还……留着吗？

男生把女生的头绳戴在手腕上，应该是归属于这个女生的意思吧。

之前的郁闷仿佛一扫而空，所以纪霖洲还是在意她的吧！

直到有个男生突然笑着说："哎，这不是刚才的小学妹吗？"

顿时，纪霖洲顺着话音就瞥了过来。

偷看的白荔被抓了个正着，她脸颊滚烫，烧起来，一直蔓延到耳梢。

这回他没像刚才似的忽略了她，而是径直走到她面前。

他问："打算去吃饭？"

"嗯。"白荔点头。他个头又高了不少，她脑袋一垂，才发觉自己站在他的阴影里。

"那一起？"纪霖洲的视线懒散地敛了敛，"我们也打算去吃饭。"

他的语调不算热情，倒是身旁的几个男生嬉笑着，很感兴趣的模样。

白荔还记着自己是跟室友出来的，于是立刻偏过头去看林曼欢。

几个室友面面觑了片刻，随后说："可以呀，我们也想多认识认识学长们。"

吃饭的事，就这么敲定。

纪霖洲给了白荔一个饭店的地址，他们几个男生刚打完球要回宿舍里冲个澡换身衣服，也快，二三十分钟。所以让她们先去点菜。

本来打算让在宿舍里的许博文带着白荔她们过去的，结果打了电话，许博文说今天放假他回亲戚家了。

不过电话里的许博文倒是兴奋地喊："白荔妹妹也考上我们学校了？缘

分啊！真不错！"

"老天爷又给我机会了啊。"不过这句话刚说完，电话就被纪霖洲掐断。

包厢里，王嘉叽叽喳喳地说："荔枝，那个男生跟你什么关系啊？感觉你们很熟吧，可是看你们两个说起话来又好像没那么熟。"

白荔说："嗯……哥哥，没有血缘关系的。"

林曼欢也说："你这个哥哥长得挺帅的，你考虑一下吧，我想给你当嫂子。"

白荔无辜地眨眨眼。

旁边的孟碧妮盯着手机："纪霖洲，Ａ大风云人物哦。"

稍一顿，她说："劝你们别想了，我看帖子里都说他挺花的，还有隔壁美院的女生也在追他。"

"这么多人追啊？"王嘉感慨。

她们几个在聊，白荔收敛视线。

纪霖洲他们来的时候，除了原先那几个男生，还带了几个人。而且没过多久又陆陆续续来了一批，都是Ａ大的，不但有男生，还有女生，各个学院的都有，都是学姐学长。

之前稍显冷淡的气氛顿时热络起来。

王嘉她们性格开朗，没一会儿就跟周围人打成一片，可白荔不行，她天性如此。

期间有几个男生想跟白荔搭话，问了几句，见小姑娘闷得不行就作罢。而且她还不喝酒，几个学姐也劝了几次，她还是坚持不喝。

其实白荔有特意观察别的男生找自己说话的时候，纪霖洲是什么反应。她以为他多少会有点在意，或者替自己解解围什么的。可全程，纪霖洲都在跟周围的人说说笑笑，连余光都没往她这里瞥一眼。

白荔的失落感越发明显，像是心里堵着什么似的。

林曼欢她们几个也喝得嗨了，和包厢里的人混熟，逐渐忘记白荔的存在。这下她更加不合群，瞬间被挤到了角落里，就自己玩了会儿手机。

白荔觉得闷，便出门上厕所。

一出去，沉闷的热浪扑面而来，刚被包厢里的空调冷气冻得直打哆嗦的

白荔，瞬间热出一身汗。

洗完手，她转过身就撞见纪霖洲在门口。他懒散地倚靠着墙面，双手插进兜里。

她都没察觉到他是什么时候站在那里的，两人的视线恰好撞了个正着，她目光稍怔，慢吞吞地走过去，小心翼翼地看着他。

指缝里的水渍还没擦干，窗口的风这么一吹，挺清凉的。

走廊里都是吵闹的声音，唯独这一片安静。

"哥哥你们吃完了吗？"白荔硬着头皮，没话找话。

纪霖洲淡淡地抬眸，没回答这个问题，反而问她："真考过来了啊。"

白荔刚挤出来的一点笑意瞬间僵在脸上，有点哭笑不得的意味："你……你不希望吗……"

"倒没有。"纪霖洲笑笑，"只是以你的成绩，能去更好的学校吧。"

气氛突然凝滞。

半响后，他才俯低身体，从容地凑近："所以，为什么考过来？"

白荔突然心慌得厉害，整个身子都在微微颤抖，这么热的天气，她掌心里都是冷汗。

她也不知道纪霖洲能不能看出来。

白荔壮着胆子，一咬牙一狠心："因为你。"

声音细软，跟蚊子似的。

"我喜欢你。"她咬字不清，尾音哼哼唧唧的，囫囵吞枣般一股脑儿说了出来。

"那次你去学校找我，是不是……"

她话还没说完就泄了气，像是皮球被针戳破，伪装出来的镇定都烟消云散，只剩下一片慌乱和心虚。

是不是因为在意我，所以才鼓励我。

是不是也对我有一点好感，哪怕有一点不是对妹妹的情绪。

白荔到底还是羞涩，没能厚着脸皮说出这句完整的话。

半响，一声轻笑响起。

清浅细碎，从喉咙里泛出来。

"那次啊，"纪霖洲说，"逗逗你玩而已，你误会了什么？"

白荔像是被从天而降的一道雷劈在原地。

她真的不信，这么久以来对她这么好的哥哥，原来一直是在逗她。

白荔僵硬地说："可是，你的手腕还戴着我送给你的……"

"你说这个？"纪霖洲低眸瞥了眼，抬起手，有些无奈，"忘记摘了。"

说完，他将它扔进了垃圾桶，没有一点迟疑。

白荔真的被打击到了，她以为鼓足勇气迈入新的生活，可她才发现原来一切都是她在自作多情。

今晚的这顿聚餐，对她来说真的是迎头痛击。她找了借口，提前离场。不过包厢里的人都已经玩嗨了，压根儿没人在意她。

白荔也不知道这句"我先走了"是在跟谁说。

她走的时候，纪霖洲还没回包厢，不过想来他应该也是不在意的。

林曼欢她们一直玩到了下午四点钟才回宿舍，一推开门，一股酒气涌了进来。

"哎？荔枝。"王嘉喝得满脸通红，眼里都是醉意还硬要撑着门站稳，"你、你不是一直跟我们在一块儿呢？"

"我提前回来了。"白荔无奈地笑笑，手头的事情暂时停了停。

"不对啊，"王嘉拍了拍脑门，"那一直跟我们在一块儿的女生是谁？"

"拜托，那个是行政管理的学姐。"林曼欢算是三个人里比较清醒的，"你们两个不是还互加了微信吗？"

"哦哦哦。"王嘉才恍然大悟，"哦对，行政管理的学姐。"

林曼欢进了卫生间："荔荔，你怎么自己提前回来了？"

"嗯。"白荔眼眸微敛，"我不太习惯那种氛围。"

"对不起啊，我们几个都没注意到你先走了。"林曼欢说，"当时场面实在太乱，人又多。尤其她们两个，跟三四个学长踩着椅子喝，我要是不拦着，今天指不定出什么事呢。"

白荔笑笑，没有怪她们的意思。

孟碧妮是回来倒头就睡，白荔走过去替她盖好了被子。

王嘉刚躺在床上，突然垂死病中惊坐起说："对了，明天说有啥比赛来着？"

"A大和Z大的篮球友谊赛。"林曼欢从卫生间出来，脸颊通红，杏眸水润。

白荔收拾桌面的动作一顿。

"我们去吗？"王嘉翻了个身，含混不清地问。

林曼欢看了眼白荔说："毕竟是荔荔认识的哥哥呀，荔荔肯定去吧？"

白荔一愣，没回应。

王嘉说："荔枝，你明天去的话，我们就跟你一起去。"

良久，白荔才点点头："嗯，我明天去。"

哪怕经过了中午的聚餐事件以后，她也没有放下纪霖洲。而且中午的告白不清不楚，纪霖洲也没有明确地拒绝。

这么想，白荔仍然抱有一丝希望，放弃真的不是那么容易。

她从书包里拿出来准备好的礼物，视线柔和。这份礼物不送出去的话，自己多多少少会觉得不甘心吧。

不管怎么样，她当时能在高三的时候振作，真的非常感谢纪霖洲。

当晚，A大和Z大的篮球赛已经预热。预热的原因除去纪霖洲这个人气王，Z大的实力也不容小觑。

尤其是今年Z大篮球队出了个古怪新人，很牛的传球技巧，一手三分球投得观众嗷嗷叫，人称"小库里"。

孟碧妮刷着表白墙："啧啧啧，你们知道有多少小姑娘给纪霖洲发帖加油吗？"

"我看看，我看看。"王嘉是个爱凑热闹的，伸长了脖子就去看。

"按照纪霖洲这个人气，说真的，在我们学校，他算是A大顶流了吧。"孟碧妮说。

林曼欢一边拨弄着卷发棒，一边笑道："我不懂你们这些。"

"荔枝，你今晚怎么这么沉默啊？"王嘉突然意识到什么。

白荔拽了拽被子，闭上眼睛："我有些累。"

"那我们早点睡吧。"林曼欢说。

"啪!"宿舍熄灯。

"这么快?已经十点半了吗?"

"还真准时啊,一分不差。"

黑暗里,白荔摸了摸手腕的鹿角项链。

手机突然振动了两声,白荔打开看了眼。

【纪霖洲:明天球赛的门票我让许博文给你送过去。】

白荔瞥了眼,没有回复。

她默默地拉了一下被角,把头埋起来。

心里突然有了很微妙的变化,她一边忍不住感慨暗恋好苦,可另一边又因为他短短的一句话而感到甜。

在她马上准备放弃的时候,偏偏他说了句话,那一瞬间,她就感觉自己再多坚持一会儿,坚持去喜欢他。

心情跌宕起伏,像极了在坐过山车。

宿舍里的交谈声越来越小,最后归于安静。

走廊时不时传来说笑声和脚步声,昏黄又暗淡的光从门上方的小窗透进来,正对着白荔的床位。

陌生的氛围充斥在宿舍的每个角落。

熄了灯以后,才逐渐沉淀下来。

新学期的第一晚,几个女生也睡不着便叽叽喳喳地聊了很久。

白荔被这样融洽的气氛感染,也健谈起来。

当她们问起她为什么选择这个学校的时候,她指腹微顿:"我有想见的人在这里。"

无论怎么样,都是纪霖洲支撑她度过高中最灰暗的那段时间。

她很感谢他。

第七章
不再坚持

篮球赛的地点定在了市中心体育馆,晚上七点半准时开赛。毕竟是场正儿八经的比赛,连裁判员都是请的专业的。

观看比赛需要入场券,于是大清早的许博文就把票给白荔她们送过来了。

今天是新生第一天入学,没课,基本上就是听听讲座之类的,能在图书馆里泡一天。正式的课程要在军训以后才开始,而军训在一周后。

几个女生并排走在一起,许博文一眼就看见了白荔。

"霖训让我给你们的,说你们要是想去看就去,不想去就随意。"许博文睡眼惺忪,脑袋上的呆毛被风吹得直翘,打着哈欠道,"反正这票有不少呢。"

白荔接过票,目光短暂地在上面停顿了一秒。

"好,谢谢哥哥。"她笑笑,"辛苦你大早上跑过来了。"

小姑娘笑起来露出一点牙尖,光线一照倒也显得可爱。

高三一年她瘦了很多,整个人清丽脱俗。

许博文眯着眼愣了愣:"我们白荔小妹妹,真是长大了啊,也变漂亮了呢。"

他挠挠头，调侃地说了句："也不知道以后便宜哪个臭小子，你交男朋友可得让我和霖洲把把关。"

"一般的小毛头让他想都别想好吧。"

白荔脸一热，心想，如果这个人是纪霖洲呢……

临走前，许博文刚伸个懒腰转过身，兜里的东西就掉了出来。

白荔下意识喊了他一声："哥哥，你的东西。"

说完，她蹲下捡起来。

许博文接过来票："差点掉了啊，这几张是给美院那几个女生的。还好你提醒了我，不然她们要是没票，不知道怎么跟霖洲闹呢。"

白荔愣住，捏着票的手心里顿时冒出汗。

今天天热，图书馆的礼堂坐满了新生。一群人挤在一起，热气跟浪似的一股一股涌出来，而且讲座冗长乏味，没一会儿就睡倒了一大片。

好不容易熬到了晚上六点。

白荔她们急着要去市中心体育馆，谁知道图书馆门口被堵得水泄不通。

"放心吧，我们能赶上。"林曼欢安抚着看起来很沮丧的白荔。

终于，在七点半开赛前十分钟，白荔她们赶到了球场。

一路上，她紧张得手心里都是冷汗。

那份礼物，白荔今晚也带了，一会儿比赛结束，她就找个时间送给纪霖洲。

偌大的篮球场很空旷，许博文给她们安排的位置是前排，这会儿已经坐了不少人。放眼看过去，女生居多，陆陆续续还有人拿着应援灯牌和横幅走进来。

白荔一路走向位置，感觉脚底的瓷砖地面湿得直打滑。空气中弥漫着消毒水的味道，有些刺鼻。

"还好我们赶来得及时。"王嘉一屁股坐下来，吐口气。

"哪个是Z大的'小库里'啊？"她性格活泼又话痨，很自然地问道。

孟碧妮瞥了眼说："没看见哎。"

"对了，你要不要去买瓶运动饮料？"林曼欢扭过头对白荔说，"等下

中场休息,你好给纪霖洲送过去。"

话落,她揶揄地眨眨眼:"你看这场内,有多少女生蠢蠢欲动呢。"

白荔一愣:"唔?买什么运动饮料呀……"

她其实不太懂这些,但听林曼欢这么一说,心思动了动。

"体育馆门口有个自助贩卖机,那儿有。"林曼欢笑着说,"虽然你是暗恋,但总得一步步接近,不然搞不好就被其他人抢占先机啦。"

白荔耳梢热了:"曼欢姐,会不会太明目张胆了点?"

"不会啦,慢慢让他知道你的心意也好。你放心,这种情况男生不会不知道你怎么想的,大家都懂。"

林曼欢是宿舍里最年长的,言谈举止间都透着成熟稳重。

白荔知道她是真的在替自己考虑,可一想到一会儿大庭广众之下过去送饮料,她还有点羞怯。

好像将心意全部摊开,放在了纪霖洲面前。

她深吸了口气,给自己鼓劲,从观众席起身:"曼欢姐,那我先去买饮料。"

"嗯嗯,去吧。"林曼欢说,"你的位置我给你看着呢。"

球场中央,两个学校的队伍都在做热身运动,不过Z大的学生们还没来,就来了个看起来像教练模样的人在掐时间看表。

白荔只看了一眼,就从人群中找到了纪霖洲的身影。

他穿了件4号球衣,领口宽松,露出紧实的肌肉线条。发梢淋了水,显得湿黑,侧颜看起来立体又干净。

这会儿纪霖洲旁边的男生正嘻嘻哈哈和他说些什么,不知说到了什么,纪霖洲往观众席瞥了眼。

白荔的心跟着提了起来,想让他看到自己,却又不想过于主动。纠结又酸涩的情绪在发酵,很奇怪。

白荔就这么远远地看了一眼,还未来得及把视线收回来,倏地,他视线投了过来,很精准地看向了她的位置。

许是她站在这里,比较显眼。

隔着人群，白荔只觉得四周的空气都仿佛凝滞。愣神的工夫，她脚底突然一滑，整个人向旁边栽倒过去。

球场地面太湿滑了，其实来的时候她就有注意到，但怎么也没想过会真的在这上面栽个跟头。

像是溺水中的人求生本能似的，她一把抓住了路过人的衣服。

"刺啦！"

白荔听见了衣服裂开的声音，顿时有点欲哭无泪，心说这是什么质量啊，也太差劲了。

而白荔站稳后，第一反应就是去看纪霖洲。

他神色淡淡，黑眸噙着股冷漠的劲，一副浑不在意的模样。两人的目光对接上，她才后知后觉地脸颊泛热。

因为在意他，白荔比平时更敏锐，他的每个细节都在她心里放大了很多倍。

"拜托，再喜欢我也用不着采取这种方式吧。"低沉懒散的音调，带着不屑的笑意在她头顶响起，"不过你确实吸引我注意了，留个手机号？"

男生双手环胸，个头高，白荔才到他的胸口。他居高临下，语调都是盛气凌人的架势。

"我、我没有。"白荔立刻否认，也没抬眼。她松开了手，低着头就想朝门口走过去。

"对、对不起啊。"半晌，她才想起来什么又道歉，"你的衣服我会赔偿你的。"

其实衣服也没撕坏多少，就是开了线，刚好露出来腹肌的那块。

乍一看，还有几分性感诱人。在场的女生都炸开锅了。

看着小姑娘跟受了惊吓的兔子似的，恨不能脚底抹油溜出几公里远？男生眯着眼，有些意味深长道："行啊，等你赔偿。"

走到体育馆的大厅，白荔还觉得浑身冒热气。

她抬手扇了扇，想快速挥散周身的热度。毕竟刚刚的场面，对她这样内向的人来说，简直如同社死现场。

从自助售卖机买了瓶运动饮料,她记得纪霖洲喝过这款。

刚转身,迎面走过来几个女生。她们的说笑声在看到白荔以后停顿了一秒。

也是,刚才在体育馆发生的事,大家都看在眼里呢。可不就是眼前这个白嫩可爱的小姑娘。

几个人擦肩而过的时候,白荔听到她们在谈论纪霖洲。

其中个头最高的女生长相也最好看,长发搭在圆润的肩头,穿着抹胸吊带背心、超短裤,说不出的性感。

"打赌吧,一个月内我要把纪霖洲追到手。"性感女生一边拨弄着头发,一边说道,"没办法,我实在太爱他这款。"

势在必得的语气,是白荔从未有过的自信。

她呆呆地捧着运动饮料回去,刚好赶上比赛开始。

"你知道你刚才撞的人是谁吗?"王嘉兴奋地八卦道。

白荔不太在意,但转念一想,她还要赔偿人家衣服:"是谁?"

"Z大篮球社新人,叫宋辞帆。人称小库里,刚你走了,我们八卦了好一阵呢。"

"宋辞帆是富二代,刚开学就开着兰博基尼入校,别提多张扬了。"

"唔。"白荔佯装了然地点头,可跟她又有什么关系呢,总不能因为人家是富二代,衣服就不用赔偿了吧。

稍一顿,她把目光放在了球场中央的纪霖洲身上。

正赶上纪霖洲投三分球。

漂亮完美的弧线。

球进了。

比赛很激烈,打得有来有往。

到了比赛结束,中场休息的时候,几个室友推搡鼓励白荔。

白荔吸了口气,捧着运动饮料过去。

明明不远的距离,她却感觉很漫长,每走一步都能听到自己的心跳声。心底那颗种子蠢蠢欲动像是要萌芽破土而出,好像没办法再克制。

想让他知道，想表达自己的心意。

周围哄闹的人群突然安静下来，不过白荔现在也注意不到这些。

她的视线里只有一个人，是坐在座位擦汗的纪霖洲。

突然，一个女生坐到纪霖洲旁边。

白荔一滞，这女生不是别人，就是刚刚在自助售卖机碰到的性感女生。

耳边落了几句交谈声。

"美院大美女又来找纪哥啊。"

"是啊，怎么不欢迎啊？"

一切仿佛有迹可循。

白荔突然意识到，原来这个女生比她和纪霖洲的关系要更近，甚至已经和纪霖洲的朋友们打成了一片。

她是多余的，至少在此时此刻。

"哥哥，我给你买了瓶饮料。"

她的声音跟蚊子似的，将饮料递过去。

说巧也不巧，性感女生也掐着点递过来一瓶饮料，和白荔买的是一个牌子，一模一样，都是从一个自助售卖机里买的。

场面静下来。

白荔鼓起勇气抬眸去看纪霖洲。哪怕如此尴尬，她还是抱着一丝幻想——她对他来说，应该是不同的吧。

可惜，纪霖洲没有犹豫地接过了性感女生的饮料。

"谢谢，有心了。"他对性感女生说道，"晚上请你吃饭？"

性感女生一脸娇羞："哎哟，心疼你而已啦。多喝点，补充能量。"

性感女生暧昧地眨眼："不过你说请我吃饭的事情，可不许反悔哦。"

白荔的眼眶突然一酸，她憋着气，像是较真似的等纪霖洲一个回应。

可是她等了足足一分钟，纪霖洲仍然把她晾在原地。

倏地，她手里一轻。

白荔紧咬着唇，抬眸看过去，愣住。

宋辞帆掀起衣角擦了擦汗："还挺懂事，知道哥哥渴了就送水。"

"呃……"白荔干眨眼，想不出该说什么。

她下意识去瞥了一眼纪霖洲，发现对方只是稍微瞥了个眼神过来，又很快收回，冷冰冰的态度。

随后，像是要避她如蛇蝎似的，纪霖洲换了个位置。

白荔想，哪怕有再强大的心理，也会觉得难过吧。

可明明之前不是这样的，他会替她解围，会替她买卫生巾，会在下雨天跑遍全城就为了买包糖哄她开心，会带她出去玩……

也许比起纪霖洲，她是个小孩。可这不代表小孩子都是记吃不记打的。

她真的，真的会难过，也会坚持不下去。

"跑什么？"宋辞帆语气稍显不耐烦，他手劲大，拽住白荔的手腕就能让她动弹不得。

"之前不还说要赔偿我衣服？"他稍带了不屑的笑意，"干吗？想溜啊。"

大庭广众之下就这么逗着面前的小姑娘，宋辞帆一点都没觉得过分。见小姑娘不老实地想挣脱，宋辞帆猛地收紧，她人都被他带到近前。他身后一帮狐朋狗友也跟着起哄。

七嘴八舌说什么的都有，周围人的视线也飘过来。

"我没假装摔倒。"白荔低垂着脑袋，心里乱糟糟的，对宋辞帆朋友的话也没听进去多少，"我不知道你会从观众席路过……"

她无意和宋辞帆这样的富二代有过多接触，但是她的责任她一定会承担。

"你的衣服，我会赔钱给你。"

说完，她余光瞥了眼宋辞帆的朋友，拿过来他的手机："这是我的号码。"

见白荔被一堆男生围着，几个室友一看不对劲忙赶了过来，A大的老师也以为出了什么事。

一时间，白荔跟前倒是热闹起来。

直到下半场的球赛要开始，宋辞帆才作罢，领着他那帮朋友大摇大摆地从A大休息区离开。

这帮人横行惯了,走到哪里都是一副不讲道理的模样。

"荔荔,怎么回事啊?"林曼欢一句话关心的话,彻底让白荔绷不住情绪。

她攥紧手心,摇摇头。开着冷气的馆内她还是热出一身的汗,鼻尖都浸出水来。

只是她不懂,为什么男生的态度变化这么快,既可以很温柔又可以很冷漠?

仿佛她只是纪霖洲的宠物,开心的时候逗一逗,而当他厌烦便置之不理,就连沟通都不愿意,面对她的时候只有封闭的内心。

整个鼻腔都是酸涩感,好像下一秒委屈的情绪就要宣泄出来。

孟碧妮见状,赶紧朝其余两个人招手:"先带她走吧,其他事情以后再说。"

几个人在附近的咖啡厅里坐了很久。

期间白荔说得并不多,可就简单的几句话,仍然气得其他三个女生直皱眉。

"纪霖洲接了另一个女生的水,理都没理你?这也太过分了吧!"林曼欢很不理解。

"就是啊,哪有这样的,再怎么说也不能当众晾着你不管啊!"王嘉性子直,当场就要去找纪霖洲算账,"不行,我咽不下这口气,荔枝,我们去找他说清楚。"

白荔默默地拉住她:"算了吧。"

她感觉自己很疲惫,只想回去睡一觉。

"不把话说明白,你岂不是白受委屈了?"孟碧妮显然也不赞同白荔的鸵鸟行为,"而且我看那个纪霖洲并不是一点都不知道你喜欢他,这么做实在有点过分。"

拗不过三个人,白荔跟着她们又回到了体育馆,她兜里还装着原本想要送给纪霖洲的礼物。

她指腹轻轻在礼盒上抚了抚,触手冰冷。

其实她的室友们早就看出来了吧。哪怕这次她被纪霖洲冷淡对待,可是

如果他态度稍微缓和点，她又会小心翼翼捧上真心。

"快刀斩乱麻。"孟碧妮说，"他这个人要真不值得你喜欢，趁早放弃也是件好事。"

白荔默默地盯着地面，能感觉到自己正在被一种陌生的情绪慢慢淹没……

回去的时候球赛已经结束，王嘉冲在前面找人。

纪霖洲没走。

馆内的工作人员给几个满脸怒气的小姑娘指了更衣室的方向，就一脸蒙地离开。

推开门的时候，纪霖洲刚换好衣服。他臂弯里挂着4号球衣，见几个人闯进来顿时一愣。

随后他神色平静地挑眉道："这好像是男更衣室。"

王嘉刚要说话，还没开口就被孟碧妮捂住了嘴巴。

林曼欢给白荔让开了位置。

"我……我有几句话想跟你说。"白荔说。

更衣室里十分安静。

室友们都去外面了，这里就剩白荔和纪霖洲两个人。

"你要说什么？"纪霖洲懒声道。

白荔嗓子里溢出了很小的声音："为什么不理我？"

"你指什么？"纪霖洲笑了，"哪件事？"

他的语调仍然不轻不重的，好像真的不在意。白荔的眼眶"唰"地红了："刚才。"

"没有不理你，"纪霖洲神色微敛，"别多想。"

她多想……她没有多想。

被刻意忽略，那种感觉真的很清晰。

也不知哪儿来的一股勇气，白荔仰头去看他，声音都有点抖："如果我说我喜欢你呢，你会不会也安慰自己别多想。"

纪霖洲没说话。

"我不喜欢你。"纪霖洲叹息，摁了摁太阳穴，"是我的什么行为给你造成错觉了吗?"

"可是,我们之前相处得那么好。"白荔声音有些哽咽,"也许,也许你可以……"

她的暗恋终点可能……是走向失恋吧。

这些她不是没有考虑过,每次坚持都是反反复复,怕失落却又期待好的结局。

期待双向暗恋。

"你知不知道,"纪霖洲微眯了眼,打算把话说死,来个痛快又彻底的了断,"你这副模样真的很好骗。我逗你,只不过是想看看你们优等生是不是都欲拒还迎而已。"

"确实和我想的一样。"他语调平淡。

白荔哑口无言,像是一盆冷水泼下来。

她咬着牙,坚持从兜里掏出礼盒:"这是要送给你的。"

"拿回去吧,我不需要。"纪霖洲说,"你没有必要给我买这些东西。"

两人之间好像突然间隔了很远很远,他的表情也看不真切。

两个人突然变得很陌生,陌生得好像眼前的这个人不是小时候会帮助她的哥哥,也不是在高中期间照顾了她一年的人。

白荔顿了顿,抬起的杏眸里都是水雾,可说话的语调却是从未有过的倔强:"既然你不需要,那我扔了。"

她心里是希望纪霖洲说不要扔的。

希望他说他很喜欢。

但话说出了口,就变成:"你想扔就扔吧。"

她和纪霖洲赌气过很多次,唯一这一次她希望他能看出她在故作逞强。

"咚——"的一声,垃圾桶的盖子掀起又落下。

回了宿舍以后,白荔一直睡到半夜。

第二天她就高烧不退,几乎吃不进饭。

几个室友尽心尽力地照顾,还帮她请了假,好在刚开学也没什么事,辅导员很爽快地批了假条。

白荔大病了一场,第四天傍晚才好转。

王嘉拎着白粥回宿舍,看她坐起来都高兴坏了:"我真怕你出什么事。嗨,就为了个男生多不值得啊,身体是自己的。"

孟碧妮瞪王嘉一眼,嫌她话多。

白荔虚弱地笑笑。

"但是……荔荔真的瘦了好多啊。"林曼欢突然说,"感觉你整个人瘦了一大圈,我还有点羡慕。"

白荔敛了敛眼眸。

确实,她现在一米六八的个头,只有八十三斤。

从那天以后,她没有再提过纪霖洲,虽然没有主动了解过他的消息,但也没有刻意去躲避,就是成了陌生人。

开学以后白荔也陆陆续续收到很多男生的示好。

但她清心寡欲的,好像不是个十几岁的小姑娘,无论对方展开什么攻势,她都完全……没感觉。

每天的生活就是三点一线,以及去附近的星巴克打工。

那天扔掉的好像不只是买给他的礼物,还有她的心意,她的暗恋。

如果不说破的话,也许她喜欢还能够继续持续下去。

可真的想明白了,放弃也就是一瞬间的事情。

军训期间许博文还来找过白荔,他应该是知道了什么,但最后支支吾吾没说清就叹了口气。

"霖洲也不想的,其实他并不像你想象的那么……"

白荔笑笑:"许博文哥哥,不重要了。"

"我不关心。"小姑娘说这句话的时候,眼神格外坚定。

军训结束没多久,白荔就用生活费赔偿了宋辞帆衣服的钱。

她不想欠任何人的人情,哪怕此后喝了一个月的粥。

正式上课没多久,学校官网突然发布了一条消息,大致的内容是关于留学交换生的,让有意向的同学随时关注校方通知。

白荔也看到了,她是有意向的,可惜经济条件不支持。就在她打算放弃的时候，辅导员私底下找到了她。因为白荔的入学成绩太优异，一直拿奖学金的，所以这个名额，辅导员也优先想到她。

最后在校方的帮助下，替白荔办理了贷款，又找了个资助人，随后分期了白荔所需要花销的这笔钱，出国这件事就定了下来。

白荔也打算在国外打工赚外快来偿还。

一来二去，距离出国的日子已经越来越近，白荔默默地准备着一切的手续。

钟陈怡在知道她要出国的消息以后，开心了好久，不停地念叨说："看来你们学校虽然不算好，但好在还有点资源福利。"

一晃，就到了白荔出国的那天。

她走的那天，全宿舍的人都去送她。

在机场，林曼欢揉揉白荔的头发，有点心疼宿舍里的"小忙内"："到时候要给我带回来一个金发碧眼的大帅哥妹夫。"

白荔笑笑："好啊，你放心。"

其实大家心里都清楚，以白荔的性格，只会努力上进好好学习。谈恋爱这种事，她还真做不出来。

"报平安，随时联系。"孟碧妮说。

白荔点头："好。"

王嘉："要是有人敢欺负你，我们连夜买机票杀过去！绝对不能让别人欺负我们的小荔枝。"

白荔腼腆地笑笑："好啦，我哪有那么容易就被欺负，很感谢你们来送我。"

大三课少，宿舍里几个男生不是在打游戏，就是在看别人打游戏。

许博文瞥了眼手机时间，对刚从门外回来的纪霖洲说："她今天走，你真不去送？"

"CAD（计算机辅助设计）课程补完了？"纪霖洲问他。

许博文说："你别扯开话题。"

"我怎么去？"纪霖洲好笑。

许博文哼哼唧唧不愿意："还不是你自己非要用这种方式，怪谁？"

纪霖洲脸色微沉，拿了东西出门，任凭许博文在后面喊他名字。

门一关。

"咚——"的一声。

"纪哥怎么了这是？"其他几个室友面面相觑，没明白发生了什么。

许博文眯着眼，叹口气："有些人要走，他不舒服了呗。装得什么无所谓，结果自己把自己搞破防。"

走廊尽头被余晖洒满，天不冷，但吹过的风带着潮湿的气息。阴雨连绵的时节，墙壁里都透着湿寒，发霉的斑痕像是有生命，攀着缝隙中的裂纹慢慢生长。

纪霖洲倚靠在窗边，走廊里充斥着男生宿舍嘈杂的声音。

纪霖洲向来对这些话题不感兴趣。

不过在这样寂静的傍晚，添了点丝丝缕缕的烟火气，却也闹得不行。

他喉结滚了滚，低声骂了句，搞得他心烦。

兜里的手机还振个不停，跟个催命鬼一样。纪霖洲拿出来瞥了眼，名字是什么什么总。他极快速地收回视线，把手机扔进了垃圾桶。

接连几天他都没去上班，公司一直打电话轰炸。

他少有这样情绪不耐烦的时候，可这会儿，克制不住。

白荔走之前，他偶尔也会在学校里碰见她。

学校就那么大的地方，说碰见也就能碰见，可说碰不见，也许两个月都见不着一回。

有时候他远远地瞧上一眼，小姑娘神情淡淡，哪怕视线相撞，她眼底也没有当初的热忱和羞赧。

说真的，他心里挺不是滋味。

但这种不是滋味，是他自找，所以他受着。而且这种情绪迟早会随着时间消散，至少纪霖洲是这么认为。

"女朋友跑了都不去追，活该你单身啊。"

纪霖洲以为是许博文在跟他说话，便头也没回就说了句："你又知道是女朋友了？"

话音落下，身后突然陷入诡异的安静。纪霖洲侧头看过去，才发现是两个不认识的男生在聊天。

别说，这哥们儿的声音跟许博文还挺像的。

两人端着洗衣盆，呆愣地瞥了纪霖洲几眼以后，彼此面面相觑传递信号。

——这人好奇怪啊，谁啊？

——说什么话呢？

气氛稍微凝滞。

纪霖洲皱着眉收回视线，戾气在眼底稍纵即逝。

他周身气压极低，两个男生也没敢招惹，捧着盆就快速离开。

"霖洲。"这次真是许博文在喊。

纪霖洲没动，懒洋洋地抬眸，视线落在窗外很远的天边。

这时候，白荔乘坐的飞机应该已经起飞了吧？

他挺烦躁的，理智上觉得自己不该过多关心，可思想还是不受控制。

倏地，他想起钟陈怡公事公办的讥讽神情和当初做的事，顿时像是被泼了盆水，他的思绪稍微回笼。

他疲于应付钟陈怡的骚扰，放弃白荔的时候挺坚定的，所以也没想过给自己留出退路。

纪霖洲眼眸微眨，目光一瞬变得冷淡。

"他们说晚上去打球，走啊。"许博文走近了点，胳膊搭在纪霖洲肩上。

纪霖洲散漫地回应："不去。"

他转身朝着宿舍门口走过去，许博文像是跟屁虫似的。

"别啊，你不去多没意思。"许博文说，"就我自己去，一晚上总赢他们也无聊。"

纪霖洲冷淡地看了看他："看得出，你挺不要脸的。"

"小意思。"

过了会儿，许博文又说："真不在意啊？她今天走，你都不去送送。"

怎么说，白荔也跟许博文相处过，小姑娘性格脾气那么好，招人喜欢。换成谁，都忍不住替她说上几句，尤其许博文还是个知情的。

这种话题提得多了，纪霖洲的反应倒是平静很多。

他淡淡地收敛视线："有什么可在意的。"跟着笑笑，"这世界谁离了谁不一样过？"

话说得风轻云淡，可积攒的矛盾爆发那天，纪霖洲跟人在酒馆门口打了一架。

事闹得大，周围路过的行人都跟着举起手机拍视频，生怕错过了什么。

他漂亮的脸伤痕累累，眉梢眼角都是瘀青，脸色铁青。外套早就不知道丢哪儿去了，他的卫衣几个地方都被利刃撕裂，线头零零星星地蹦了出来，看起来有点狼狈，胳膊上的伤口渗出血来，在黑夜里格外狰狞。

冷风吹来，吹得纪霖洲头脑从未有过的冷静清晰。

这天离白荔走的时候，已经过了一周。

这一周，他过得极为煎熬。至少比他想象中，要煎熬很多。

每过一天，他便越来越能感受到生活的空缺，好像怎么做都没法填满，心像是漏了个很大的洞，而风却呼啸着吹进来。

他会不自觉在校园里留意和白荔相像的身影，怅然若失的情绪在发酵，随时想要找一个宣泄的口子。

这一周，没人敢惹他。

许博文他们赶过去的时候，场面很混乱，酒馆门口的桌椅板凳摔的到处都是，玻璃碎了一地，在冬夜里泛着寒光。

几个混混推推搡搡，拽得跟什么牛哄哄的大人物似的："打了我哥们儿，砸了我场子，你不赔钱？"

"小子，还没出入社会吧？今天哥们儿就让你知道什么叫，服气。"

"喝点酒跑这儿来找死发疯，你也不看看这是什么地方。"

纪霖洲勾着嘴角，稍一抬都泛着剧痛的双手垂落在身体两侧，他站得直，站得稳，却又傲慢得过分："你们，一起？"

"喂，纪霖洲你也太狂了吧。"许博文老远就听见他在说什么，一边在心里痛骂着傻子，一边疯了一样冲过去，挡在他前面。

许博文比纪霖洲小，跟他混在一起玩的时候，也很少喊过他大名。

今天许博文真的气坏了，人都气傻了。

闹了半天，最后警察来了一块儿全带走。

在派出所签了字，纪霖洲从门口出来。

因为他还在上大学，给酒馆赔了点钱，对方也不愿多追究。冷空气吸进肺里，吐出来的时候，他酒劲醒了不少。

"哎，那边的人，这门口不许堵着。"警卫斜了几个人一眼，脸色不太好看，朝着纪霖洲说道。

这种流氓小混混聚众斗殴，他们见得多了，自然谈不上有什么好感。

许博文一面拉着纪霖洲离开，一面讨好地笑着："好嘞，我们这就走，一分钟都不多耽误。"

他转过头，看向纪霖洲："到底怎么回事啊？今天你不是上晚班吗，怎么还能和别人打起来？"

"你手机给我。"纪霖洲没回答。

许博文愣了愣。

纪霖洲打开拨号键盘，熟练地输入了一串号码。只是打完了数字，他停顿了很久，也没拨出去。

"霖洲，这是谁的号啊？"许博文问，其实他隐隐约约猜到了，但没敢提。怕提了白荔的名字以后，反而把气氛弄得更尴尬。

都说男生和女生分手，女生一般是开始那两天比较难过，而男生则是刚分的时候玩得比谁都嗨，可时间一长，女生从感情阴影里走出来的时候，男生又开始后悔，夜不能寐的。

许博文觉得，纪霖洲就属于这种情况。

他真的极少能看到纪霖洲这么失控，像是黑夜里受伤的野兽，没法治愈只能横冲直撞地发泄。

纪霖洲看向远处，半晌又把手机扔给了许博文。

"算了。"他很轻地说了声，手揣兜里。

之后过了几周，纪霖洲请了假，他没跟任何人说要去哪儿，连许博文都不知道。

第八章
重新开始

留学生活对白荔来说,确实挺新鲜的。

几个室友性格不同,但总体来说大家都十分好相处,彼此互相尊重又互相谦让,排挤和歧视之类的事情很少发生。白荔想,她还是幸运的吧,遇到的人都蛮不错。

除去白天上课,但凡是休息时间白荔都在打工。

她吸收新知识的能力很强,作业次次都是 A+,这一点让几个室友十分羡慕。而且她的性格又很好,看起来又乖又萌,很容易就会让与她相处的人萌生出一种保护欲。

一来二去,室友们做什么都会想着白荔,也会觉得她年龄小而主动照顾。甚至有几次,室友们还给白荔介绍男朋友,不过都被她一一拒绝。

为什么要谈男朋友?学习不香吗?赚钱不香吗?

虽然白荔不是外国人眼中传统的东方美人,但她仿佛有一种天生的魅力,从所有人中脱颖而出,轻而易举地吸引到目光,甚至在舞会里,她收到的邀约都比其他女生要多上几倍。

期间钟陈怡倒是给她打过几次视频电话，每次视频的时候，旁边一定会有七大姑八大姨在场。

仿佛为了炫耀什么一般，钟陈怡通常会把说话的音量调到很高。

然后白荔一边听着钟陈怡美化自己的生活，一边还要心不在焉地做事。

有时候她也会想，自己是不是只是母亲用来炫耀的工具，为了满足母亲的虚荣心而已。

一晃，气温骤降，离万圣节越来越近，街上的气氛都变了。

白荔从店铺兼职回来，正好看见小孩子们穿得奇奇怪怪在街上游荡，碰到个路人，就会伸出肉乎乎的小手讨糖吃。

有的小孩虽然化着鬼脸，但一双漂亮的碧眼实在澄澈，让人喜欢得紧。

走在路上没一会儿，她就已经碰见好几个小孩来讨糖，好在兜里备的糖果还算充足，发出不少以后还能有剩余。

回到宿舍刚推开门，屋内一片漆黑，借着走廊的光线，墙壁上似乎折射出来一道道不明液体的痕迹，像是喷溅上去的，乍一看还挺吓人。

"不要闹啦。"白荔刚迈开步伐，诡异的音效声突然响起来。

极其压抑和尖锐的声音，让这个狭小的空间变得沉闷，仿佛无形中会有什么奇形怪状的东西，从阴暗的角落里走出来。

"桀桀桀"的笑声格外瘆人，像是三百六十度无死角从阁楼灌了下来。

倏地，不远处的楼梯像是瀑布似的流下来红色的血迹，一时间屋内弥漫着浓重的血腥味。

"咚咚咚！"沉闷又拖沓的脚步声，像是催魂夺命的信号。

突然有什么东西从楼梯上滚了下来，白荔仔细看了看，才发现好像是个……呃，"人头"？

"啊啊啊啊啊啊！"

刚开门进来的波多黎室友直接吓得大声尖叫，情绪激动到恨不得下一秒就要晕倒在地。

白荔还没反应过来，波多黎室友已经蹦到了她身上，嘴上叽里咕噜地念了一大串。

语速太快,白荔听不懂她在讲什么。

最后还是波多黎室友用英文复述了一遍,白荔这才明白她的意思。

"Lily！Lily！"波多黎室友狂叫,"其他人呢？她们已经被'杀'了吗？我的天哪！"

白荔对周遭的一切没什么反应,十分淡定,还笑着安抚道:"应该还没回来？或者就是她们准备的这一切吧。"

半晌过去,灯亮。

其余的两个室友顶着十分恐怖的面具走出来。

"Lily竟然完全没有被我们吓到！"其中一个长发室友很诧异,"我还以为Lily看起来很可爱,应该会被吓到夺门而出。"

白荔腼腆地笑笑:"其实我的胆子还挺大的,所以不太害怕。"

话音落下,她拿起桌上的薯片,蘸着番茄酱吃了口。

嗯……味道不错。

果然饿的时候吃什么都好吃呀。

另一个室友奇怪地问:"为什么,你们的文化里不是就有鬼神之说吗？我还以为你们都信这个哎。"

白荔默默地摸着胸口,眼神坚定:"嗯……我是无神主义者。"

气氛稍微凝滞。

虽然没吓到白荔,但波多黎室友被吓得够呛,一副要吸氧的模样,半晌才好转。

然后其他两个室友才解释说,她们是为了参加社交网站上的#万圣节挑战#这个主题活动,所以拍了个短视频。

简而言之,就是捉弄朋友,然后发到网上获取播放量之类的人气。

就在几个室友观看拍摄的素材时,门铃突然响起来。

所有人都同时朝着门口看过去,气氛变得僵持而诡异。

"Lily,要不……你去开门吧。"波多黎室友咽了咽口水,明显瑟缩了一下,她今天真的被吓得不轻。

其余两个室友也都纷纷点头。

"好啊。"白荔走过去，然后在万众瞩目中打开了门。

门外站着个人，他戴着小丑面具，装扮也是小丑的模样。面具上翘起来的嘴角格外夸张，像是硬被撕裂上扬的一样。

冷风吹进来，空气清新也有点凉飕飕的。

白荔试着跟他交流："你好，请问你找谁？"

男人没说话，反而微微低垂着头，他垂落在身侧的手指修长，骨节分明，指缝干干净净。

隔着面具，对方眸眼漆黑。

视线相撞的一瞬，白荔的心蓦地沉了一下，她竟觉得有些熟悉。

"Lily，门外是谁？"室友们在后面好奇地探着脑袋询问。

白荔正欲关门，闻言顿了顿："我也不知道，是个陌生人。"

说完，她目光迟疑地又瞥了对方一眼。

眼看着门缝即将合拢，男人抬手挡了挡，阻止了她。

他动作很轻，举手投足间有点散漫劲，可从始至终都没说过一句话。

说不上来的熟悉感一直萦绕在心底，白荔有些奇怪，突如其来的陌生感觉让她忍不住蹙起细眉。

有那么一瞬间，她以为面前的人是纪霖洲。可……不会是他吧，白荔想，这里又不是国内，他怎么会出现？

沉默了片刻，即便是纪霖洲和她又有什么关系呢？

她这个人比较执拗，一旦喜欢上什么就很难改变，认定的事情九头牛都很难拉回来，除非撞南墙撞得头破血流。

可是如果放弃了，她大约也不会再回头。

高烧不退的那几天，是白荔想得最清楚的时候。她一直依赖于纪霖洲，仿佛这样就会有动力，却忽略了自己。

许是家庭变故的关系吧，白荔一向不自信，甚至敏感。也只有在纪霖洲面前的时候，她才会稍微敞开心扉，带点小孩子的活泼。

所以她没有办法在被纪霖洲冷言拒绝后，还怀抱一腔热血去爱慕他。

思绪起伏了一会儿，她收敛视线。

白荔不打算和这个人继续纠缠下去，但出于礼貌，她仍然好声好气道："先生，如果你没有别的事情，请不要妨碍我。"

这次男人的动作终于变了变，他从怀里掏出来一张卡纸，上面写着：#万圣节活动#拒绝就捣乱。

"你想要什么？"白荔问。

男人稍一顿，目光抬了抬，直视她的眼睛。

言外之意很明显，要她。

白荔困惑地指了指自己。

男人点点头，沉默地却伸出手想要握住她的手腕。

白荔下意识闪避。

他的指腹不小心擦过她的时候，带着些许的冰冷，像是冬日冰雪覆盖。白荔留意到他露出的一截手腕，似乎戴着什么细绳。

那细绳有几分眼熟。

她愣了愣，想要看清楚的时候，对方已经从容地收回，垂落的袖口宽大又艳丽，将他的手腕完全遮盖。

室友们看白荔半天没回去，以为情况复杂，便一起推搡着过来，想要一探究竟。

男人似乎没有预料到屋内还有这么多人，一时间很明显地怔了怔。

随后他没有继续纠缠，而是转身离开，像是要走向下一个房子。

白荔看了会儿，收敛视线。

空气冷清，宽阔的大路看不见车辆。

男人穿着小丑服装，步伐略微笨拙地挪动，像是感应到什么似的，他突然回身。

视线相撞，白荔的掌心蓦地湿了一片。

那双黑眸藏满了情绪。

接着她毫不犹豫地关上了门。

是不是纪霖洲，都无所谓了。

那股执拗劲从白荔心底迸裂,冲向四肢百骸,像是堵着口气,怎么样都不会原谅。

课程结束没多久时,白荔第一次收到了辅导员的信息,说是资助人想了解她的情况,方便的话安排他们见一面。

白荔愣了一下,心说这个资助人挺奇怪的,跑到国外来就为了见她一面?

在见面前她还拘谨了好一会儿。

按照白荔的猜想,资助人应该是个很有修养的人,或者是一对夫妻,直到她看到迎面走过来的趾高气扬地扬着下巴的男生。

白荔突然觉得……生活好像就是这样,充满了戏剧和捉弄。

让她想骂人。

"怎么,看到我很意外?"宋辞帆吊儿郎当地插着兜,见白荔杵在原地,他丁点都没见外地坐下,审视着她。

白荔喉咙发干,不知道该说什么。

半响,她才挤出来一个:"你好。"

她连笑容都没法支撑住。

她怎么都没想到,资助人居然是宋辞帆。修养、风度、气质不凡这几个词,哪个他也没挨到边儿啊。

"用不着这么客套。"宋辞帆当真是不客气,"荔荔,你买的衣服我很喜欢。"

荔荔两个字他咬得轻极了,眉梢眼角都勾着风情,好像两人之间有什么不可告人的暧昧一样。

他身体突然凑近,手背垫在下巴处,微挑的狭长眼眸有些讽刺,像是在说——看,把我哄高兴了,你要什么我都能给你。

白荔无奈地说:"那个是我赔偿给你的,而且我不是只还给你钱了吗?"

她到底什么时候给宋辞帆买过衣服?

"我用你的钱买的，可不就是你买了送给我的吗？"宋辞帆双手交叠，吹了声口哨。他语气轻佻，但哪怕是坐着，都能摆出一副居高临下看着她的表情。

白荔无语，还能这么偷换概念。

这人真不是一般的自恋。

如果说白荔是稍微自卑一点的女孩子，那宋辞帆真的可以说和她是两个极端。

他真的自信，自信到自负的程度，好像从来没有得不到手的东西。

"既然你作为我的资助人，你想了解什么情况，我都可以如实地告诉你。"白荔决定安抚自己，把宋辞帆和资助人剥离，公事公办。

而且她存下来的钱也不少了，回国以后她就会按照规定把这笔钱陆续还给他。

"急什么，先吃点东西。"宋辞帆打了个响指，叫来服务员点餐。

这顿饭他吃得不徐不疾，白荔却没什么胃口。本来就不想和他这样的人扯上关系，可偏偏又因为债务被绑在一起。

她真的如坐针毡，如鲠在喉，如芒刺背。

餐厅位于湖面，环境不错，消费水平自然就高。

白荔基本上只喝了几口水，随后就将视线投向了窗外。宋辞帆吃饭的时候还挺安静的，一言不发。

平静的湖面，微风轻拂都泛起阵阵波澜，如果不是对面坐着宋辞帆，这番景象还真让人心旷神怡。

也不知道是谁突然喊了句："有人落水。"

白荔顺着他们的目光看过去，的确有个金发碧眼的男孩在湖中央奋力扑腾。

白荔的座位离门口算是比较近，当即想也没想地就冲了出去。

她的手刚碰到门把，耳边突然响起略不平稳的呼吸声。

宋辞帆抢先了她一步。

小男孩得救，周围人感慨之余，白荔余光瞥到了还坐在岸边用脚划水的宋辞帆。

他浑身湿透，额前细碎的头发都变得柔软，眼睫挂着水珠，看起来戾气和嚣张都褪去了不少，显得平易近人了不少。

他单手搭在膝盖上："愣着干吗？不知道过来扶我一下？"

白荔一怔。

她其实不想过去的，因为对方是宋辞帆，在初次见面的不愉快体验以后，她很确信自己跟他是两类人。

就像是两条轨道，终究是没办法交集。

可是……

她叹口气，认命地过去。

不得不承认，宋辞帆刚才跃进水里救人的姿势，还挺潇洒，没一点公子哥的架势。

白荔站在他面前，没动。显然她并不是一个称职的、会来事、会拍马屁的被资助人。

"拉我啊。"宋辞帆挑眉，一开口还是股欠扁的劲，"想什么呢？"

白荔不情不愿地伸出手，他搭上她的手，力道很重地拽住她。

白荔吃痛地皱了皱眉，强忍着甩开他的冲动。

宋辞帆的掌心冰冷，泡在水里许久也变得湿润。

不知道他哪儿来的力气，倏地一把就将白荔拽了过来。她踉跄几步，差点跌倒，好在最后她咬牙维持住平衡才没栽在他身上。

因为她维持平衡的姿势有些搞笑，宋辞帆看着笑得眼角都泛出泪花。

白荔简直不能更气了。

于是白荔固执地抽回手。

"宋先生，你还有什么别的事吗？如果没有，那我就先走了。"

说完，白荔俯低身体，朝着他鞠躬。

其实宋辞帆也没比白荔大多少，白荔这么说，不过是刻意想要拉开两人之间的距离。

一码归一码，宋辞帆这个人再怎么样白荔依然感谢他能够资助她，也感谢他刚刚救了那个小孩。

他也算不上……什么太坏的人吧。

白荔想，顶多就是被家里宠坏的小孩。

宋辞帆见状也不恼，单手撑着自己站了起来："你要去哪儿啊？"

"我都这样了，你真忍心让我自己回去啊。"宋辞帆跟落汤鸡似的，偏偏表情拽得二五八万，"陪我回去换身衣服。"

"不去。"白荔明确拒绝。

宋辞帆一愣："你以为我在跟你协商？"

话音落下，他突然伸手钳住白荔的手腕，漂亮的凤眸微眯，语带威胁："我是在通知你好吧，白荔小妹妹。"

他力道大得很，硬是拉扯着白荔把她塞进了副驾驶座。

白荔自认脾气算好，可这会儿他真的把她惹急了。俗话说，兔子急了还咬人呢！

她刚想下车，就被宋辞帆一把拉回来。

他虎口压在了她手背上，她作势一口咬上去。

"你属狗的啊。"

他的耐心似乎已经到了极限，单手就擒住了她两只手腕，胳膊轻巧摁压，就限制得她动弹不得。

宋辞帆："又不是要你英勇就义，干吗搞得要去赴死一样？"

"……我还不如英勇就义。"

"就让你陪我换个衣服，有么难以接受吗？"宋辞帆说完，松开她。

白荔松了劲儿没再挣扎。

车内瞬间变得安静。

其实她很少有这样不理智的时候。

对他的问题，她老实回答："有。"

稍一顿，白荔叹口气："我想我应该说得清楚一点，我们算不上朋友关系。我感激你资助的行为，但并不代表我成了你的附属品。

"包括吃饭、陪同这种行为,都不在我的责任以内。

"你想要调查了解什么,我都可以给你公开。你资助我的钱,我会一分不差地还给你。"

这对白荔来说,是界限。

宋辞帆的眼睛眯成一条缝,他就那么看着她,也没说话。半晌,他突然俯身靠近过来,瞥了她的衣兜一眼。

"你干什么?"

白荔还没反应过来,手机已经被他拿了过去。

下一秒,宋辞帆拿起手机对着她解开屏幕锁。

他娴熟地在拨号键上输入自己的手机号,拨通。

狭小的车内空间响起了手机铃声。

尴尬的气氛蔓延。

"一回生,二回熟。"宋辞帆表情没变。

白荔完全丧失了和他说话的欲望。有时候,她真觉得宋辞帆是有选择性听人说话的,屏蔽掉那些他不想听的,只留下来他想听到的。

所以无论她说什么,他都好像左耳进右耳出。

而到现在白荔都不清楚,为什么宋辞帆会莫名其妙地找上自己。就因为当初她撕坏了他的衣服?

可是以宋辞帆的家境,应该不至于在这件小事上斤斤计较啊。

白荔是真的想不通。

宋辞帆存了白荔的手机号,又把她的手机扔了回去。

白荔捧着手机,闷闷地坐在座位上。

小心思转了一圈,她想偷偷删掉他的手机号,偏宋辞帆点破她:"你删了也没用。"

稍一顿,他很直接地说:"微信通过一下。"

查找通信录好友功能,不凑巧,她的手机号就是微信号。

她当然不可能通过,甚至连微信都没点开。

宋辞帆也不在意白荔的态度,余光看了看倒车镜说道:"看你细胳膊细腿又没吃多少饭,力气倒不小。"

车已经缓缓驶出停车场,眼前的一切都变得明亮。

白荔拒绝和宋辞帆沟通,跟听不见似的,摇下车窗,吹拂而来的空气很冷,却让她变得清醒。

白荔安静地看了窗外一会儿,等回过神来,发现宋辞帆在时不时地打量她。他的眼神很冷淡,像是在打量件商品。

到了酒店,宋辞帆停好了车,白荔不肯下来。

"我在车里等你,"她说,"或者我可以自己打车回去。"

宋辞帆真被她气笑了。长这么大,他什么样的女生没见过,第一次见到有女生坐在他车里还避他如蛇蝎。

"随你。"他冷声道,然后随手将车门"哐"地关上。

难得想绅士一回!

刚走了两步,宋辞帆又回来。

他打开车门,扯住白荔的手腕,生拉硬拽的动作一气呵成,动作真算不上温柔。

"非要我扛着你上去?"

宋辞帆身上这股唯我独尊的优越感到底是从哪儿来的?

他想做的事,折腾到死也要完成。这是白荔忍不住在心里给他打上的标签。

酒店的房间布置奢华,白荔就站在门口。

她本想等宋辞帆进了浴室就走,可是转身的瞬间,屋内一角堆放的服饰引起了她的注意。

小丑面具摞在顶端,正对着门口的位置,笑容变了个角度,怎么看都觉得怪异。

她愣了一下。

宋辞帆围着浴巾,水渍没擦干正顺着腹部的肌肉线条淌下来。

浴室雾气缭绕,氤氲成团。

他有意想让白荔看到些东西:"把我的短袖拿进来。"

　　浴室门外的人影轻轻一晃,像是在理解什么,没过多久,门开了道细缝。

　　宋辞帆勾着嘴角笑笑,觉得这小姑娘挺有意思的。

　　可当他打开门,见到进来的人以后,像被巨雷劈过似的,愣在原地。

　　身材丰满性感的阿姨轻晃着肥臀,拨弄着波浪细卷的长发,极其夸张的耳环随着她的动作前后晃动,藏匿在黄色倒三角镜架后面的双眸上下打量着,厚唇像是按捺不住似的:"Oh,So young(哦,这么年轻)!"

　　宋辞帆顿时脸色铁青。

　　阿姨不太在意,一边推着整理内务的推车,一边塞了张卡片到宋辞帆腰间:"Call me(打电话给我)!"

　　白荔,你真是好样的。

第九章
再度相逢

一晃，国外课程结束，白荔很早就订好了回国的机票。

离回国的时间越近，心慌意乱的感觉越明显，白荔把这种坐立难安归咎于近乡情怯，她不想抱有任何期待。

一年的时间，的确能改变很多。

她比从前更加内敛安静，学会将心事隐藏，不动声色地长成一个大人。

回国以后的日子一切如常，她每天在教室、食堂、图书馆之间奔波着，为生活烦琐的事情忙碌。

因为成绩好，白荔回国的第二天就被叫去了任课教师办公室，而且一眼被导师相中，顺利进入了科研项目组。

她兼职赚的钱一部分还了贷款，也就是宋辞帆资助的那笔，偿还债务之余，还存了不少。不过她也没留着，都打给了钟陈怡。

宿舍里几人关系很好，偶尔几个室友聚餐，白荔也会跟着一起去。

林曼欢最近交了男朋友，对方是同班的男生，性格温柔体贴很绅士。他照顾女朋友的同时，连带着白荔她们几个室友也跟着沾光，可以堪称是男朋友典范。

什么零食、饮料，一箱一箱地搬；大小礼物不停地买；哪怕是个周末都要带着林曼欢出去走一圈。

着实让宿舍里还没人追的王嘉羡慕到眼红，于是她一边拉着白荔痛诉单身狗受到的一万点伤害，一边化悲愤为食欲。几个礼拜下来，男朋友没找到，上称的斤数倒是飙升，恨不得突破三位数。

对于找男朋友这事，白荔倒是没感觉，她对谈恋爱的兴趣不大。

年少时的爱慕倾心，早就沉淀为一汪死水，好像无论遇到谁，都掀不起什么波澜。

这个季节，校园里的树光秃秃的，路人也穿着厚重的冬衣。

白荔到实验室的时候，门口正徘徊着一个新生模样的男生，他手里拿着个本子，焦灼地在走廊里踱步，像是在等什么人。

实验室的门锁是人脸加上指纹识别的，所以一般的学生进不来也很正常。

不知道这男生在门口等了多久，见白荔过来，他眼眸一亮，立刻走上前怯生生地问道："学姐，周老师在这个办公室吗？"

像是怕她误会，男生还特意强调了一遍："周文笙老师。"

白荔点头："在。你找周老师有事？"

周文笙老师是白荔的导师，目前白荔还在她手底下做项目，平时沟通交流多，也算得上熟悉。

只不过这个点的话，周老师应该有课。

"这个是学校今年校庆活动的策划案，我们辅导员让我交给周文笙老师，可以麻烦学姐吗？"学弟推了推眼镜，涨红了脸。

白荔没拒绝，接过来学弟递来的文本。

她粗略地扫了一眼，首页赫然写着：土木学院与信息管理学院共同举办校庆活动策划书。

"……要办校庆活动？"她沉吟出声。

学弟点头："是呀，学姐你是什么学院的？"

白荔下意识回答："信息管理。"

学弟顿时惊喜："那我们……可以一起办活动了啊。我是土木的大一新生。"

其实白荔没比眼前的小学弟大多少,甚至可能还比他小。可学校里年级辈分确实不是按照岁数来排的。

土木学院,纪霖洲他们院。

白荔心底划过一抹异样的滋味。

她并非刻意去想,只是看到这四个字,多少还会触动。

"你还有事吗?"白荔收回视线,正打算进实验室,余光突然瞥到学弟还跟个木头似的杵在原地。

学弟羞涩地挠挠头,抬起视线:"学、学姐,我可以加你微信吗?"

白荔笑着摇摇头,礼貌拒绝以后转身进了实验室。

等到周文笙上课回来,接到活动策划案,翻都没翻就交给了白荔。

"之前也是准备让你来安排的,辅导员那边都打好了招呼,你去联系一下土木院的学生。"周文笙忙,放下书本喝了口水,又捧着教案要去备课组开会,"有什么问题你在微信上找我吧,我看到就回。"

白荔连试图拒绝的话都没说出口,只好抱着活动策划案发呆。

其实这份活动策划书写得还是很全面的,包括活动的联络人、联络时间和地点。白荔的名字也印在了策划上,看来周文笙是一早就打算让她处理这件事的。

周文笙是信管学院的系主任,表面上看大事小事都是辅导员出面,但实际上拍板定案的人是她。

白荔默默地叹口气,只是去忙点事情,应该不会碰到纪霖洲吧,毕竟学校也不小。

她这么一想,又默默地敛了敛视线。

就算碰到了又怎么样,把他当成陌生人就好了啊。

下午项目的程序已经跑得差不多,白荔瞥了眼桌面的活动策划案,突然想起来还有校庆活动这回事。

好在时间还来得及,对方约在下午三点四十。白荔沉默了几秒钟后,捧着策划案起身就向门外走去。

188

土木学院和信息管理学院的距离还比较远，穿过了体育馆又走了好几条街，白荔才走到。

她畏冷，很早就将自己裹得严严实实，可一路上还是引起不少注目。

越靠近土木学院，男生就越多，女生只是零星可见。

几个男生频频回头，互相推搡着想要上前来问白荔要微信。

被要微信这种事还挺常见的，她经常在食堂吃着吃着饭，旁边就会站个男生欲言又止。

白荔很少来这边，目光搜索着 A109 教室。

活动策划案上面写了时间和地点，她今天来得有点晚。

围着一楼整整转了一圈，她才在最偏僻的角落里看到了 A109 教室。长廊的尽头，窗外是校园一角，透过窗能看到的围墙上涂满了壁画。

"你好。"白荔敲了敲门。

教室里的说话声稍停顿，紧接着，响起了冷淡而低哑的声音："进。"

门被推开。

一瞬间，屋内所有的目光都投向了白荔。

几个男生坐在第一排的桌上，晃着腿。他们围在一起，好像正讨论着什么，这会儿看见她停了下来，四周顿时寂静一片。

白荔有些尴尬，说："嗯……我是信息管理学院的白荔，周文笙老师让我过来和你们讨论一下关于校庆活动的事。"

话音一落，几个男生愣了一下，大概是没想到前来对接的女生这么好看可爱，一时间都有点慌，不知道该说什么。

白荔刚迈进来几步，余光突然瞥到角落里似乎还有个人影。

纪霖洲神情淡淡，瞳孔漆黑，动作极为散漫。

许久未见，他的头发像是刚刚修剪过，很短。他单手撑着下巴，歪着头，下颌线条清晰，像是镀了一层很淡的光。

"学妹进来坐吧。"最靠近白荔的男生热情地让开了位置。

另一人也接了话茬道："我们刚还议论说信管学院的学妹怎么没来呢。"

这群人都是老油条，既不用出去实习也没啥课，确实闲得很。

白荔默默地坐在了离纪霖洲最远的位置。

说是校庆活动，其实就是在讨论各自学院出什么节目，出多少节目的问题。

整个过程，白荔都在努力忽略掉纪霖洲，可即便他一句话没说，那似有若无的视线也让她浑身不自在，好像连空气都变得稀薄。

她真的不知道纪霖洲来这里干吗，又不参与。

好不容易终于挨到结束，白荔刚想走，突然被叫住。

"白荔，你留一下。"

她一怔，转过身的时候就看见纪霖洲单手压在活动策划案上。他视线扫过来，又低垂眼眸看了看桌面，一副公事公办的态度。

白荔没看他："学长，你还有事？"

她一分钟都不想在这里多耽搁，也自认为没什么好和纪霖洲沟通的。

不知道谁走的时候把门给关上了，走廊里的脚步声越来越远，渐渐消失。

半晌后，一室寂静。

两个人都没说话，连带着空气都沉闷了许多。

"嗯。"纪霖洲，"什么时候回来的？"

他眼睛微抬，眼皮泛起很浅的一层褶皱，指腹漫不经心地摁压在策划文案书上，刚好覆盖白荔这个名字。

小姑娘已经完全褪去稚嫩，模样更加出挑。

纪霖洲敛眸，无法让自己忽略掉她眼底的冷漠疏离，像尖锐的刀刃，刺中他胸口。

白荔顿了顿说："这好像跟活动策划没什么关系。"

"我私人的事情，就不必和学长一一汇报了。"说完，她像是想到什么，勾着嘴角不屑地笑笑，"如果没什么事的话，我先走了。"

说完，白荔拿起桌上已经写满了字的文案，也没跟纪霖洲打招呼，就这么直接离开。

小姑娘背影决绝，恨不能避他如蛇蝎的态度实在明显。

直到那个纤细身影彻底消失，纪霖洲才恍惚间回过神。他喉咙紧得厉害，胸口仿佛坠着沉石似的，呼吸不畅。

白荔没回实验室,她回到宿舍的时候,几个室友都在。

窗户开着,一阵风吹拂过来,白荔瞬间清醒,连心底的浮躁感都被吹散不少。

没办法否认的是,再看到纪霖洲,她仍会心潮翻涌。

白荔努力将那抹异样压下去。

林曼欢正在敷面膜,含混不清地问:"你不是去实验室了吗?"

"嗯?"白荔心不在焉,"程序跑完就回来了。"

"这么快啊?"林曼欢抬起双手轻轻地按压住自己的面膜,想到什么,说道,"李旭说晚上要带咱们去吃火锅。"

李旭就是林曼欢的男友。

白荔回到自己座位,放下东西说道:"你们去吧,我就不去了。"

这回不止林曼欢愣住,其他两个室友也纷纷探头。

王嘉:"为什么啊?你晚上实验室还有事情?今天不是周末吗?"

"不是。"白荔摇摇头,和纪霖洲碰见的那一面好像消耗了她不少的力气,疲惫感一阵一阵地涌了出来,于是她趴在桌面休息,"晚上要和几个学长开会,说一下校庆的事。"

"系主任把校庆的活安排给你了啊?"王嘉一推电竞椅,滑到她面前。

白荔点头:"嗯,和土木院一起联合办,好像这周末还有联谊活动。"

"噗!啥!联谊?"王嘉喷了出来,"变相相亲?"

白荔被她逗笑:"哪有你想的那么夸张,就是拓宽一下交友圈吧,大家一起聚餐搞公益活动。"

"可是土木学院的话,"孟碧妮说,"纪霖洲是那个学院的吧。"

一句话扎到点子上,白荔忍不住叹息,是啊,很不巧她刚还遇到他了。

真是越怕什么越来什么,她不想和纪霖洲有过多的交集,偏还碰在一块儿。

白荔默默在心里嘀咕,那以后是不是越期待遇到纪霖洲,就可以遇不到了?

学校里可以举办校庆活动的地方并不多,除了图书馆这类比较常见的以

外,就是校园电台那栋楼的活动室。

活动室虽然不如图书馆的讲堂宽阔,但容纳下两个系的学生,还是绰绰有余的,而且中央的舞台几乎占了三分之一的面积,观众席呈椭圆形由低到高依次排序。

只不过唯一令人不满意的点就在于,这里偏处于半地下室,背着阴的地方,常年照不到阳光。

空气中都飘浮着潮湿和尘埃的味道,湿气扑面而来,尤其是在越来越冷的夜里,粘在肌肤上不是很舒适。

白荔跟在一堆高个头的学长后面,一瞬间就像是小鸡崽,尤其是她今天还穿了件可爱的黄色外套,兜帽上还有两团红晕,一停一顿间,像是小鸡啄米似的。

"这里划定一下区域。"

"你们看一下,信管学院在A区好了,他们人比较少。"

"让王斌检查一下电路什么情况。"

几个学长在安排,白荔插不上手就默默地坐在了一侧。

手机铃声响,她回了几条消息,是林曼欢在晒他们吃火锅的照片。

"学妹。"那边有人喊她。

白荔应声以后,立刻跑了过去。

"校庆活动都想好了吗?"学长问。

白荔点了点头。

这个男生她比较眼熟,经常在学校表彰公告栏看到他的照片,是土木院学生会主席,大三,成绩优异,而且长相清隽俊秀。

晚上的几个学长就是下午讨论的那几个,没看到纪霖洲的身影,白荔默默松了口气,连说话都跟着放松了很多。

"我想了一下,可不可以搞一场以环保为主题的走秀场?"她认真思考的时候,杵着下巴,杏眸眨着。

说完,她默默地拿出自己已经打印整理好的策划方案。

学生会主席顿了顿,没接:"可以,这件事就交给你去办。"

白荔一愣,点点头说:"好。"

她手臂还举着，不知道该不该收回来。

"我让霖洲来和你对接，有什么问题你直接联系他。校庆之前把这件事做好。"

学生会主席接着说道："他今晚有事可能要晚两分钟来，到时候你们两个讨论……"

话还没说完，那边门口走过来一个人。

"霖洲，正好你来了，这个小学妹说想办一个以环保为主题的秀场，你们讨论一下。"

白荔背脊顿时挺直。她没转过身，却已经能感受到身后微微的冷意混着清淡的薄荷味道，在空气里晕开。

倏地，一只手臂探了过来，也不知是有意还是无意，纪霖洲抬起的手指碰到了她的耳梢，触碰稍纵即逝，怎么看都像是无心之举。

白荔紧抿着嘴角，身体僵直。

"嗯，这学妹我负责好了。"纪霖洲嗓音淡淡的，散漫低沉却听不出什么情绪。

说到"负责"两个字时，不知道是不是白荔的错觉，她竟从他语调里听出点笑意。

稍一顿，他说："去旁边的休息室说。"

单独两个人。

休息室暗沉的钨丝灯闪闪烁烁，随着开关门的动作一个劲地晃，大有一副随时能报废的架势。

里面空间小，摆了两张桌子再挤进来两个人，顿时就显得拥挤。但这里确实比外面要安静许多，像是与世隔绝。

白荔坐好以后，纪霖洲什么都没说就走出了门，半晌他拿着一瓶热饮回来，放在她面前。

灯光泛黄，却衬得他手指修长，骨节分明的地方明暗交接，干净又好看。

"谢谢。"她礼貌道谢，却没有接的意思，视线落在桌面，她咬着嘴角。

气氛稍有尴尬。

白荔说不出心里是什么滋味。

光线忽明忽暗的，他的脸庞却清晰。

当时她和纪霖洲确实闹得不愉快，而且事后生了场病，她其实也想得开了，既然放弃就要果断，快刀斩乱麻，重蹈覆辙的事情不要做。

可她确实做不到毫无波澜地站在他面前。如果可以，现在她希望不要再和他有交集。

"他把活动的事情都交给你一个人做？"纪霖洲的嗓音似有若无地噙着点笑意。

白荔愣了一秒，半晌才反应过来他说的是刚才那个学生会主席："也没有。"

纪霖洲微微颔首，没再多说什么。

之后，纪霖洲针对策划方案提了几个问题，白荔都一一应答，两个人正儿八经地在讨论，至少表面一派祥和。

就这么过了一会儿，白荔稍微平静下来，不再想东想西。

她修改了方案中几个不合理之处，但思来想去还是为服装、灯光、道具和模特犯愁。总不能真的让模特一人披着黑色塑料袋上场吧，怎么看都觉得不现实。

最后是纪霖洲打了个电话，倒也还算轻松地解决了这件事。

等到他们从休息室里出来，整个活动室已经没了人，大厅的灯也关着，只有休息室里微弱的灯光，在大片的黑暗中，微不足道。

两人回去的时候，白荔和纪霖洲隔着不远不近的距离，一路上什么也没说。

校庆活动如约而至，就在前一天彩排的时候，白荔却忙出了事。

她去舞台布置场景，谁想到旁边的道具突然底盘不稳砸了下来。

这场意外来得太突然，不只是白荔，周围的人都处于茫然中。

巨大的柱体迎面倒下，表面还附着尖锐的铁片，泛着寒光，白荔下意识就捂住了脑袋。但想象中的疼痛并没有袭来，她被男人紧紧地护在怀里，鼻息间都是清洌好闻的味道，温暖又干净。

等白荔反应过来，抬眸去看，撞进了一双漆黑的眼眸里。

"你没事吧？"她声音都在颤抖，目光快速地检查了一遍纪霖洲有没有受伤。

纪霖洲笑笑，不太在意："没什么事。"

只是怀里的白荔一动，扯到了他的伤口，他忍不住蹙了蹙眉，额头很快就冒出了一层细汗。

场内的其他人都吓了一跳，连忙围过来查看情况，很快把纪霖洲送到了医务室。

这道具看着不重，但猛地砸下来还是很唬人的，而且上面的铁片、铁丝十分尖锐。

纪霖洲的手臂被划破了好几道口子。

一行人忙忙碌碌，白荔就被挤到了最外面，这时候也确实没人能顾得上她。

她心脏仍然"扑通扑通"直跳，半晌才缓过神来。

等到人群从医务室里散了以后，白荔才慢吞吞地移动着步伐走到门口。

医务室平时少有人过来。

黄昏时分，室内一片安静。

纪霖洲拎着外套，刚转过身就看到了白荔，明显怔了怔。

"谢谢。"白荔不太自在地低着头。她不想欠他人情，好像虔诚地鞠躬致谢就能抵消她内心的愧疚感。

气氛安静片刻，没人说话，稍显沉闷。

就在白荔诧异地抬眸，以为纪霖洲是不是睡着了，还是没听见自己说话的时候，面前的投影突然压了下来。

"怎么感谢我？"他语气极淡，似笑非笑的。

两人靠得很近，他的呼吸就这么暖暖吹拂过来。

白荔被他这话问得一愣。欠人情最不好的地方，就是完全不知道该怎么还才最合适，甚至都不是用钱就能够解决的。

见小姑娘实在为难，纪霖洲眼底流转过什么，视线笼着她。

稍顿片刻,他替她做主道:"请我吃个饭吧。"

不算为难的要求,最简单的还人情方式,还有不动声色地试探。

他散漫地站在她面前,臂弯里搭着外套,口吻和从前一般熟稔平淡,只是语气里少了几分调侃意味,不过并不生疏。

四周安静,仿佛与世隔绝。

顷刻间,医务室里只剩下他们两个人。

橙色的流光映进来,视线内都是柔和。

空气中弥漫着很淡的消毒水味道。

而纪霖洲身上蔓延过来的气息,却不是以前熟悉的清爽薄荷味道,而是清冽的沉木香,混着淡淡的烟草,像是扑面而来的温暖。

但这股温暖感,却让白荔感到陌生和抵触。

想来实在觉得可笑,她真的搞不清他此刻到底想要做什么。

这个人怎么能当作什么都没发生过,就这么堂而皇之地走到她面前,风轻云淡地说着要一起吃饭之类的话。

明明两人的关系已经跌至冰点,搞得好像一切的一切,都不过是她这个小孩子在闹脾气。

而他,仿佛是个成熟的大人,克制有礼地冷眼旁观着她的所有情绪。

想到这点,白荔秀眉一蹙。

她才不要鞍前马后地听从,像个傻子一样,被呼之则来,挥之则去。

憋闷劲儿从心里冒了出来,白荔下意识想拒绝。

倏地,眼前光线突然一暗,细长分明的手指探了过来,很轻地抚过她的眉心。

他在舒展开她的眉心,指腹微凉。

"别皱眉。"纪霖洲说,微敛视线,"不想看你不开心。"

白荔:"……这与你无关。"

脸颊稍有热意,但她仍然装作若无其事。

她向后退了一大步,故意拉开两个人之间的距离。

"学长,我觉得我们并不熟。"她淡淡地说,"所以动作可以少点,我不习惯。"

言外之意就是，麻烦离她远点。

小姑娘语气坚定，底气很足，疏离态度明显。

对白荔有这样的反应，纪霖洲确实不意外。

这小孩看着软糯温和，实际上内心封闭许久，她很少对外人打开心扉吐露心事。

自小家庭的变故，再加上高中时期母亲与继父之间发生的事情，一直都让她对感情这方面敏感与不信任，就像是把自己裹进了坚硬的外壳里。之前能够那么努力地主动靠近他，对她来说已经是很难得。

纪霖洲很清楚，恐怕白荔再也不会相信他。

只是越是清醒地知道这些，他越觉得慌乱沉闷，最初那些愚蠢的做法和念头，统统变成了作茧自缚。

纪霖洲顿住，随后抬起手掩了掩嘴角的苦笑。

半响，他视线微沉，语气略低哑："你以前从来不会喊我学长。"

他从前不会在意白荔对他的称谓，现在这声学长听起来像根刺。

稍停了几秒，白荔默然抬起视线，这话倒不知道是和他说还是在和自己说："再提以前的事，本来也没有什么意义。"

以前的她以为只要努力、心诚，就会得偿所愿，可到头来还不是被现实鞭挞。

纪霖洲没说话，气氛凝滞。

直到校医的声音从门外传了进来，才打破沉静。

白荔觉得自己看也看过了，心意已到，这会儿没有继续待下去的必要。

她刚想转身，余光一瞥，掠过纪霖洲手腕的时候，突然顿住。

她目光所及的地方，只见一道蜿蜒狰狞的伤疤匍匐在他的皮肤上。虽然伤疤已经愈合恢复，但也足以让看到的人都感觉惊心动魄。

伤痕至骨。

什么时候有的？

而再往下的手腕上，正戴着一圈头绳。

很熟悉的头绳，许是磨了很久，看起来已经很破旧，像是每天都戴着。

白荔默不作声地收回视线。

不在意。

关于纪霖洲的任何事情,她都不想也不会去在意。

请吃饭的事情最后还是敲定下来,白荔也没再拒绝,毕竟纪霖洲确实刚替自己受了伤。

如果一顿饭能还了这个人情,那也挺值的。只是,她不想单独和他去。

"纪霖洲要你请他吃饭?"宿舍里几个女生异口同声,神情都是困惑又不理解。

王嘉登时就瞪圆了眼睛,不可置信地推了推林曼欢:"他之前不是很清高吗?又说不喜欢你,又说给你错觉什么的。"

那晚,其实她们也都在门口听见了。

白荔和纪霖洲说话声音虽然不大,可隔着缝隙传出来,也还是字字清晰。

"是啊。害你难受那么久就不说了,我可记得他当时拒绝得很不留情面。"林曼欢揉了揉被王嘉推得生疼的胳膊,蹙眉道,"他现在葫芦里又卖的什么药?不知道对你安了什么心思啊。"

"真的很诡异。"

"所以你同意了吗?"

几个人的视线"唰"地朝着白荔聚集过去。

白荔站在门口,捧着潮湿的衣服,一下子对上室友们的目光,有点不知所措。门窗开着,吹拂过来的冷风将湿气都带了过来,衣服薄更是透心凉。

回来的时候突然下起雨,白荔没带伞就这么硬冲了回来,这会儿发梢还沾染着水汽。

她目光微敛,抬手将碎发别在了耳后,拿起来桌面的纸巾擦拭了几下。

宿舍里的三个人还眼巴巴地等着下文。

白荔把手里的外套搭在椅背上,抬眸时眼底沉静:"嗯,同意了。"

室内顿时响起此起彼伏的倒吸冷气声。

"你怎么想的?"孟碧妮问她,"该不会心软了吧?"

白荔摇摇头:"也不是。"

她有没有心软,她自己最清楚。她就是没办法理所当然地亏欠别人。

白荔斟酌着用词:"我不想无缘无故地欠他这个人情,也不想单独和他去吃饭,就……不知道你们能不能明白我现在的纠结。"

"所以,你们有人愿意陪我一起去吗?"

宿舍里的其他三个小姑娘仗义,闻言顿时应了下来,大家都不想让白荔受欺负。

不过那天,林曼欢和孟碧妮都要和男友约会,于是两个人一拍即合,决定带着男友一起去。饭钱当然不要白荔一个人出,她们几个人会平分。

吃饭的地点在学校附近。

烧烤大排档。

人声鼎沸的街道中心,空气中都飘散着食物的油烟气。不同于白天的冷清,这地方一到傍晚就充满了烟火气息,好像才有了点生活的感觉。

白荔先去的,因为林曼欢、孟碧妮要等男朋友,所以她跑过来订好位置,毕竟学校附近的大排档比较火,超过晚上七点全部爆满。

纪霖洲来的时候,只穿了件黑色风衣。

他从远处的淡光里走近,懒散又漫不经心。风衣领口微敞着,修长的颈部和略宽的肩膀,瘦削中又带着些干净冷淡。

他一出现很快就吸引了不少视线。

白荔余光扫了一圈周围,又淡淡地收回。她漫不经心地摆弄着手机,询问林曼欢、孟碧妮什么时候过来。

对方回复很快,说马上到。

等白荔缓过神来的时候,旁边吹拂过来一阵好闻的气息,是与阵阵油烟味格格不入的清冽沉木香。

落座后,纪霖洲稍一留意,就发现餐桌上摆了不止两份餐具。

于是他淡淡一笑:"还有人?"

白荔没想到他能猜到,一时间心里那点报复的快感都消失殆尽。

乐趣没了,于是她兴致缺缺地说:"是啊。室友们都在附近,说要一起来,学长,你应该不介意吧。"

白荔双手交叉垫在下巴处，视线直直地望向纪霖洲。

纪霖洲什么心思，突然间反应过来的白荔比任何人都清楚。疤痕、头绳，他想要透露的东西太多。

他想要独处，她偏不想遂了他的心意，因为那是没有必要的、多余的生活交集。

小姑娘仰起一张俏脸，笑意却明显未达眼底，口吻里带着乖巧和愧疚，而事实上，她的表情还真不是那么回事。

像是……明目张胆的坏。

纪霖洲的手指搭在桌面，轻敲了两下。

他笑得温和有礼："当然可以，怎么会介意。"

最后两个字被他说得轻飘飘的。

白荔收回视线，撇撇嘴。还以为会看到纪霖洲露出什么不一样的表情呢，比如错愕、呆滞。她突然感觉自己也挺无趣的。

没过多久，白荔的伙伴们赶了过来。

一群人赶过来以后，刚才还空荡的桌子立刻显得拥挤。

林曼欢率先领着李旭挤进了白荔和纪霖洲中间，不大的地方塞满了人，简直挪不开身。于是林曼欢一边挤，一边毫无愧疚地给李旭递眼神："哎呀，位置太小了，都往旁边挤一挤呗。"

"可以给我留一个位置吗？"李旭妇唱夫随，转过身就文质彬彬地对纪霖洲说道，"我想跟我女朋友坐在一起。"

"老板，椅子不够，再加两张。"王嘉也不甘落于人后，招呼完老板还故意把餐盘往面前一拽，占位置的意图十分明显。

老板笑眯眯地过来招呼："好嘞，稍等。"说完，先递上来了一份菜单。

因为纪霖洲离老板最近，老板便直接递给了他。

他手腕还没动，视线刚触及白荔，菜单便被旁边的王嘉抢了过去。

"荔荔，你点菜。"王嘉说，当真是一点靠近白荔的余地都不给纪霖洲留。

人一多，场面霎时就热闹起来。

白荔和纪霖洲被彻底隔开，分别处在了一张方形餐桌的最远距离。

几个室友对纪霖洲都有意见，尤其是林曼欢，恨不得把白荔护在身后，好像纪霖洲是什么吃人不吐骨头的饿狼似的。

所以,饭过半晌,白荔和纪霖洲全程都是零交流,哪怕有一丁点苗头,立刻被几个室友掐断。

白荔很轻松,她本来话就少,再加上有王嘉这个活跃气氛分子在,她就埋头吃吃吃,而且还不用顾虑纪霖洲,这感觉简直不要太爽。

吃到一半,林曼欢和王嘉突然要喝酒,你一言我一语顺势就把纪霖洲架上。

白荔正夹起来一块面前的黄瓜,闻言一顿,她抬眸看了看林曼欢和王嘉。

——你们……能行吗?

林曼欢给了白荔一个安心的眼神。

——放心吧。

这两个人想得简单,灌醉纪霖洲,拍下他醉酒视频窘态投稿,到时候哪怕真的不能怎么样,也算是给白荔出了口气。

林曼欢酒量一般,但王嘉还是很能喝的。这两人但凡上了酒桌就从不会是让自己吃亏的主。

白荔心里清楚,所以也就没太在意。

招呼了老板上酒,老板动作也快,将酒端上来,一字排开。

林曼欢作势要给纪霖洲倒上酒:"学长,我们都是女孩子,你让着点。"

"我们一口,你一杯。"王嘉笑眯眯地说道。

"等等。"纪霖洲突然轻笑。

他干净分明的手指摁压在杯口,正有一搭没一搭地轻抚,动作漫不经心,像是狩猎前在布置陷阱。

"这么喝太没意思,"他说,"混着喝。"

白的、啤的、红的,混着喝。

林曼欢和王嘉到底是年轻,一见纪霖洲上钩顿时亮了眼,还一副唏嘘的模样:"好啊,学长你说混着喝就混着喝,我们都没关系啦。"

这下,就连白荔都忍不住看了纪霖洲一眼,正巧对方也抬起视线,两人的目光隔空撞在了一块儿。

白荔移开视线。

酒被满上,两个女生喝了一小口,纪霖洲懒散地拿过酒杯,喝了。

杯底干净,一滴都没剩。

他抬起手背蹭了下嘴角,勾着唇笑笑,眸子澄澈明亮:"太慢了,再加点游戏吧。"

林曼欢和王嘉对视一眼,心说:行啊,你还来劲了。

冲动上头,两个人毫不犹豫地踩进了纪霖洲埋好的坑。

她们两个一直输,输得惨不忍睹,酒瓶七歪八倒地摆了满满一桌。

见这结局,白荔愣了半晌。

林曼欢和王嘉喝得太多了,趴在这里总归不好,便被孟碧妮还有两个男生抬着回去。

临走前,孟碧妮回头看向白荔的眼神里充满了复杂的情绪,言外之意:对方战斗力太强,你多保重。

这个情况的确是白荔没有想到的。

其实中途在林曼欢、王嘉两个没醉的时候,白荔有想过叫停。可游戏嘛,玩起来就是拼个输赢,那两个哪里还听得进去劝。

"吃饱了吗?"耳边熟悉的语气带了淡淡的笑意。

他的手轻巧地搭在她肩上,没有把重量都压在她身上。大概是觉得她垂落的头发碍眼,他便轻一下重一下地摩挲了两下。

白荔顿时打了个冷战,像是有什么东西搅乱心底平静的池水,那点酸涩又泛了起来。

"嗯,饱了。"白荔声音轻又快,眼睛低垂着看向别处,敷衍疏离的口吻。

她余光突然瞥到了老板忙碌的身影,便借着招呼老板结账的机会,先一步跨出去,也顺势摆脱掉肩膀上那只手臂。

"老板,这里结账。"她说。

周围声音嘈杂,温软的音调很快就淹没在了鼎沸的人声中。

"来了。"老板拎着热水壶穿梭在各个桌间,"23号桌对吧?"

说完,他跑去柜台看了眼菜单,笑笑道:"姑娘,你们这桌的账单已经结了。"一顿,老板将目光移向纪霖洲,"就是那位男生结的,一共是四百九十八块。"

白荔也跟了过来,侧头顺着老板指着的方向看去,是纪霖洲。此刻他散漫地站在那里,刚才轻捏她发丝的手顺势滑落进了裤袋里,察觉到她的视线,他眉骨微一抬。

他神情寡淡,眼底的微醺并不明显,只是瞳仁黑亮,嘴角似有若无地勾起,带着意味不明的笑意。

说起来刚才的饭局,其实纪霖洲喝得也不少。林曼欢和王嘉秉持着自损八百也要伤敌一千的念头,灌了他不少酒。

白荔突然无聊地想,那他的酒量……还真是深不可测。

"走吧,我送你回去。"纪霖洲淡淡道。

他藏匿在裤袋里的手腕一动,似乎是想抬起来,但最终还是作罢。

还没等两人走出大排档,他们桌的餐盘刚被撤空,立刻就有其他人补了上来。拥挤推搡间,白荔撞了下纪霖洲,她指腹蹭过他手腕上那道疤痕,像是硬块。

她顿住,原来摸起来比看到的,能更深地体会到恐怖。

视觉和触觉的差异,大概就是这样吧。

远处烟霭朦胧,交错着徐徐升空。

这两天都是清晨时候雨势缠绵,到了晌午太阳一出来,那点潮湿气息才没个干干净净。可夜间扑面而来的,仍是清风湿雾。

周围黯淡,学校高层教学楼的顶楼还亮着光,隔着很远都能一眼望见。

拐角的巷口,有情侣拥抱在一起,幽暗的光影里,气氛撩拨暧昧。

嗯,确实是个适合约会的好地方。

整条路上,她和纪霖洲算是最格格不入的。

她本想用微信转账把饭钱给他,但手指刚摸到兜里的手机,才突然想起来,出国前她就把纪霖洲给删了。

于是白荔拿出手机说:"你搞个付款码吧,比较方便。"

纪霖洲没应,倒是泄出了很淡的轻笑声,随后有些耍赖的意味:"不用,陪我会儿就行。"

白荔说:"别,公是公,私是私。"

"那我们属于哪一种私?"他突然说。

白荔的视线还没从手机屏幕挪开,她腰间被一股力量牵引着,那股劲不轻不重却触感明显。转瞬过后,她人已经被抵在了墙角。

一边是灯火阑珊的大排档,另一边是阴暗的巷口。

他的膝盖轻而易举地抵进了她的腿缝间,让她无法合拢。他干燥微凉的指腹压住她的手腕,紧贴在她的腰侧。

他的呼吸洒在她的颈窝里,随之而来的,是一股陌生的酥麻感,让她思绪混乱。

来往的人习以为常,没人会在意他们的动静。而白荔处在了他圈起来的臂弯里,像是连呼吸都能听到回声。

她努力装作若无其事,不反抗也不沉沦,冷静自持地看着他的动作,可心还是猛地一跳,那点波澜早已经成了惊涛骇浪。

白荔只能紧攥着手心,像是这样就能保持清醒理智。

"就陪我待会儿。"他低着嗓音,"我醒醒酒。再回去。"

白荔想,他看起来真的不像是喝醉的模样。但两人靠得太近,呼吸交错间有濡湿感,她还是不可避免地脸颊发热。

许是她太久没说话,纪霖洲有些无奈。

她不理他,他就真的什么办法都没有。

"倔起来还是跟以前一样。"他微微叹息。

白荔轻咬了下略微湿热的唇。

这个姿势维持得太久,让她紧张得背部都绷紧。想回他些什么,她又觉得没有必要。

许久——

"你现在可以放开我了吗?"她说,"我要回宿舍。"

小姑娘倔强地抬起头,澄澈的眼底仿佛清泉,水光潋滟。

她红唇抿得很紧,能看得出来是真的紧张。光线昏暗间,她视线稍抬,神情紧张,让她看起来怯生生又在努力逞强,勾人得紧。

白荔长相好看,他从来都知道。学校里的那群男生,瞥向白荔的眼神里多少都带了点其他意味,是一种猎人看向猎物的目光,哪怕他们若无其事地掩藏。

男人看男人,总是最精准的。

纪霖洲敛眸。

怎么办,她越是这副模样,他就越想……把这张白纸染黑。

他越靠越近,近到白荔几乎稍喘息就能触碰到他。清冽的沉木气息混着酒香袭来,弥漫在她周身,让人无法忽略掉的存在感。

她下意识偏过了脸,那道温热的触感便一触即离。

他鼻尖蹭过了她脸颊,移向了她耳后。

呼吸间的热流如潮水一般,让她耳根发软。

稍一顿,他下巴轻垫在她颈肩一侧,没有近一步的动作,却也没有放开她的意思,像是在平复什么。

白荔从来没想过,纪霖洲也会做出类似强吻之类的事情。

她一直以为他是理智、散漫的,对什么都浑不在意,更不会强求什么。

所以今天他的动作着实出乎了她的意料,也让她脑袋里的警钟正在疯狂地敲响,纪霖洲是个成年男人。

"我要回宿舍。"明明听着强硬的声音,偏她说出来跟求饶似的。

情急之下,白荔道:"我有男朋友了,学长,还请你自重。"

良久。

纪霖洲松开了她。

白荔紧咬唇,心口起伏很大,心跳如擂鼓一般怎么都掩饰不住。她默默地抬眸,快速地看了眼纪霖洲。

他没说话,神色掩藏在暗影里。

于是白荔整理好自己衣角的褶皱,以最快的速度从巷口走了出去。

回去的路上,白荔脑袋里跟装满糨糊一样,根本没法思考。

高中时候偶尔关注到恋爱故事,看着故事里的主人公接吻拥抱,白荔觉得那就像是小雏菊一般的味道,甚至也会暗自期待。

而今晚却让她感到恐惧。

男人与女人力量上的悬殊……

白荔心不在焉地回到宿舍的时候，宿舍里的灯熄着。

推开门进去，只有孟碧妮床头的小台灯还亮着微弱的光。里面酒气熏天，很刺鼻又冲的味道，像是狂风瞬间席卷了鼻腔，很沉闷。和纪霖洲身上的酒味，不太相同。

白荔这么一想，立刻收敛视线把这个念头抛出脑海。

这都什么时候了，她竟然还在想纪霖洲。

坚决、坚决不能！

"回来了？"孟碧妮轻声问她，"怎么这么久？"

白荔说："路上走得慢了。"一顿，她看了看躺在床上的两个人，"她们两个还好吧？"

"哧。"孟碧妮笑道，"谁让她俩自以为打遍天下无敌手，这会儿踢到铁板了。也好，给她俩一个教训，省得以后到处跟人家拼酒。"

"没事就好。"白荔松了口气。

她回到座位，桌面上的书本还摊开着。可视线一碰到上面的字，她就感觉头疼，好像喝了酒的是自己。

"对了，刚才我们回来的时候你不在，"孟碧妮探出脑袋，"隔壁宿舍的团支书过来说，最近学校大学生创业中心招聘呢，有想实习的可以过去看看。"

白荔点点头："创业中心之前都不招聘大学生吧？好像是有项目的才能进去。"

"是啊。"孟碧妮一字一顿，撇了撇嘴角，"所以说现在这个实习的活动想参加的赶紧参加，没准过了这个村就没这个店了。"

白荔确实想要实习经验来着，不过犹豫的她在接到钟陈怡的一通电话后，便改变了主意。

钟陈怡陆陆续续从白荔这里拿走了不少钱。她打工赚钱这件事，钟陈怡是知道的。但这还是第一次，钟陈怡主动过问白荔的生活情况，一时间，白荔有些意外。

电话打了四十分钟，白荔却感觉过了一个世纪那么漫长。家里的烦心事永远不会少，所以，她只能拼命去赚钱。

　　第二天到教室以后，白荔就向团支书报了名。说是报名，也就是登记一下，由团支书统计每个班里实习生的人数。
　　白荔看了一下目前还在招新的公司，最终选定了名为"诚越"的公司。
　　大学生创业中心不在校区，所在的地方是与校区隔了一条街的商业楼，从校门口出去便有一座天桥横跨街道，延伸至对面。
　　隔了一段时间，团支书通知白荔准备面试。
　　白荔趁着休息的时间，背着书包就过去了。
　　她跟前台登记了一下，就朝着三十四楼的诚越工程有限公司走过去。
　　公司门口，里面的前台小姐姐正在玩手机，看到白荔一愣："你好，请问你找谁？"
　　白荔笑着说："我是来面试的。"
　　"面试？"小姐姐了然，"稍等。"
　　整个公司的装潢并不是很奢华，但是极简中又透着几分情调，环境看起来倒是还比较舒适，空气中也有淡淡的柠檬香，很好闻。
　　白荔坐下以后就开始复习资料，为等会儿的面试做准备。
　　半晌，她听见有脚步声过来。于是，她抬起头，正打算站起来自我介绍，但在看到来人以后，她整个人都僵住。
　　纪霖洲一只手拎着份外卖，另一只手扯了扯白衬衫的领口，看到白荔，他一顿，视线隔空望了过来。
　　其实自从那天晚饭后，已经过去了许久。
　　原本准备好的话卡在喉咙里，白荔敛了敛眼眸，拘谨地抿起嘴角，来缓解方才要张口的尴尬。
　　半晌她才硬邦邦地挤出两个字来："学长。"
　　她刚才看资料看得太认真，见了纪霖洲实属愣了愣，未免会显得措手不及。
　　大约是没想到会在这里碰到白荔吧，纪霖洲也错愕了一秒，不过随后就收敛了，一副淡淡的模样，叫人看不出情绪。

毕竟上次分开的场面着实算不上和谐。

白荔跟撞了鬼一样从巷口里溜出去，半晌都不能恢复平静。现在想想，那时候她跑走的模样肯定特别狼狈吧。

白荔翻来覆去地摁压住翘起来的页脚，在乱七八糟地想着，她和纪霖洲算不算……是冤家路窄。

"来面试？"纪霖洲问。

"嗯。"

两句话后，再也无言。

休息室的时钟"嘀嗒嘀嗒"地走着，每一下都跟敲在白荔心里似的，"咯噔咯噔"。

气氛安静，弥漫着淡淡的尴尬。

纪霖洲将外卖放在桌上，又去白荔前面的书架上拿了份文件。书页翻动的声音衬得室内越发静谧，如潺潺流动的溪水。

他的态度稍显冷淡，除了刚进门时那一秒的停顿，接下来他都是忙自己的，余光也没有往她这里瞥一下。如果不是他俩的关系很僵，眼前的场景还算温馨。

白荔撑着下巴想，原来有男朋友这招还蛮管用的，起码现在两人能和平共处一室。他没有多余的想法，而她也抱着那颗一年前就死了的心，彼此都相安无事。

她百无聊赖地盯着涂漆的桌角看了会儿，时不时留意他的动静。

倏地，她胃里一阵抽搐。这感觉来得太突然，没有半点预兆，心悸的恐慌感从脚底升上来，登时她后背就被冷汗湿透。

好在那一阵抽搐持续的时间并不长，缓解后，便只剩下满腹的饥饿。这情况之前也有几次，白荔没当回事，只以为是饿的。

"咕噜噜——"她肚子突然叫出了声。

到底是个小姑娘，而且还是在纪霖洲面前，她多少有些羞赧，脸颊发热。

白荔跟猫似的弓着身子。

她眼前投过来一道影，顿了那么几秒。他也没说话，就那么走了出去。

门开着，走廊的交谈声传了进来。

休息了会儿，白荔还没挺直背脊，胃部再次抽搐起来。她只得抱住膝盖，企图用这样的姿势来缓解。

没想到这次不管用，而且持续的时间一次比一次长，连绵不断，疼得她额头都是薄汗，这还不算完，眼前都开始冒虚影。

"你没吃饭？"不知道什么时候纪霖洲又返了回来。

白荔低着脑袋，有气无力地应道，虚得很："嗯。"

她勉强抬起头，见纪霖洲眉头皱了皱，眼底噙着冰冷的寒光。

"不舒服？"

"嗯。"

"面试就这么重要，连身体都不要了？"

问着问着，他语气就夹枪带棒。

白荔突然就不想理他，兀自垂着脑袋不吭声。

小姑娘蜷缩着，漂亮的脸蛋煞白，整个人像是从水里捞出来，眼神都在发飘，弱不禁风像是随时都能倒下去。

饶是纪霖洲内心再三告诫自己，此刻也抵不住这会儿她柔弱的模样。

他眉眼稍抬，理智在叫嚣着让他移开目光，可行动却做不到。

她看起来很难受，像是在忍受着剧痛，秀气好看的眉都蹙在了一起，委屈巴巴的，惹人心疼。

纪霖洲无奈，径直走到白荔面前："我带你去医院。"

她这回抬起头了，杏眸里水汪汪的，还带着点诧异和抗拒。她红唇微张，没力气抵抗的模样仿佛只能任人采撷。

烦躁感涌出来，纪霖洲强压下心头那股邪火，不等她说出什么拒绝的话，他干脆单手抱起她来扛在肩上。

小姑娘轻得很，扛着完全没有什么压力。可她周身一股清淡的雏菊香气，压在纪霖洲心底，分量重得要命。

被扛在肩头的她一点都不舒服，胃部挤压着，一晃一晃的，她快要吐了。

白荔想，真要是吐纪霖洲衣服上，那场面就好看了。

"学长……"

本来就被小姑娘勾得不行,这会儿还在他耳边吹风。

纪霖洲冷声道:"你叫什么今天也得去医院。"

言外之意,叫爸爸都不好使。

白荔倒是没矫情地想让他松开她之类的,毕竟她现在是真的不舒服。

"能不能换个姿势……"她软声,"会吐。"

反正都是要纪霖洲送,她真的不想一路被扛着出门,怕是她胃痛的毛病还没解决,就先吐得昏天黑地了。

白荔明显感觉纪霖洲僵了一秒。随后,他换成了横抱的姿势。

她落进他臂弯里,他步伐平稳却不慢,蛮有安全感的。

从她的这个角度,刚好能看到他衬衫领口露出的锁骨线条,再往上便是线条分明的下颌骨和精致的眉眼,禁欲又瘦削。

不过他冷着脸,表情不太好看,眼底那股阴沉劲像是要吃人。白荔好像还从没见过他有这么严肃的时候。

刚出休息室,迎面走过来一个人。

纪霖洲似乎跟那人很熟:"哥,车钥匙。"

"嗯?"那人愣了愣,"怎么回事?是新来面试的小姑娘吗?"

到了医院,白荔做了个检查,检查的过程让她非常不舒服。

身体的不适感,加上最近的心烦意乱,出来以后她一个人蹲在没人的墙角里哭了很久。哭完了她又觉得好丢人,来做检查的都没哭,就她一个人哭得像傻子。

直到纪霖洲走过来,递了包纸巾给她。

白荔哭得他心烦,他按捺住,淡声问了句:"你男朋友呢?都不看着你好好吃饭。"他这话是认真说的,"怎么当的?"

白荔喉咙里火烧火燎的感觉还没褪去,不能张口,那股呕不出来的挤压感仍然明显。她没回应,就默默地擦眼泪。

她不吭声,纪霖洲也没说什么。

等拿完了药,他瞥了眼病历上的医嘱,又很快收回视线。

期间,林曼欢给白荔发了消息,问她什么时候回去,马上要上课了。

白荔苦笑着回复说自己胃痛，来了医院。

林曼欢惊讶了一会儿，问东问西确保了她没什么问题，才停。

回完林曼欢的消息，白荔刚收了手机，就看到纪霖洲拎着药袋过来。她瞧着他视线停在她手机上好一会儿才把药递给她。

估计是以为她在和男朋友聊天吧，白荔也不想解释。

出了医院没多久，路过一个超市。

纪霖洲在路边停好了车，去买了瓶矿泉水回来。

"吃药。"他干脆利落地扔了两个字给她。

白荔开始还不想吃："回去也能吃。"

纪霖洲冷笑了一声，说："你不吃试试看。"

她真觉得再说不吃，纪霖洲能亲自扳开她的嘴喂。

不想和他在这方面牵扯，白荔乖乖吃了药。

刚才大哭了一场，她这会儿很疲惫，回去的路上晃晃悠悠地竟然睡了一觉。

纪霖洲把车开到了创业中心楼下。白荔的东西还扔在休息室，她便跟着他回去，一起上了趟楼。

然后她才知道之前要面试她的人，就是刚才借车给纪霖洲的人，姓郝。

郝学长毕业一年了，他在校期间就一直筹备自己的公司，现在是纪霖洲的合伙人。当然，郝学长自己占大头股份，纪霖洲只占了很少的比重，目前公司盈利不错。

听说白荔和纪霖洲认识，郝学长二话没说连面试都不用，便直接通过，然后……纪霖洲还是她直属上司。

听郝学长的意思，师哥带师妹，干活都不累。而且公司里也确实没什么有经验的人能带新人。

折腾了一天，白荔回了宿舍。

林曼欢把假条给她，她签完了字又送到隔壁宿舍团支书那儿。

几个室友过来关心她去医院的事，知道她做了胃镜都吓一跳，嘱咐她以后一定要按时吃饭之类的。

白荔一边笑笑接纳了大家的关心，一边说没大碍。

晚上她早早就爬上了床，但一直到熄灯的时间，她都没有睡着。

翻来覆去，白荔睡意全无，明明很疲惫却就是没办法入眠。

第十章
别有用心

等休息室没了人，纪霖洲站在窗口待了会儿。

残阳的余晖落进来。

窗口位置正对着Ａ大校门，视线稍偏一点便能把天桥来往的行人尽收眼底。

"找你半天了，跑这儿躲清闲呢？"许博文单腿撑开门缝，侧身跨进来，"郝哥说晚上有个会，让你跟着一起去。"

纪霖洲视线淡淡地从窗外移回来，喉结动了动。

"不是回家了吗？"他问。

许博文一屁股坐进沙发里，摊成个"大"字："怕你们这边人手不够需要帮忙，这不回家吃了顿饭就连忙赶回来了。"

公司刚创立，凭借着郝学长的关系拉到了几个资源，说不上有多忙，但现在肯定不是闲的时候，所以许博文和宿舍里几个男生都过来主动奉献。

像是想到什么，许博文突然问纪霖洲："学校论坛你看了没？"

"没看，怎么？"纪霖洲向来不在意这些，回得漫不经心。

许博文隐晦地提了句："有个帖是关于你的，大家都在猜你和宋彦茗是么关系。"

纪霖洲稍一怔:"宋彦茗?"

"是啊,首融置业的老董,常上新闻。"许博文说,"有次我们打篮球赛碰见个叫宋辞帆的,你还记得吗?宋辞帆就是宋彦茗的儿子。"

"我和他能有什么关系。"纪霖洲笑笑,实在觉得荒唐,便不置可否。但说到宋辞帆时,他手指蓦地一顿。

许博文说:"他们都猜,你是宋老董要赠遗产的侄子。"

其实许博文没说完,那帖子里说得有鼻子有眼的,已经不是猜测,大家都肯定了纪霖洲就是宋老董的侄子。帖子里连宋彦茗的家族图谱都摆出来了。有一些消息称,最近宋彦茗才得知大哥宋彦坤出事,又深感自己年老,放话要找到唯一的侄子,因念及大哥曾经的好,所以遗产要分给侄子一部分。

但哪怕是宋老董的一部分资产,那也是普通人想不到的天文数字。

宋家这些事挺离谱的。

过去的宋家是老牌矿业家族,地位可想而知,宋彦茗是家里最小的儿子。不过宋彦茗十八岁的时候和家里闹翻,一时生气离家出走以后借了高利贷创业,赔得倾家荡产不说,还差点让追债的人割掉耳朵,几乎到了要死不活的地步。

还是他哥宋彦坤暗地帮助他,替他周旋才让他日子过得好些。后来宋彦茗顺风顺水以后,和家里关系淡漠再无联系。

宋家有意瞒着,宋彦茗也是二十多年以后,才得知他哥哥当年在矿场遇难的事。当时新闻闹得很大,宋彦坤唯一的儿子从小被送养,有人猜测可能是怕舆论影响了孩子,所以想换个家庭让孩子生活。

听得不耐烦,纪霖洲散漫道:"不感兴趣。"

他单手捏了份文件要走,临到门口突然停住:"帮我查件事。"

许博文以为纪霖洲回心转意又来了兴致,眼睛一亮:"什么事?"

"你有个朋友在信管学院吧?"纪霖洲敛眸。

"是啊,陈远鹏。"

人称"陈二狗",学院上下就没有他打听不到的事,消息灵通着呢。

"帮我问问白荔男朋友的事。"纪霖洲说道。

语毕，他揉了揉眉心。

"你问这事干什么？"许博文挠挠头。

"想知道清楚。"纪霖洲说。

晚间，宿舍里谈论起学校论坛里的帖子风波，而白荔戴着耳机在做题。

眼看着期末考试的时间越来越近，任课老师的划题范围模棱两可，就差跟学生们说本书通篇背诵，再不抓紧复习，她不知道还能不能拿到专业第一。

想到这里，白荔淡淡吐了口气。

林曼欢她们讨论什么，她没参与。

这几天白荔有去创业中心兼职，不过做的都是些琐碎且不复杂的事情，处理处理消息，和几个项目相关机关对接，她一个人就能完成得干净利落，连加班都不用。

郝学长诧异于白荔的工作能力，原本想让纪霖洲带着白荔一起做，眼下看起来也不用，干脆直接把纪霖洲派走，公司都不用回。而且他还喃喃地念叨着："嘿，纪霖洲这小子真给我送了个宝来。"

每次听着郝学长毫不吝啬的夸赞，白荔都觉得不好意思。她好像……也没有学长说的那么强吧，而且工作任务也不难。

"怎么没有！在你之前那两个大三的学生，任务完不成就不说了，连表格都给我做得一塌糊涂，连文档排版都不会。"郝学长语重心长地拍着白荔的肩，神情有点幽怨。

一连过去一周，白荔都不曾在公司见过纪霖洲。

然后，她深觉那晚的失眠完全没有必要。

周末的时候，江星序的邀约打乱了白荔原本的计划。

两人见面的地方离A大并不远，坐公交车五站就到，下了车往前面的商业街道一拐，就出现了一家咖啡厅。

店面装潢是小资风，摆设的物件都极为考究精致。推开门铃声便响起，扑面而来一股浓重的咖啡味道，余香还有淡淡的甜腻，夕阳的余晖洒落进来，说不出的静谧美好。

确实是个适合聊天谈心的好地方。

江星序坐在靠窗一侧的长椅，正对着门，瞥见白荔便招了招手。

"这儿呢。"她说。

许久没见，江星序比想象中的变化更大，但那股冷艳的劲和从前仍相同。

大学像是所整容院，高中时期的青涩、朴素统统都被扔进去，搅碎后又拼凑出一个全新面貌的人。

"等很久了吗？"白荔出声问道。

不熟络的人碰面气氛难免稍显尴尬。

江星序摇摇头，端起桌上的咖啡轻抿："没有，也刚到。"

白荔不再纠结这件事。

她放好了东西，对着走过来的服务生低声点了杯大吉岭茶。

"他们家的蓝山很正宗。"江星序说。

白荔笑笑："我喝不太惯。"

沉寂了一会儿。

"我还蛮意外的，你竟然真的会赴约。"江星序修长的手指撑着下巴，艳红的指甲翘了翘，稍一停顿，她风轻云淡地说，"高中那会儿，整个学校的人避我跟避垃圾一样，你是少有愿意跟我说话的。"

她比高中时期更加成熟性感，吊带裙贴着白嫩的肌肤。衣着高奢，棕色的波浪鬈发披散在肩头，眼尾稍挑，说不出的妩媚。

和江星序一对比，白荔简直素得不能再素。

"我觉得你人很好。"她抿了口茶，声音还是软软糯糯的，"所以我很庆幸，在流言蜚语前就认识你，并对你有了好感。"

江星序明显怔住，漂亮的眼底充斥着错愕。半晌，她才缓过神来，勾唇一笑："巧了，我也一直对你有好感。"

"不过我今天突然找你，可不是突发奇想要跟你叙叙旧。"江星序说，"我前段时间回了趟A市，整理家里东西的时候，在旧手机里看到了几张我没删掉的旧照片。"

白荔抬眸："嗯？"

"我本来想删掉的，但总觉得这事跟你好像有点关系。"江星序说，"所以打算给你看一眼。"

这下,白荔有点好奇了。

什么东西能让江星序保留了这么久?

"你妈和纪霖洲见过面的事,你知道吗?"江星序说完,将手机推过来。

白荔一怔:"他们什么时候见过面?"

她确实不知道。钟陈怡自让她从纪霖洲家里搬走以后,对他的态度就极为冷漠,甚至她都能感觉到,钟陈怡的冷漠里透着一丝厌恶。

所以白荔一直以为钟陈怡是因为纪霖洲不是纪叔叔亲生儿子的事,才讨厌他的。

江星序:"应该是高三的时候吧。照片上有时间。"

照片确实是高三时候拍的,而且就是纪霖洲来找她的那次。

画面里的两人看着都很淡漠疏离,还有一张是在咖啡厅里,隔着玻璃窗,能隐约看到钟陈怡递了张报纸似的东西到纪霖洲面前,内容看不清。

纪霖洲的表情也是从未有过的阴沉。

白荔收敛视线,可这又能说明什么?

江星序似乎也不太在意她怎么想,两个人又随口闲聊了几句。

走的时候,江星序说让男朋友来送。结果看到来人,白荔还愣了一会儿。

竟然是孟曲星。

日子又过了许久,自从上次江星序和白荔有了联系后,总是时不时就叫白荔出去。白荔偶尔会答应几次,跟着出去逛街买衣服。

假期到了,宿舍里的几个小姑娘已经收拾东西回了家,白荔又在公司忙了一阵。

这阵子纪霖洲都不在,她偶尔听到其他同事说,他又谈了几个单子,可能要过两天的庆功会才回来。

接近项目尾声,公司去参加了庆功会,白荔被带着一起出席。

第一次出席这样的场合,看着周围西装革履的商人们寒暄交流,她显得格格不入。好在也没人在意她这样的小角色,只不过偶尔有几个看起来颇为年轻的男士过来,会和她闲聊几句。

他们风趣幽默,谈吐得体,几句话后白荔便也不感到拘谨了。

倏地,她眸光一抬,隔着人群撞进了一双漆黑的眸里。

纪霖洲站在不远处,单手揣进裤袋里。他少有穿得如此正式的时候,倒真有几分光风霁月。

白荔脑海里却突然闪过一个词,斯文败类。

接着她就转移了视线,没有再多看他一眼。

她借着中场休息去洗了把脸,宴厅里沉闷,让她透不过气。

水流声"哗哗哗"。

她拧上龙头,还没转过身,后方突然袭来一阵潮热。

熟悉的味道,混杂着酒气。

几乎没有给白荔反应的时间,她的身侧便被纪霖洲占据。

他膝盖坚硬,骨骼分明,抵在了她的腿间,竟有一丝生疼。

纪霖洲动作不算温柔地抬起她,让她坐在了大理石砖面的洗手台上,她的裙子很快就沾了水渍,看起来亮晶晶的。而砖面的冰冷也透过薄薄的布料传递进来,让白荔措手不及。

"我就这么让你反感。"他用的陈述句。他发出一声极为讽刺的嗤笑,喝了酒的眼睛带着点猩红。

白荔垂着眼:"什……么?"

吞吞吐吐的声音,低不可闻。

"反感到不惜用这样的借口来疏远我。"纪霖洲一字一顿。

像是热得烦躁,他扯了扯领口,露出修长的脖颈,神情几乎失控。

他就是傻,还真信了白荔有男朋友。

方才宴会上那几个男的居心叵测,她竟然还跟他们相谈甚欢。

有雾气氤氲在白荔眼前,像是彼此间的热度都融成了一团。而此刻他周身淡淡的味道竟让她觉得喉咙发苦。

纪霖洲很少在她面前有这样情绪失控的时候,连一向漫不经心的眼底都带了股狠劲。

气氛僵持。

白荔轻慢地呼出一口气。

他掌心有力,揽住她腰间的手臂收得很紧。温度熨帖过来,渗出的潮热带了些仿佛只有情人间才会有的亲近暧昧。

阴影遮挡在白荔眼前,头顶的灯顿时变得黯淡。她没抬头,视线低垂着,落在了他腰侧的西服褶皱上。

其实回国以后,从第一次碰见纪霖洲开始,白荔便能察觉到他不动声色的试探,像是在布一张慢慢收拢的网。

有时那些隐藏在暗处的暧昧,甚至会在不经意间触碰到她心弦。

比如进诚越那晚的不得安枕。

可每次失眠的时候她都会想,他其实也不见得有多么喜欢她吧。

无非就是她不喜欢了,他心里有落差,得不到的在骚动而已。

但她还是没办法做到,完全厌恶眼前的这个人。所以明知道要和纪霖洲一起共事,她仍选择待在了诚越。

可是江星序的出现让白荔明白,她被纪霖洲轻易放弃。于是埋藏在心底深处的不安彻底地脱了缰绳,蜂拥而出,警戒着她。

白荔幼时曾亲眼见到父母吵架、离婚到家庭破碎的整个过程。当时只有几岁的她号啕大哭地抱着父亲的腿,祈求他不要走,不要丢下她和妈妈,不要离开她。

可是那个男人毫不犹豫,厌恶地踹开她,仿佛她只是个拖油瓶。

之后白荔对亲生父亲的所有印象,不过就是那个风和日丽的晴天,拎着行李箱的男人决绝又冷漠的背影。他走得轻快,像是逃离深渊,没有一丝留恋。

从那以后她就变得比同龄小孩子更敏感早熟,很容易不安。

再之后她随着钟陈怡改嫁给白军,虽然家庭氛围和谐了不少,但不免寄人篱下,要多看些冷眼。

所以她并不经常表达自己内心,和纪霖洲相处的点点滴滴,已经是她能最大程度地去敞开心扉,去彻底相信从小保护她的小哥哥。

原本她以为自己出国一年,已经是放弃。

可现在想想,那时候多少会觉得有些不甘心,心底还会有眷恋。

不过现在不同了,她不想被抛弃,所以要提前斩断未来的隐患。

但这并不意味着,她厌恶纪霖洲或者所有的喜欢都消失殆尽,而是她好像失去了信任的能力，所以不愿意再去尝试。

有的人会用童年治愈一生。白荔想，她大概会用一生来治愈童年的不安稳吧。

安静了片刻。

"是。"她声音轻，却格外清晰。

稍一顿，白荔抬眸看向纪霖洲。

光影昏暗，但他眼底的微醺醉意却明显。

方才紧绷的情绪突然松了下来，她几乎可以毫无波澜地看着纪霖洲的反应。

说来也实在有趣，现在角色颠倒过来。

他的失控，她的平静。

他靠得很近，两人身上的味道混在一起，竟让白荔觉得此刻的气氛莫名撩人。

白荔微眯了眯眼，视线落在他的薄唇上。

纪霖洲的唇很好看，无论轻抿还是稍扬，都带着股散漫的劲儿。西服套在他身上，禁欲又干净的气息。他低垂的眼睫黑如鸦羽，正扑扇着。

透出来的热气萦绕，白荔慢慢地探出身去。

她的红唇靠近他的薄唇，轻吻上以后才发现原来男孩子的唇并不像想象中的那么柔软，很薄带着好闻的薄荷味道。

大约是没预料到白荔的反应，纪霖洲明显有一瞬的错愕和不可置信。

突然一道猛力将她整个人推至身后的镜面，撞得她肩胛骨发疼。

面前的人似乎想要将她揉碎，刻入骨髓。很快一个主动生涩、蜻蜓点水一般的吻，变成了深入的纠缠，他掌握了主动权。

被纪霖洲桎梏着，白荔动弹不得。她的腰部撞到了水龙头的开关，一瞬间，水肆意流淌，很快就顺着纱裙漫延出来，像是星空流淌着银河，在光影下闪烁。

很荒诞的一幕，就像是她刚才莫名的举动。

这确实是白荔十八年来做的最出格、最大胆的举动。

她竟然觉得很开心，循规蹈矩的小姑娘，好像一瞬间变成了叛逆少女。

没有烦恼、冷静，只有单纯又接近疯狂的叛逆。

潮湿的水汽混在空气中，但白荔已经感觉不到，因为她的唇正被温热的薄唇封住。而纪霖洲固执地紧握着她的掌心，彼此严丝合缝地贴在一起，不允许她挣脱。

小姑娘穿着抹胸裙，圆润白皙的肩头像是抹了奶油的冰激凌。她锁骨深深地凹陷进去，胸前隆起的弧度恰到好处，颈部修长，线条分明。

纪霖洲很清醒，清醒地看到他所吻住的小姑娘面无表情。

她的平静几乎让他的理智自持溃不成军，自尊心像是被完全撕裂开一般，让藏匿在暗处不可见人的"野兽"叫嚣而来。

想看她更多的情绪，想看她泪眼婆娑地求饶。

想……

嘴角吃痛，纪霖洲却恍若无觉。

他现在才知道，有些不痛不痒的滋味儿，会在很久以后，变成入骨的毒药。

灼烧感汇聚在指尖，又好像随着贴近的身躯转移到了别处。

白荔茫然，她没有接过吻，自然不懂迎合。

突然有凌乱的脚步声闯了进来，像是受到了什么惊吓，来人慌张地嘀咕了一句什么又匆匆离开。

一切安静得没有痕迹。

许是白荔太笨拙，纪霖洲轻捏着她的下巴抬起来，他的指腹顺着她耳后的弧度，慢慢地深入了她的发丝间，像是在安抚猫儿似的。

这个姿势和角度让白荔无所适从。

白荔被抵得重心不稳，便扶住了他的肩膀。

她这才发现，一直看起来很瘦削的纪霖洲，肩膀骨骼分明，触碰之下甚至能感受到他的肌肉，坚硬且带着力度。

结束以后，白荔蹭了蹭嘴角，才发觉有血腥味弥漫。她眼眸一抬，瞥见了纪霖洲嘴角的血渍。

可能是她无意中咬的。

"荔荔，"他声音嘶哑得不像话，眼底晦暗不明，抬手抚住她的脸颊，指腹在细细地摩挲着，"别生我气。"

他的指尖干燥温热，抚在她的耳后时，像是夏夜里吹的风。

她慢慢地收敛了视线。

"今晚的庆功会结束以后，我会离开诚越。"白荔说道。她软声软气，显然还没有平复下来。

"哥哥，我还是很感谢你小时候对我的出手相助。

"也很感谢我高三时你对我的鼓励。

"不过，就到此为止吧。"

我们之间的交集，就到此为止吧。无法否认，那确实是她灰暗人生里的一束光。

刚才的放纵，也到此为止吧。

水漫出来，她腰间都被打湿，却更衬得不盈一握。凉意透过薄薄的布料，带着濡湿感。

其实想要放下，也实在简单。只要没有怨怼和不甘，就会变得开心。

阴影淡淡地投落下来，纪霖洲的臂弯越过她的耳侧，他几乎拥着她。

他的动作很慢，小心翼翼到像是怕碰碎了最心爱的东西，然后才替她把项链解开，又递到了她的手里。

纪霖洲好像一瞬间体会到了，什么叫登高跌重。

方才满心的欢喜，在这一刻全部破碎，像是心里被钝刀划开了一道口，没有一击必中，却在缓缓地折磨着他，让他感受到痛苦。所有的酸涩堆积在里面，又被狠狠地打了一拳。

他本没有接过她递上的项链，可小姑娘很坚持。

等人走了许久，他仍没有离开。

纪霖洲敛眸，慢慢地握紧手中的项链，紧到锋利的边缘在掌心里勒出一道清晰的血印。

第十一章
以退为进

自那之后,白荔离开了诚越。

正巧假期的时间,钟陈怡带她回了老家。

一路颠簸,刚从客运站出来,日光晒在头顶,白荔远远瞧了眼。水泥路面一直延续到分岔路口,就变成了沙子铺成的土路。

空气湿冷湿冷的,白荔也不知是热的还是闷的,穿着厚重的棉衣竟焐出了点虚汗。舟车劳顿,她才走了几步就已经累得气喘吁吁,困倦感涌了出来。

一直走到离镇口最近的面馆,老家的亲戚们才赶了过来。

几个亲戚见了面在寒暄,大多都是瞥了白荔一眼夸赞两声,就把话题转向了钟陈怡。

"你家老白这次怎么没回来?"

"是啊。我上次和老白喝酒还是四年前的事了吧。"

钟陈怡略微尴尬地摆手说:"他忙,没时间。"一顿,"先进餐馆吃饭吧,孩子饿着呢。"

老家亲戚多,房间也多,白荔被安排住进了以前经常住的那间。

她放好了东西就跑到了院里南侧的一楼,婆婆家。门口翻新了不少,红

砖铺成了一条小道直通旁边的菜园。

　　白荔走进去前还有点紧张,担心婆婆认不出自己。不过好在婆婆看到白荔以后很开心,拉着她的手嘘寒问暖了好久,还嘀咕着很久没见到她,也不知道她现在上大学了没。不止如此,婆婆还拉着白荔进屋,要给她糖吃,搞得白荔真是哭笑不得。

　　见状,白荔只得接住,内心还是觉得感动。只要婆婆还在这里住着,她就莫名地感觉很安心。

　　老家生活慢,一日三餐,粗茶淡饭。

　　白荔有事没事就往婆婆这里跑,哪怕在婆婆家学习、休息、玩手机,她也愿意。

　　这么过了几天,突然有一天白荔去的时候,发现婆婆不在家。

　　她本来也没担心,毕竟老人家有时候要出去买菜,也会回来得晚。

　　可一直到了下午五点钟,都还没见婆婆的身影。

　　眼看着天要黑了,而且今天天气也不好,她想着还是要出去找一找。

　　刚迈出一步,远远地就看见两个人走过来。婆婆买的菜被男生捧着,两人谈笑甚欢。

　　其中一个人,她认识,是婆婆。

　　另一个瘦削的身影,不巧,她也认识。

　　纪霖洲穿了件黑色大衣,头发剪得很短,肩宽腰窄,瘦削高挑的身影,两条长腿漫不经心地迈着,透着股懒散劲儿。

　　他一手拎着婆婆的菜篮,略偏过头的时候,露出了分明的下颌线,看起来似乎比之前要更清瘦。

　　两人的视线在空气中撞了一下。

　　傍晚凛冽的寒风倏地吹过,最后一丝残阳的余晖在天际消失得干干净净,暮色黯淡。

　　白荔的太阳穴突突一跳。

　　她有那么一瞬间想找个地缝钻进去。

　　因为她此时正穿着厚实又宽大的鸭鸭睡衣,外面还裹着不合身的长款棉服,整个人像是气球一样臃肿。更别提脚上踩着那双鸭掌形状的棉质拖鞋,宽阔的鸭掌已经顶着寒风支棱起来,颇有点迪士尼在逃鸭鸭的意思。

当然绝对是狼狈版。

不用照镜子,她也知道自己现在看起来一定很搞笑。

蓬松的长发裹在了帽檐里,风一吹过来便贴近嘴角。没有梳洗打扮,甚至还带因为寒风瑟缩着,她就这么邋里邋遢地和纪霖洲碰了面。

"嘟嘟呀,怎么站在外面?"还是婆婆率先打破了安静,瞥见白荔以后立刻就笑眯眯地关心道,"还穿得那么少,冷不冷?"

只有婆婆会这么真心实意地在乎她,白荔呼出的气温热。

大院南侧的婆婆本名叫什么,白荔不太记得,只知道大家都叫她"李阿婆"。李阿婆原先是镇上的老师,带过很多学生,所以在镇上算是德高望重。

"不冷。"白荔收敛视线,没再把目光移向那个人。她手里正要拉紧拉锁的动作停顿,走过去扶着婆婆,跟个小孩子似的说,"婆婆你怎么去了这么久?我还担心你是不是碰到什么麻烦。"

"哎哟,我一个老人家能有什么事。"李阿婆说,"就是回来的路上菜篮掉啦,正好赶上下坡东西滚了一地。人老了不好弯腰,捡得慢了些。"

说完,她像是想起什么,立刻拍拍纪霖洲的胳膊:"多亏了这个小伙子,不然我不知道还要耽误多久哩。"

"没事,我应该做的。"纪霖洲神色淡淡。

倏地,他偏过头看白荔。

白荔故意低着脑袋,让鸭鸭帽檐垂得更低,听不见看不见。

谁?不认识。白荔想,不得不说她装起鸵鸟来真的有一套。

气氛安静了会儿。

白荔的鼻头被风吹得冰凉。

好多蔬菜都摔坏了,一角破破烂烂的,白荔把上面的灰尘擦拭干净。旁边那道似有若无的视线让她很难忽略,连背脊都忍不住挺直不少,如芒刺背。

一转过身,她撞进纪霖洲的眸里,他靠着旁边的墙,正看着她。

斟酌片刻,她有些没话找话地道:"谢谢你送婆婆回来。"

真的是硬着头皮,她才硬邦邦地蹦出一句。

225

纪霖洲没说话就点点头，稍一顿，他视线从她脸上掠过，又淡淡地收了回去。

李阿婆洗了手准备做饭，见纪霖洲在门外站着，便招呼他进来："一起来吃饭吧？"

纪霖洲单手揣进裤袋里，余光瞥了眼仍然略有警惕的小姑娘。于是他敛眸淡笑说了句："不了，下次有机会再来。"

话音刚落，他手机铃声就响了起来。

纪霖洲瞥了眼，转过身边朝着院门口走，边接通。

直到人影消失在了院门口，白荔才捧着下巴思考。

不得不说，纪霖洲突然出现在她面前，她确实挺吃惊的。而且还有种恍若隔世的感觉，纪霖洲……为什么会来B镇？

难道他老家也在这儿？这念头跑出来她自己都吓了一跳。

不可能吧……她权当一个八卦在想。

想着想着，晚饭她就心不在焉的，连李阿婆喊她好几声都没听见。

"嘟嘟啊……嘟嘟。"

白荔咬着筷子愣神片刻，才缓过来："嗯？婆婆你跟我说话？"

"是啊，你怎么年纪轻轻，比婆婆的耳朵还背。"李阿婆调侃她道。

白荔脸一热，哭笑不得："婆婆你就别取笑我啦。"

饭菜热腾腾地摆满了一桌，哪怕只有她一个人，婆婆也会给她做得很丰盛。钟陈怡知道她每天醒来都跑这儿来，也就懒得管她，毕竟家里小孩那么多，吵得头疼。

"今晚来的小伙子，嘟嘟你认识吧？"

"咳——"白荔一口汤没咽下去，呛进了嗓子里，咳了好几声。

李阿婆见她这反应就猜出了个大概，原本就慈祥的双眸更是笑得眯成缝："你不用说，婆婆也是过来人，都懂。"

"我和他真的没什么关系，婆婆。"白荔忙摆手澄清道，"就是高中时候我在他家里住过一段时间，所以算是认识。"

稍一顿，白荔漫不经心地搅着碗里的汤勺，慢吞吞地道："婆婆，你怎么猜到的？"

"等你活到我这个岁数，你也能看出来。不过那小伙子给我的感觉不错，成熟稳重，而且还很热心呢。"

白荔没吭声，兀自地埋着脑袋喝汤。

吃饱了饭，白荔正在刷碗的工夫，突然从门口进来三五个人。

"李阿婆，你石坡那儿的房子同意了拆迁？"

为首的人黑黑瘦瘦，远远瞧着一双细长的眼睛格外亮，说话的时候滴溜溜转，露出了大半的眼白，他龅齿龅牙，语气不太友善。

"不是早就商量过的事吗，现在又来问我做什么？"李阿婆道。

黑瘦男人语气不耐烦："你儿子同意了吗？都跟你讲过了，现在压着价格，我们还能把拆迁款要得更高一些，你们这些人老了就是听不进去。"

李阿婆冷笑一声："房子是我的，我想拆就拆，想卖就卖。"

"诚越那种小公司，不敢跟我们耗下去的，让你们坚定一点喽，还不是会吃定他们。"几个人又是嘀嘀咕咕一通数落，"钱啊、赚钱啊，阿婆，不要钱的吗？"

后面的话，白荔也没听进去，就只知道几个人说完话以后，就被李阿婆给赶了出去。

从李阿婆家里回去以后，白荔刚进门就听见客厅里几个叔叔在讨论什么，到处都是烟灰，空气充斥着呛人的烟味，客厅桌面倒了一排的空易拉罐，男人们正往里面弹烟灰。

一顿，几个人瞥见了白荔。

"哎，那谁的房子是不是也在石坡？"

"谁？就是白荔她……"

几人挤眉弄眼了一番。

"哦哦哦，好像是吧。"

过了两天，白荔下楼跑到李阿婆家里的时候，正好瞧见李阿婆在做饭。

"你这个丫头，倒是挺会找时间过来。"

白荔笑眯眯地软声撒娇："还不是婆婆做的饭菜香，我这小狗鼻子，闻着味就跑过来啦。"

话音刚落,突然从身后传来了一阵轻笑声。

白荔回过神,瞧见纪霖洲拎着礼品进门。她登时脸一热,扭过头看了李阿婆一眼,李阿婆高深莫测地朝着她笑笑。

白荔突然怔住,婆婆该不会是想要撮合她和纪霖洲吧……

"小纪来啦,来就来嘛,怎么还买了这么多的东西。"李阿婆笑眯眯地说道。

纪霖洲弯了弯眉眼:"昨天有看到门口摆着的空箱,所以猜测婆婆应该喜欢吃,忙完就顺路买了些。"

"太客气啦。"李阿婆说,"就是吃个家常便饭而已。"

纪霖洲淡笑不语,就站在门的一侧。

他没进门,从这个角度看过去,视线刚好能淡淡地笼着面前的小姑娘。

不过说起来,他很少听到白荔撒娇。原来小姑娘撒起娇来是这样,声音软软糯糯,让人萌生出揉捏的欲望。

思绪散开,他很快就收敛回来。

李阿婆做的饭菜非常丰盛,知道白荔爱吃糖醋排骨,就将其摆在了她面前。

氛围静谧,几人吃着饭,谁也没有开口说话。但这样表面的和谐果然维持不了多久。

墙上的时针刚落到"12"的位置。

"小纪现在有女朋友了吗?"李阿婆率先打破了沉默。

纪霖洲稍一顿,瞧了瞧白荔。随后,他笑:"还没。"

"哦?那是没有喜欢的人吗,还是现阶段不想谈恋爱呢?"李阿婆惋惜地说。

"有喜欢的人。"他放下筷子,轻慢地说,"不过很久之前伤了她的心,以前都没有意识到自己的做法那么浑蛋,现在想想那时候的她一定很难过吧。

"真的很抱歉,如果我当时可以安慰她,哄一哄她,说不定她就不会生我的气了。

"明明可以不让这一切发生,是我的错。"

白荔夹起糖醋排骨的筷子一顿,到手的肉顿时掉回了盘子里。

可下一秒，白皙的手指骨节分明，执着筷子夹起了那块排骨，递进了她的碗里。动作自然熟悉，好像已经为她这么做过很多次。

她没吃，而是默默地吃起其他的菜。

其实说起来，这好像是纪霖洲第一次谈及"喜欢"二字。

她从很久以前，就想听到的词。

但现在，算了。

李阿婆听了几句直惋惜，便问："那孩子现在在哪里呢？和你还有联系吗？"

"她删了我所有的联系方式，恐怕她是真的不想和我再有牵扯了吧。"纪霖洲苦笑。

"小纪，你听婆婆一句劝。世上的事情都讲究一个缘分。既然那姑娘已经不再喜欢你，那你也不要强求，放手对你对她都好。"

一旁默默听着两人说话的白荔，此刻在内心忍不住给婆婆鼓掌。

是啊是啊，讲究缘分。

对啊对啊，不如放手。

紧跟着，李阿婆话锋一转："我们家嘟嘟呀，其实就很不错。你别看她年纪比你小很多，但其实聪明伶俐，我把她小时候的照片拿给你看看吧。"

"我们嘟嘟呀，小时候就长得很漂亮，一排小姑娘照相，她是最好看的。"李阿婆是爱白荔的，提起白荔都忍不住在炫耀，虽然没有血缘关系，但对她是真的好。

她没抬头，都已经听到纪霖洲忍俊不禁的笑声。

然后，她听见他说："好。"

老一辈的人总是舍不得扔掉旧的东西，回忆也是。相册的封面很干净，不沾一丝灰尘，能看得出来是经常擦拭，宝贝得很。而页脚的位置有深浅不一的颜色，应该是李阿婆总翻看的关系。

"婆婆，相册就别看了吧。"白荔企图做最后的挣扎，小手默默地绞成一团，杏眸水汪汪地眨呀眨呀的，软声说道，"那都是好多年以前的，现在看肯定很糗吧。"

事实上她自己也没有看过，不过隐约记得小时候她总扎着很丑的发型。那时候在换牙期，偏每次照相她都喜欢笑，于是漏风的门牙几乎一览无余。

"怎么会糗！"李阿婆笑着说道，"可可爱爱的小姑娘，多好呀。看看没有关系啦。"

相册翻得很慢，像是承载着记忆的船，每一张泛黄的相片后面，都被用心写上了日期，时间太久远，有的连日期都模糊不清。

纪霖洲屈起手指关节，轻触着相片里咧着嘴角傻笑的可爱小人。

指腹干燥，点着相册，像是越过时间长河，和幼时的她在触碰。

似有暖流划过指尖，他怔了怔，随后微叹息。

若有所思地一顿，纪霖洲视线划过相册，淡淡地落在了旁边位置黑着脸的小姑娘身上。

她小时候看起来远比现在要活泼得多，表情生动鲜活，澄澈明亮的眼眸里都是只属于小孩子的不谙世事，肉嘟嘟的婴儿肥看着就让人想揉捏一番。

客厅内气氛静谧。

大多数是李阿婆在一边笑着一边回忆，纪霖洲在旁边倾听，他时不时会问上两句细节。李阿婆见他感兴趣，就会热情地谈起当年的事情。

而作为被他们议论的中心人物，白荔在沙发上玩了一个小时的手机。过了这么久，久到连白荔都忍不住瞥过去看了几眼。

纪霖洲很有耐心，视线一直落在相册上，没有挪开的意思。他这副态度，倒叫白荔脸颊一热。

就是些拉家常的事情，他怎么听得这么认真。

"啊呀，快看我发现了什么。"李阿婆正要翻页的手指一顿，"是嘟嘟和男孩子的合照呀。说起来他是我们嘟嘟非常要好的玩伴了，不过可惜小男生待了没几天，就跟着爸爸妈妈回了外省，真没想到我还留着这张照片。"

"非常要好吗？"纪霖洲淡声问，微眯着眼。

他视线掠过旧照片，小女孩开心地攀着旁边男生的肩膀，两个人笑得欢快，照相的时候，男生的眼睛甚至一直盯着女孩看。

"我记得这个小男生走的时候，嘟嘟还哭了两天呢。"李阿婆偷笑，"还半夜背着书包想要离家出走去找他。"

"这样……"纪霖洲敛眸,眼底情绪意味不明。他薄唇仍扬着,似有若无地淡笑着。

"小纪小时候有没有喜欢的女生?"李阿婆随意问道。

纪霖洲稍一顿,笑着说:"没有。"

除了白荔,他确实没有再对其他女生有同样的感觉。也许是因为没谈过恋爱,没有经验的缘故,他才会后知后觉察觉自己对白荔的喜欢。

这就是所谓的太直男?他半合眼眸,瞬间有种恍然大悟的感觉。

刚才还是微热的脸颊,这会儿已经烧到了耳后根,白荔再也顾不上婆婆的意思,径直走过去要合上相册。

其他的事情都还好,这事是真的尴尬,她小时候好像确实干过这样的糗事。

"好啦,今天时间太晚了。"她稍一顿,皮笑肉不笑地对着纪霖洲说,"你一定也有其他的事情要做吧,我送你出去吧,怕哥哥不认路。"

逐客令意味明显。

"其实今天我没什么事情,"纪霖洲迎上白荔明示的杏眸,勾了勾嘴角,"可以陪婆婆多待一会儿。"

他修长白皙的手指很轻地摁压在相册上,没合拢。

白荔想收回相册,劲儿却没他大。她心底莫名来了股气,也偷偷用力扯。

这么一来,相册就被夹在两人中间。两个人在背地里较上了劲,面上却风平浪静、一言不发。

倒是旁边的李阿婆看着如此"和谐"的画面,还以为是白荔和纪霖洲在用眼神交流感情,她萌生出欣慰的情绪。

看呀看呀,两个年轻人是多么般配。

"刺啦!"

这本相册终于承受不住撕扯的力道,提前缴枪投降。

别的地方倒是没坏,就是其中的一页被扯断,轻飘飘地落了下来,掉在了地上。

纪霖洲敛眸:"抱歉。"

白荔没说话，低头捡起来那张相片。

她余光瞥了一眼。

相片里，女孩子和旁边的男生笑靥如花。

这人看不懂她的意思吗？而且一口一个婆婆，拜托！和你很熟吗？

偏这个时候，李阿婆说了句话："小纪今天不忙呀，那晚饭也在这里吃吧。"

纪霖洲轻笑："方便的话……"

他语气谦和，说话留了余地，眼底刚刚浮现的那点愧疚劲立刻就不见了，好像被他撕掉的那一页，本来就不该出现在那本相册里。

李阿婆："自然是方便的呀！"

她感觉自己已经完全不了解纪霖洲这个人。

他现在在她眼里，就跟努力藏起尾巴的大灰狼没什么两样，居心叵测。

他确实伪装出乖巧和进退得体，获取了李阿婆的好感，但那股斯文败类的劲，还是能透过眼神传递出来，隐藏不了。

室内话音刚落，突然有一伙人带着棍棒就闯了进来。

为首的男人一副市井流氓的模样。

白荔认出此人正是前几天来过一次、尖嘴猴腮的黑瘦男人。

好像叫什么侯三。

场面一度混乱，黑瘦男人看到纪霖洲以后，认出他是诚越公司的，于是冷笑了一声怨怼道："你们果然是谈好的！李阿婆，真没想到，你胳膊肘朝着外面拐，竟帮起外人来对付自己镇里的人。"

"啐。真是个昧良心的。"

"以前还尊敬你，老了竟干这种事。"

李阿婆也没含糊，当即就骂了回去。

她是做老师的，岂会被这几个人讨到嘴上的便宜。

他们这群人本来就是要来闹事，见状更是不客气。几个人欺负李阿婆儿子不在面前，便挑她这个软柿子下手。于是他们又是号又是叫，摔摔打打的。

倏地，一个不起眼的陶瓷花瓶朝着白荔的方向就砸了过来。

没人在意，哪怕白荔因此受伤，他们也不过认为她倒霉被误伤而已。

等白荔看见的时候，已经来不及躲，她刚想下意识护住眼睛，视线突然一暗，一道身影快速地挡在了她面前，好闻的沉木香气袭来。

她惊魂未定地看着纪霖洲，那花瓶砸在了他肩膀上，疼得纪霖洲闷哼了一声。

"没事吧？"他紧皱着眉。

"这是诚越和你们之间的事，牵扯不相干的人，实在没必要。"纪霖洲对着来人说道。

纪霖洲声音冷，这会儿抬起的黑眸像是淬了毒，饶是侯三这种人，看到纪霖洲眼神的时候，也不由得瑟缩了下。

他们这样混门道的人，行里也有规矩，比如什么人不能碰之类的。

有钱的当然可以，但有权的不行；无恶不作的人可以，但不怕死的不行。

而此时对面诚越来的男人像是蛰伏的野兽，带着股狂傲劲，仿佛稍有不慎，就会在黑暗中将他撕碎。

侯三咽了口唾沫。

从派出所走完所有的流程出来，侯三他们被教育了一通仍嬉皮笑脸的，他们几个都是B镇出了名的地痞。

白荔的那通报警电话好像踩在了侯三他们的高压线，临走前，侯三趁着纪霖洲去旁边打电话的时候，阴恻恻暗戳戳地警告了她一番，让她出门小心点。

纪霖洲掐断了蔡嘉禾的电话。

他转过身，看了看正打算离开的小姑娘，她瘦弱的肩膀被寒风吹得轻颤，惹人心疼。

他说："我送你回去。"

也不等她拒绝，纪霖洲道："我答应过婆婆的，得把你安全送到家。"

"不要拿婆婆来压我。"白荔蹙眉，心底多少有气，"如果今天不是你非要出现在婆婆家里，又怎么会发生这样的事情。"

对，没错。

她在怪他。

如此的巧合，她很难不去联想是不是纪霖洲从中作梗。

尽管理智上在强调，这件事不是纪霖洲促成的，但感情上她就是忍不住把他推远，忍不住把罪责都安在他身上，好像这样就能和他划清界限似的。

说完，她也不顾纪霖洲此刻什么表情，转过身就打算离开。

突然手腕一紧，紧跟着她腰间贴过来一股力道，她的双腿都跟着抬了起来。

骤然的失重让白荔惊得低呼出声。

刚被抱起来的时候，她察觉到他左肩有一瞬的无力，让她失衡，不过他很快就调整回来。

纪霖洲神色清淡，并没有因为她刚才的话而流露出什么情绪。

他三步并作两步走到了车前，把她塞进了副驾驶座。

他倾身靠近，替她系安全带。

本就靠得近，他还在她耳边轻声道："你生气也没用，我答应了婆婆，必须把你安全送到家。"

他鼻尖凉凉的，动作间蹭过了她的耳侧。

像是触电似的，白荔忙偏过头。

车内的香气和他身上的味道很相同，她一入座就像是被温暖包裹。

一路上，两个人都没开口说话。

直到遇到红灯，车子停住。

"你很讨厌我吧？"纪霖洲的指腹轻慢地搭着方向盘。

白荔视线挪向窗外，看着人行道形形色色的路人，回道："你这话我听不明白。"

讨厌不讨厌的，现在说也没意义了吧。

那个荒唐的吻也弥补了她只会按部就班成长的遗憾。

他说："又一次出现在你生活里。"

"荔荔，"纪霖洲喊她，"我知道这样说很可耻。"

他眼眸低垂着，长睫掩盖了深处的压抑，语气从未有过的小心。

"能不能再喜欢我一次？"

白荔话少，纪霖洲话也不多。

说爱？纪霖洲除了辜负了她的真心，并没有做出对不起她的事情。

说恨？也谈不上，她不过就是无法再迈出那一步而已。

可就是这样，仍然让两个人陷入了死局，就像是无法打开的结。她没办法说服纪霖洲放弃，而自己也不愿再去尝试，所以这个问题，她只能说不。

"我不想。"她认真道。

纪霖洲半晌没有动作，直到后方的车不停鸣笛催促，他才启动车辆。

白荔余光瞥了他一眼，他偏了偏头，她没瞧清他的神情。只是他紧握方向盘的手稍一离开，上面便残存了些汗渍。

过了很久，晚霞被周遭的山坡所挡，天色也逐渐暗淡下来。

谁能想到呢，侯三他们的事情会闹了这么久，整整几个小时。

"既然你问了我问题，那我也问你一个。"像是想到什么，白荔突然说。

纪霖洲稍一顿，却没敢看过来。

"在知道我有男友后，你突然放弃，是不是说明了你对我的喜欢只是求而不得？"

半晌，像是过了一个世纪那么漫长，她听到纪霖洲说：

"不想在你心里，成为卑劣的人。"

"哪怕煎熬，我也会等。"

他不想插足白荔的感情，如果她真的有喜欢的人，他会等。

晚上，白荔失眠了，她躺在床上翻来覆去睡不着，钟陈怡也醒着。

"今天李阿婆家的事情，吓到你了吧？"钟陈怡逆着光，在她床边的角落里掀开被子，上了床。

"还好，报警以后，警察也让我以后躲着他们些。"白荔说道。

钟陈怡说："你要是真的不愿意待，我们过了年就早点订机票走好了。"

"嗯。"白荔点点头。她缩了缩脚踝，被子掀开，冷空气就像饿虎似的扑了进来。

倏地，话题一转。

钟陈怡背脊稍微挺直，眉梢眼角都带了些试探："今天送你回来的人，是纪霖洲？"

像是为了解释尴尬，她遂摆手掩饰道："我听你二叔他们谈论，说是诚越新来的经理姓纪，我想着姓纪的平时不多见，该不会是纪霖洲吧？"

室内顿时寂静。

其实母亲要是不提，白荔也不想去问她。

可现在她主动说了，白荔便道："是纪霖洲。"

"他送你回来的？"钟陈怡语气严肃了点，"你们之前见过几次？"

"也没几次，碰到了也都是巧合。"白荔说。

钟陈怡像是对她敷衍的答案不满意，连眉头都蹙起来："说没几次，那他怎么还在李阿婆家里，还跟着你们一起去了派出所。嘟嘟，你老实告诉妈妈，你们是不是已经在一起了？"

这话就像是石头惊扰了池面。

白荔诧异地看着钟陈怡："怎么可能？当然没有。"

钟陈怡还是不太信："天底下竟有那么巧合的事吗？我们来了B镇，纪霖洲就跟着来了。嘟嘟，妈是为你好……"

"你既然不信，就没有必要问我了。"白荔平静道，"妈，我真的很想知道，我和纪霖洲在一起，就这么让你接受不了吗？"她语气略带了点讥讽，"甚至背着我偷偷去找他，你找他能说什么？"

"嘟嘟！你竟然用这个口气跟妈妈说话？"钟陈怡跟被雷劈过似的不可置信，像是也生气了，她站起来说道，"是啊，我是去找过他。但我也是为了你好，他根本就不是蔡嘉禾亲生的，就是个孤儿。妈妈能眼睁睁看着你与一个孤儿越走越近？"

"孤儿"这两个字从钟陈怡嘴里说出来，好像是什么十恶不赦似的。

也在气头上，钟陈怡十脆就全说了："你都要高考了，他去给你添什么乱？对，我找他的时候就跟他说清楚了，如果他再敢跟你联系，我就让他登报。"

"猥亵未成年少女，诱拐未成年少女。

"这罪名，他纪霖洲担不起。"

"这些莫须有的罪名，你简直不可理喻。"白荔垂下眼睫，"他是孤儿，我也是离异家庭的孩子。没有人在我们出生前来问问,想不想来到这个世界上。"

"至于高三,我分得很清楚,他给我的只有鼓励,我们的关系也并没有像你想的那样龌龊,发展到那一步。"

气氛剑拔弩张,吵架的声音吵醒了其他人。

钟陈怡仍然固执:"你现在真是长大了,翅膀硬了。"

眼看着越吵越激烈,其他人连忙过来劝阻。

白荔咬着牙,手攥得很紧。

她很少有忤逆钟陈怡的时候。现在特别想哭,那种酸涩的感觉在心里发酵膨胀,像是控制不住要决堤了一样。

钟陈怡也是一出门就泣不成声,家里的几个亲戚都忙过去安慰。

有几个婶婶跑过来,指责地说:"我们都知道你乖巧,今晚这是怎么回事?"

"是啊,这可是你妈妈,就算再怎么吵架,你也不能把你妈妈气哭啊。"

白荔憋着股劲,有些头疼。于是,平日里温和的小姑娘这会儿眼神冷得像冰雪。

她说:"你们可以离开了吗?

"我要休息,既然你们这么想管,这么想插手,去安慰我妈吧。

"你们那一套说教的话,我不想听。"

几个婶婶像是看见鬼一样愣在原地,仿佛不认识白荔般。

倒是白荔吐出这些话来以后觉得心里痛快多了,也不顾几个婶婶还在门口发呆,直接当着她们的面甩上了门。

深夜。

这样的摔门声,足以让人心颤。

那边劝说的声音还断断续续的,白荔闷在房间里。原以为赶走了那群人就能躺下休息,但难过的情绪抑制不住。

翻遍了朋友圈,她点开了江星序的头像。

她问了一句"在吗",对方几乎秒回。

似乎察觉到了白荔情绪不对劲，江星序一个电话打过来。

"睡不着有心事啊？"江星序语气调侃。

电话那边也略喧闹，像是在什么会场，背景里还有悠扬的音乐声。

"嗯。"白荔不知道该从何说起。

"说吧，正好我在参加一个无聊的宴会，"江星序笑，"我来开解开解你。和纪霖洲有关？"

白荔突然默不作声，好像有关，也好像没关。

说到底是她的家庭问题，可她又不想直白地在朋友面前，说家里人的不好。

于是她斟酌着开口："我有个朋友……"

"你说的这个朋友，就是你自己吧？"江星序调侃道。

和江星序聊了一会儿，白荔才知道原来江星序是网络上小有名气的明星。说明星可能有点夸张，但也上过几个有知名度的综艺。

和江星序打完了电话，白荔觉得心里好受很多。

因为在家里住着实在不舒适，她遵从了自己内心，搬出去，去了李阿婆家。她不是没想过订张机票飞回学校，可年关，学校宿舍已经封闭。

好在李阿婆疼她，见她过来高兴了好一会儿。

就这么过了几天，白荔自认为情绪已经平静下来。

直到有天傍晚，李阿婆出去许久没回来，白荔便穿了件外套出去找。

刚转完来到婆婆常走的路口，迎面走过来三个人。他们刚喝完了酒，正嘻嘻哈哈说着什么，脏话跟鞭炮似的一串一串冒出来。

白荔想避开，于是压低了帽檐打算走。

谁知道为首那个男人突然喊住："那小姑娘，你站住。"

最后一丝暮光消失殆尽，四周只剩下无边的寒冷。这时候白荔哪里敢停，甚至在对方喊完以后，她开始跑了起来。

"我说过的吧，别让老子在D镇碰见你。"

几个人人高马大，喝了酒力气就跟使不完似的，一把过来抓住了白荔的帽子。登时，她就被拽到了地上，冬天的水泥地面又冷又硬像冰块一样。

白荔还没来得及起来，就被对方扯住了领口。

"哥几个，我想到一个报复她的方法，哈哈，肯定特别有意思。"

"什么方法啊？哈哈，说出来让我们一起跟着乐和乐和。"

"后山你们知道吗，就埋坟堆的地方，还有个很多年前的破缆车。"

这会儿靠得近了，和对方面对面直视，白荔认清楚了，就是侯三。

侯三和其他两个男人奸笑着商量了几句，当即就捂住了白荔的口鼻，防止她叫出声来，随后不管她的挣扎便一路拖拽着向前。

男人拖拽着她，又捂住了她的口鼻，稀薄的空气从男人的指缝间慢慢流窜进来，而对方粗壮的手臂散发着浓烈的汗臭味儿，在这样冷冽的冬季，仍然蔓延出来难以言喻的异味。

一时间，她呼吸都困难许多，几乎是条件反射地作呕。

走了几步远，到处都可以看见写着"拆"字的危房。

天色已晚，夜幕跟泼了墨似的暗沉，视野也渐渐变得不清晰。

侯三他们虽说没什么文化，可也不是傻子。要真是拖着白荔上了山，这一路稍有不慎就能让这丫头跑掉，毕竟小姑娘看起来可不是什么省油的灯，吓不住。

"阿庆，找根绳子来。"侯三累得啐了口痰，蜡黄的脸都泛起红晕，"这小丫头看着轻，拖起来还真累啊。"

气氛有一瞬的安静。

扑面而来的酒气熏得白荔当即就屏住了呼吸。

她皱着眉，直视着侯三的脸。他醉醺醺的眼眸很是混浊，三角眼向下耷拉着。

白荔警惕地盯着他。

倏地，她察觉到角落里似乎有什么一闪而过，像是个人。

白荔挣扎着，想祈祷对方能够发现自己。但那道人影像是簌簌吹拂的芦苇，很快就消失在黑暗里。

"你今天运气不好，"侯三居高临下地朝着白荔说道，"都说后山缆车那儿闹鬼，今天就让你这个小丫头去试试。"

他说话流里流气，三角眼毒得很，像是淬了寒光。

后山的缆车原本是 B 镇开发旅游观光时用的，结果缆车刚装上没多久就出了事，到现在已经荒废数年，早就没什么人去了……

石坡区笼罩在云层下，一栋栋没人住的旧房阴森恐怖，像是会吃人的鬼怪，让人心底寒意四起。除了这片区域，其他的地方灯红酒绿，还算明亮热闹。

火光亮起，纪霖洲收了手机，他给许博文发了几张图片以后，对方回得也很快。于是他单手摁着键盘打了几个字，他视线稍一抬，迎面走过来一个人影。

男人瘦削，看起来脾气不是很好的模样，他肩膀垂着，眉眼间似有愁云笼着，虽然清瘦但并不丑陋。只是他眼底黯淡无光，像是背负着什么压力，抬不起头。

"你是诚越派来的那个人对吧？"他突然问道。男人的嗓音听起来让人很不舒服，像是砂纸摩擦铁块。

"嗯。"纪霖洲淡淡地看了他一眼，应了一声。

"那个……"男人似乎有点紧张，"你、你认识白荔对吧，她现在……"

纪霖洲眉眼微沉，突然闪过一丝不好的预感。

"她怎么了？你说。"他语气阴沉。

"你还是快去那边看看吧，就在那边。"男人匆忙地丢下了这句话，指了个方向，像是被鬼撵了似的落荒而逃，一边愧疚，一边却又胆怯地哭诉，"我，我真的不敢得罪侯三。"

纪霖洲骂了一声，朝着对方指的方向跑了过去。恐惧一瞬间占据了内心，他不敢想，也不敢用白荔去赌。

手机通信录界面打开，他一遍遍地给白荔拨电话，但无论打了几遍，都是无人接听的状态。

纪霖洲真要疯了。

过了两秒，电话终于打通。

"白荔？说话。"他紧咬着牙，喉咙深处紧到几乎要吐出来。

他在害怕，害怕到几乎全身颤抖。

这是他的错。

一瞬间自责和愧疚席卷而来，让纪霖洲几乎不能呼吸。

白荔原本可以不和侯三这些人扯上是非的，是他的错。

"哎哟，我说这陌生号码是谁的呢，原来是诚越那小子的啊。"侯三的声音从听筒里传出来，像是幸灾乐祸。

"你敢碰她一下，我要你死。"纪霖洲的语气从未有过的平静，但握着手机的手抖得几乎要拿不住。

"威胁我啊？"侯三改变了主意，"不然这样，我用她的命换你同意提高拆迁款的额度，怎么样？这笔买卖你做不做？"

纪霖洲赶到后山的时候，四周都被笼罩在一层阴影当中，叫人看不真切。

天已经完全黑了下来，乌鸦的叫声回荡着，让人不寒而栗。

他其实怕黑，这是自小就有的。而患上幽闭空间恐惧症是上一次车祸之后，当时他为了躲避逆行的货车，连人带车冲进了湖里。狭窄又密闭的车厢，水一点点漫了上来，从胸腔到鼻腔，再到将他完全淹没。

自此之后，手臂的伤像是烙印，怎么都没办法从心底抹去。

薄汗很快就打透了整片后背，他碰了碰手臂那道疤痕，下意识咬着嘴角。直到血腥味从口腔中弥漫，他仿佛才清醒点。

纪霖洲强忍着不适，到了侯三的约定地点，也是亮着光的地方。

唯一一处亮着昏暗光线的地方，就是在缆车起点。

"真来了？"侯三酒醒了大半，拎着根棍子挥来舞去的，"看来这小姑娘对你来说，很重要啊？我在想我原本要提的百分之二十是不是太低了，不如我们再提点？"

纪霖洲冷笑一声，问道："她人在哪儿？"额前的汗打湿了碎发，发梢越加湿黑。

"别急啊，我们先来谈买卖。"侯三说。

纪霖洲固执地问："她人在哪儿？"

"行行行，你自己看缆车。"

纪霖洲视线掠过去，几乎一瞬，他僵硬在原地血液逆流。

小姑娘被绑在破到掉渣的缆车里，表情看不真切，风一吹，绳索便跟着"嘎吱嘎吱"地晃动，缆车还在边缘，没有启动。

没人看得清纪霖洲是怎么动作的，只是停顿了一秒钟，那道人影便像是最凶狠的猛兽，从暗处径直扑了过去。侯三哪里承受得住如此一击，两个人双双滚落下去。

好在那道坡没多长，侯三刚起来，还没等他反应过来便结结实实地挨了一拳，顿时又倒在了地上。

纪霖洲用手肘扼制住侯三的喉咙，一拳接着一拳地打在了侯三身上。

一时间，侯三撕心裂肺的哀号声惊飞了林子里的鸟。

想起来？根本不可能。

旁边那两个人见状还想过来帮忙，可一走近看到纪霖洲凶狠又凌厉的模样，当即就瑟缩地退开。其中一个人耍了小聪明，他直接走到缆车的旁边，一脚将缆车朝着中间踹了过去。

十几年前的旧机器，早就没人维修，齿轮生了锈，一滑动起来就像是指甲划在黑板上，难听又尖锐的声音顿时就盖过了侯三的号叫。

但侯三混了这么多年，也不是吃素的，撕扯间很快就为自己争取了一秒钟的优势，他一边慌张地在兜里摸来摸去，一边伸出胳膊想阻挡纪霖洲不要命的进攻。

寒光闪烁，刀刃上映着浅淡的月光。

白荔咬着绳子，看得真切，侯三拿的是刀！

"唔唔唔！纪……唔唔唔！"离得较远，再加上缆车晃动起来"嘎吱嘎吱"的嘈杂声，饶是她喊破了喉咙，纪霖洲也听不见她的声音。

她只能眼睁睁地看着纪霖洲被刺中了手臂。

突然间，纪霖洲一脚踹在了侯三身上。侯三如死猪般被纪霖洲甩在了一旁。

白荔眼前一片模糊。

她哭了？

可她越是想看真切，越是被雾气阻碍。

她耳边的风都像是静止了，什么都听不到了。

不知过了多久，缆车晃晃悠悠竟然有下滑的架势，白荔一个重心不稳，径直就朝着前面的挡风玻璃撞了上去。她肩胛骨撞得生疼，可这会儿也没空去顾及。

突然间，缆车一沉。

就在缆车快要划向空中的瞬间，一道人影没有任何犹豫地跨了上来。

冷冽的空气里，散过来一阵好闻的沉木香气。可闻到其中混杂着的血腥味以后，她却感觉到揪心的疼。

没人开口说话，白荔抬起头。

她这会儿越是想镇定，眼泪越是汹涌地涌了出来。

半晌过去，纪霖洲靠着座位好一会儿才慢慢走过来，替她松绑，拿掉嘴里的麻绳。

他动作很轻柔，和刚才凶狠的他判若两人。

白荔不知该怎么缓解眼前的情况，只能抱紧膝盖偏过头。剧烈的心跳还没有平复，她不知所措地揪着手指。

停顿了好一会儿，她才问："你的伤怎么样？"

软糯的声音在这样静谧的氛围里，显得有几分胆怯。

纪霖洲抬起手背蹭了蹭脸颊，轻慢道："没什么大碍。"

"那也需要包扎止血吧。"她不敢有什么举动，只能紧握着手心，"我帮你吧。"

"可以吗？"纪霖洲像是受宠若惊，唇边泛起淡笑，"那就辛苦你了。"

月光倾洒下来。

所有的山峦起伏都隐藏在黑暗中。

没有干净的纱布和药，白荔只能从自己衬衣上割下来一块，好在废旧的缆车里有碎玻璃，倒是能当作剪刀用一下。

她凑近了些，坐在纪霖洲身边。离得越近，他周身的气息便越浓烈，几乎让她心慌意乱。

纪霖洲脱了大衣，里面的针织毛衣松松垮垮地套在瘦削的肩上，袖子撸起来，他皮肤白皙到反光。

唯独那一块伤口正冒着血,看起来触目惊心。

白荔小心地替他包扎了一圈,可血渍还是顺着薄薄的布料渗透出来。

"疼不疼?"她感觉她心在疼。

纪霖洲倏地抬起漆黑的眸:"你在心疼我吗?"

白荔脸颊一热,这都什么时候了,他竟然还有心情开玩笑。

没等到她说什么,纪霖洲视线笼着她道:"疼,疼得要命。"

尤其是看到她被侯三扔在缆车里的时候。

白荔一怔,脸颊的热潮顺着耳根蔓延过去。

"疼?疼能怎么办?"她避开视线,磕磕巴巴地道,"那、那你忍一下吧。"

话音落下,纪霖洲轻笑一声。

"你哄哄我,我就不疼了。"

这人到底知不知道什么叫危险啊!

白荔垂眸抱着膝盖,轻呼出一口气,由着白雾慢慢散开。

她出门得匆忙,只穿了很厚的睡衣,不过不是上次见到纪霖洲时穿的鸭鸭睡衣,而是很普通的棉绒款式,灰色没有任何花纹,素净得很。

她抬起手碰了碰鼻尖,鼻头冷得像冰块。

远处,阴影笼着万物,深深浅浅的痕迹连绵起伏,映着月,像是蒙了层纱。其实如果现在情况没有这么狼狈,这么瞧着,倒也是蛮新奇的体验。

纪霖洲闭着眼小憩了会儿,休息得差不多恢复了点体力,他起身把外套脱下来。

白荔内心对他有隔阂,有些事情确实不是一时半会儿能解决掉的。

"窸窸窣窣"的衣物摩擦声在这样寂静的氛围里,格外明显。

白荔很难不去注意到他的动作,于是抬眸瞥了那么一眼。

还没等她看清楚纪霖洲在干吗,视线一暗,温暖立刻就裹了上来。他的外套并不厚重,搭在肩上也显得很轻,熟悉好闻的味道散开。

"你……你把衣服给我,那你怎么办?"她眨眨眼,觉得喉咙发干,说完便舔了舔嘴角,抬手想脱下,"而且我不冷。"

虽然四面都有玻璃挡风,但温度这么低,他那件单薄毛衣看起来也不是很保暖。

她的手背突然被他干燥冰冷的掌心覆盖住,他稍触即离,敛眸说:"你穿着就行。"

纪霖洲低着头没再多说,又将双臂环绕到她身后,把外套裹紧了点。

"那你呢?"

"不用管我。"

白荔微抬头,目光径直撞进了他漆黑的眸里。

对话结束,白荔竟不知道该说点什么。

倏地,来了片阴云挡住了挂在高空的月亮,四周重新陷入了黑暗。

白荔突然有些局促。

白荔默默低着脑袋,过了会儿,她问:"你伤口怎么样?"

"没什么事。"纪霖洲说,"等下回去消毒包扎下就可以。"

"要去医院的吧?"白荔忍不住说道。她发现,纪霖洲这个人对自己……还真是很敷衍的态度。

他掌心突然摁压在快垂落的外套衣角,贴近了些。因为视线黑暗,其他感官就变得格外敏锐,白荔察觉到他温热的呼吸洒落过来,而那道阴云突然散开,月光重新照下来。

纪霖洲靠着窗,视线淡淡地笼着她,眼睫下方投出一道浅淡的阴影。

"我不熟悉路,"他说,"你带我去吧。"

以退为进。

原本以为一趟缆车最多也不过就是半个小时左右转完一圈,可当它坏在中间的时候,白荔觉得自己想得还是太天真。

此时缆车悬挂在高空中,她真的毫无办法。总不能爬上去看看是什么缘故,她唯一能做的就是摸着玻璃窗,内心默默祈祷。

"手机在我外套兜里。"纪霖洲对她说道。稍一顿,他咳了两声,嗓音喑哑,"拿出来给许博文打个电话。"

他存了点别的心思,这样的独处,想多和白荔待会儿。

这会儿也没有其他的办法,白荔只能乖乖照做。

245

她自己的手机早就不知道被侯三扔哪儿去了。

白荔摸了摸，果然在他兜里发现了冷冰冰的方形物体。

她拿出来，发现手机关了机，于是摁下了开机键。

半晌——

"有密码。"手机屏碎了一角，应该是之前他打架的时候磕的。

纪霖洲报了串数字。

白荔一怔，敛了敛眼眸，手指僵硬地停在了屏幕上。

是她的生日。

信号不太好，电话拨了几次都没通。

打了许久，才终于接通。

见状，白荔伸出手要把手机递给纪霖洲。

"你接就好。"他说。

白荔无奈地眨着眼："为什么你不能接？"

"胳膊疼。"纪霖洲颇有点耍赖的意思。

电话那边响起许博文的声音，他语气听起来挺焦急的："老大，你什么情况？我电话打了七八个了，结果你手机关机。"

"许博文哥哥，"白荔深吸一口气，然后开口，"我们现在被困在缆车上了。具体的位置不太清楚，但应该离前面那座山不太远。"

许博文沉默许久，才说："这是什么情况啊，白荔？缆车？怎么你说的话我每个字都听清楚了，组合在一起我就听不懂了呢。"

"怎么说，解释起来有点复杂。"白荔懊恼地揉着太阳穴，"而且纪……霖洲哥哥受了点伤。"

那边又是高分贝的嗓音，白荔稍微把手机拿远了点。

等到许博文平息了情绪以后，她才慢慢地拿近。

"老大早就知道那群人不对劲，已经让公司里去调查了。资料什么都传给我了。"许博文气得直骂，"这帮孙子，真的绝了，真的，我跟你说资料上面，那真是坏事做尽，而且侯三还背着案子呢……"

因为信号不好，一会儿停顿，一会儿没声，他骂人的脏话也断断续续，听起来倒有点搞笑。

挂了电话以后,许博文就帮着报警救人。白荔默默收敛视线,把手机递在纪霖洲手边:"他说警方说了,如果不起雾的话,会尽快上来;但是如果起雾的话,时间就会延长。"

但是,看着天,好像要起雾。朦胧一层阴影笼着下方,逐渐变得看不清。

纪霖洲淡淡地应了声,有些懒散地抬眸:"嗯。"

"我看下你的伤口。"白荔强忍着寒意,雾气慢慢升上来,连玻璃窗都淡淡地起了层霜,一哈气就变得模糊。

纪霖洲没动,像是已经没什么力气。

白荔眉头紧蹙,一步上前,手掌试探性地摸了摸他的额头。

果然有些烫。

"你发烧了。"她眼底划过一丝焦急。语毕,她脱了外套裹紧纪霖洲,"这里既没有药,也不够暖。你现在感觉怎么样,还能坚持住吗?"

被吊在半空中,真的是一点办法都没有,除了硬扛。

"没事,"纪霖洲哑着声说了句,"我休息一会儿就好。"

他扯下外套,手握住了她的手腕,往里面带了带。好在外套足够大,两个人盖着,也勉强能遮住。

白荔没说话,只是默默地靠近了一些,想着两个人靠在一起的话,会暖和一些。她轻咬着下唇,慢慢地、慢慢地抱住了他。

现在这样的情况,她的确不能眼睁睁看着纪霖洲,冷漠不管。

纪霖洲闭着眼靠在她肩上,小憩了一会儿。他呼吸都是热的,却很放松。

"你出国的那天,我有想过去找你。"他说,"但赶到机场的时候已经来不及了。"

那时候纪霖洲还不太理解自己的行为,甚至觉得自己很分裂,一方面主动放弃的是自己,另一方面却忍受不了白荔离开。

那团淤积在心口的闷气像是沼泽,拉着他不停地坠落,无法排解,做什么事都力不从心。连许博文那段时间都嘲笑他说,现在要是打球赛,他肯定会被摁在地上摩擦。

大约是现在的氛围太适合说这些话吧。

他声音很轻很淡，像是对过去的事情娓娓道来，已经没有了当时情绪的波动。

白荔半合着眼，听得认真，没说话。

他可能烧得有些难受，鼻腔闷闷的，连嗓音也逐渐变得不对劲："后来我出国去找你，你一定不知道吧，其实我住在离你很近的地方，想说要不要去打扰你。"

"又怕你不想见我。"

"万圣节那晚我还是去了，递了个卡片给你，你拒绝了。"

"那晚我真觉得自己疯了吧，有病。"

然后他回国。他不再让许博文提起白荔的名字，好像这样就可以把心里那些烦扰的情绪斩断，不需要再思考。

他的哥们儿久而久之都懂，谁也不会再提。

出车祸的那天，他收到了一封来自海外的邮件。

"我曾收到过一封来自海外的邮件，想当垃圾邮件处理的。"他说，"但我没忍心，我想会不会是你发来的消息。"

白荔愣了愣："我……没有。"

"嗯，我知道不是你。"纪霖洲笑着抬手抚过额前的碎发。

两人靠得太近，他的指尖触碰到她，彻骨冰凉。

因为邮件里有几张照片，是白荔和宋辞帆坐在车里，相谈甚欢，两人一起停在了酒店的门口，一起走进去。之后他没避开逆行的卡车，跌进湖里。

解不开安全带那会儿，他不想就那么死了。

他想，他就是死之前也要抓住她问一问照片的事，真的不甘心啊。

那股劲撑着他从车里出来，但受的伤也不轻，在医院住了半个月，连身上也留下了恐怖的伤疤。到现在过了这么久，他已经没有当时的情绪。

因为这些事，他都不需要和白荔去说。

"在教室碰到你那天，我想老天对我还是很眷顾。"纪霖洲咳了两声，"给了我再次碰到你的机会，所以我想试探，试探你对我的态度。"

他笑了笑，挫败道："看来，你真的是很讨厌我啊。"

白荔低垂着脑袋："别说了。"

气氛安静下来，只有纪霖洲不时咳嗽的声音。

"起雾了吧。"许久，他说。

白荔猛地抬起视线，迎着他的目光。一抬一顿间，视线相触。明明烧得很厉害，他眼底却格外亮，像是熠熠生辉的繁星。

她心脏突然跳动得很厉害，像是搅乱了一汪池水。

沉默了半晌，仿佛除了彼此的呼吸声，其他什么都听不见。

窗外的风和下面翻涌的雾气，都被隔绝在外。

仿佛全世界，就只剩下他们两个人。

"我不是讨厌你，"白荔说，"谈不上讨厌的地步，我很早就说过的。"

她的确对他有些生气，甚至看着他吃瘪会有开心的感觉，也有过跟他再也不来往的想法。但这些都基于她害怕自己会再次喜欢他，会重蹈覆辙。

所以讨厌纪霖洲？她真的没有。

她慢慢蜷缩起身体，两个人靠在一起后，的确是觉得暖和了很多。这样的温暖让她心生依赖，可持续不了多久，心底的不信任又冒了出来。

因为越是让她依赖的东西，越会感到患得患失。

白荔有些茫然地说："我只是好像经历了好多事。明明感觉自己还小，但心态好像已经很老成，所以我在想，我这个人的性格是不是没有办法去谈恋爱。"

"注孤生？"她将信将疑地说出这个词。

说完，她自己都无奈地笑了笑。

"纪霖洲，我觉得我很难再去尝试迈开那一步。"

小姑娘仰起脸颊，杏眸澄澈明亮，长而卷翘的眼睫扑扇着。

这好像是两个人从重逢开始到现在，唯一一次温和、认真地在沟通。

在这样的情况下，要想睡着的确不是很容易。

白荔睁着眼，一直看着微弱的光慢慢散开，驱散了山间的浓雾。太阳从地平线升起，天际瞬间像是被水彩染了色。

她稍一动,纪霖洲便醒了。他下意识扣住了她的手腕,指腹贴紧的时候,白荔仍能感到他滚烫的体温。

视线稍低,她看了看被外套遮住的手。他的手指白皙修长,骨节略粗显得很分明,而指甲修剪得圆润干净,边缘泛着光泽。像是察觉到她不再动,他才慢慢松了些。

白荔不算个手控,可还是觉得纪霖洲的手过分好看啊,真的是看一眼就会让人心动的程度。

手机铃声响了好几遍。

纪霖洲被吵醒,抬起下巴垫在白荔的肩上:"几点了?"

"五六点吧。"白荔想,能看到日出的时间差不多是这个点。

他嗓音哑得不行,刚醒过来就咳嗽几声,鼻尖蹭了蹭她:"去接下电话。"

白荔还真是被他这副不见外的态度搞得不爽快,她伸手摸了一圈,掏出手机塞进纪霖洲怀里:"你自己接。"

小姑娘语气很生硬,一字一顿的,带着奶凶奶凶的劲。

纪霖洲被她的反应逗得想笑:"生气了吗?"

这么一笑,就带动胸腔都咳了几声,头也昏昏沉沉。他的烧没退,反而有愈演愈烈的架势,但摸起来确实没有昨晚那么烫人。

白荔故作深沉地昂起下巴:"你读幼儿园时老师没教过吗?"

"什么?"纪霖洲眯着眼,视线笼着她那张干净泛白的小脸,想多跟她说几句话,想多逗着她再理一理他。

白荔瞪他一眼,要不是看在他是病号的份儿上:"自己的事情自己做!"

"好。"纪霖洲抬手轻碰了下鼻头,"我听白老师的。"

白荔:"……我看你烧得不严重,伤得也不严重。"

纪霖洲眉眼稍挑:"为什么?"

"还有力气贫嘴。"白荔小脸一扭,视线避开他。

他凑得更近了些,空气也就显得越发滞闷。

白荔只觉得脸颊泛起热潮,心跳也越来越快。于是,她安慰自己,在经历如此惊心动魄的一晚,本来就很难保持冷静。

电话是许博文打过来的,问情况怎么样。

纪霖洲不耐烦,应付了两声就立刻挂断。

"你离我那么远做什么?"他将手机扔到了一边,这会儿已经恢复了不少精神。昨晚两个人靠在一起睡,比想象中要暖很多。

"热,行了吧。"小姑娘回答得心不甘情不愿。

山间退了雾气,救援队很快也赶到。两个人被救下来以后,纪霖洲很快被送到了医院。而白荔没什么事,去派出所录了笔录以后就赶回了家。

这事被立了案。

纪霖洲也没客气,B镇那群人胡作非为的事,都递交了派出所。

白荔打个车直接到了医院,进去打听了纪霖洲的病房。

今天阳光很不错,暖烘烘地透过窗照了进来。

病房里弥漫着消毒水的味道。

她象征性地敲了敲门,没人应声。

白荔走进去的时候,纪霖洲还在睡。

她顿了一下,也不知道自己为什么一定要过来看一眼。

不过看到他没事,她心里的石头的确落了下去。

没等纪霖洲醒,白荔便走出了医院。

第十二章
那些秘密

日子还是一天天地过,和从前没有什么不同。如果非要说有些什么不一样的话,那就是白荔确定要考研。

她沉浸在忙碌的学习状态,竟然也觉得很充实。

室友们见她学得太忘我,决定罪放松一晚,带白荔去了酒吧。

灯光昏暗,意乱情迷的氛围,仿佛烦恼在这一刻全部抛洒,只有年轻的躯体在晃动。

在如此氛围里,白荔的拒绝在陌生男人眼里倒和欲拒还迎差不多,男人饶有兴致地继续纠缠。

白荔正想说些什么,陌生男人的肩膀突然搭上一只手,轻轻拍了拍。

"不好意思,她是我朋友。"略微熟悉又带着懒散的音调,在音乐暂停的空隙洋洋洒洒地飘过来,"麻烦你让让,挡着我们说话了。"

白荔抬眸看过去,逆着的光影里,许博文神情不明,他单手揣进口袋,身后跟的几个男生,皆是扬着下巴、满脸不爽地盯着这个陌生男人。

见白荔这边人多,那陌生男人尴尬一笑,随后快速地抽身离开。

"难得啊，竟然碰到你在酒吧？"许博文目送着那个男人离开，开玩笑地说了句，"好学生没在图书馆吗？"

白荔看了看不远处的室友们："没，和同学一起来玩。"

但一想，她好像也没怎么玩，倒是闲来无事，在手机上刷视频。

不过许博文口中那句好学生，让白荔想起一个人。纪霖洲第一次见面就这么说过她，不愧是在一起玩的好友。

白荔敛眸，抿起唇，思绪放空一秒。

嘈杂的 DJ 声音再度响起，许博文熟稔地搭着白荔的肩膀，低声道："陪我出去待会。"

白荔一愣："这里不能待吗？"

他语气一顿，眯着眼："我的意思是，单独跟你聊聊。"

酒吧拐角处人烟罕至，被阴影笼着，和方才室内的喧闹形成了鲜明对比。

空气微湿，四周安静下来，偶尔出租车在门口停停走走，白荔停下来以后就用脚尖踢了踢石子。

"许博文哥哥，你要跟我说什么？"她舒了口气，觉得鼻尖湿润冰凉。

"我好像还没有单独跟你说过几句话。"许博文眯着眼，这开场白略微显得生疏。

两人认识怎么也有好几年。

白荔一顿，不知道许博文今晚是什么意思，也没应声，她安静地等许博文接下来要说的话。

"可能我现在对你说他的事，你会很烦。"许博文挠挠头，"但我还是想跟你说说，你不知道的纪霖洲。当然，白荔小妹妹你不想听的话可以走，没关系。"

倏地，白荔抬眸看他。

许博文神情平静，收起刚才的玩世不恭，他很认真，像是笃定了她会留下来听。

"他其实很热爱击剑啊。"许博文说，"高三那时候有个机会能让他重回赛场，让他绝对可以赢下荣誉和赞赏，教练甚至摆明了条件，并且约了周末和纪霖洲见面。

"但纪霖洲没去。他没跟我解释过原因,不过我很肤浅,我觉得是因为你。那天他说他答应了一个小孩要去游乐园,不能让她失落。"

白荔突然觉得周遭一切都很静,静到她只能清晰地听到许博文的每个字,就好像连呼吸声都变得越来越浅,而心脏却在下沉。

"可是,纪……霖洲哥哥的胳膊不是……受伤了吗?"她听到自己在问,语气还算镇定,没有什么波澜起伏。

许博文笑:"换另一只手啊,又不是两只手都出了事。再说如果打比赛的话,总会有办法让纪哥赢,傻不傻。"

"说起来,他手出事还是因为你。和混混打架的事谁年轻的时候没设想过,英雄救美、惩恶扬善。但他做了,为你得罪了那些人,也因此受了伤。"

白荔一愣不知道该说些什么。当年的一些记忆零零碎碎地浮现在眼前,她终于知道蔡嘉禾为什么心痛地指着纪霖洲骂他和混混打架,也知道了黄毛那群人再次碰见她时说的话是什么意思。

竟然是因为她。

许博文从兜里翻出手机给白荔看了张照片。

"这女生就是当初要死要活地追纪哥,其实还真困扰了纪哥挺久。"

白荔瞥了一眼,觉得有点眼熟。然后她突然想起来,这张照片里的女生,是高中假期孟丹曾经偷拍过的。

还因为照片的事,她郁闷了很久。可是,她记得孟丹曾经解释过。

"她不是你的堂妹吗?"白荔怔了怔,困惑地说了一句。

许博文笑:"谁瞎传的谣言,根本不是啊。"

白荔错愕地收回视线,只淡淡地道:"是这样吗……"

"是啊。你知道我们刚进入大学的时候,他拒绝一个女生的告白,那女生问他喜欢什么样的她可以改。他说喜欢小点的。那女生说小多少,他停顿了好一会儿说小个五岁吧。

"年龄怎么改啊,难道塞回妈妈的肚子里等着吗?"

许博文谈起之前的事,神情轻松很多:"说真的,纪哥从小到大都很受女生喜欢,之前他都不理的,我还是第一次听到他这么说。

"他可能自己都没意识到,已经喜欢你很久了吧。"

"从把你带来和我们见面开始,除了你,他从小到大都没带过女生加入我们。"

"不过因为你太小吧,他一直都挺不确定,怕耽误你。"

许博文手揣兜里:"你出国以后他也出国去找过你,但回来就一直不太对劲,后来开车时收到了一封邮件,你知道里面是什么吗?"

不等白荔的回应,他又自问自答道:"你和宋辞帆的合照,一摞。气得纪哥人在医院都差点杀到你家门口,他就是怕你受骗被欺负。

"宋辞帆不是什么好人,接近你也是有目的。他和纪哥有点渊源,宋辞帆他爸想给纪哥留份遗产,所以他千方百计地利用你,就是想刺激纪哥而已。不过纪哥没要那份遗产。"

停顿许久,谁都没说话,气氛稍显沉闷。

街边车鸣声一闪而过。

白荔低着脑袋,掌心攥得很紧:"为什么是今天?"

"嗯?"许博文看不清她的神情,也没听清她说什么。

白荔突然抬了抬下巴:"为什么今天找我说这些?"

有很多次机会吧,只要想告诉她,不必非要选择今天的。

许博文愣了一下,随后笑笑:"你还是跟小时候一样,聪明又可爱啊。原本打算明天约你出来说的,这不是今天恰好碰到了,就跟你说说。

"纪哥出国参加集训了,今天的飞机,估计这会儿人已经在国外了吧。"

白荔不解:"什么集训?"

"击剑啊。"许博文顿了下,"他辞了职,去参加击剑集训。"

"对了,纪哥出国前让我把这个东西给你。"

语顿,许博文从兜里掏了个巴掌大小的礼盒,扔给了白荔。

"刚才跟你说的话,都是我自己想说的。"许博文说,"我也打算换个城市了,明天走。那些话我不说,自己憋着也难受。"

"其实你们两个……"稍一顿,许博文扫了扫头顶的碎发,手揣兜里。

他看着白荔:"算了,以后好好照顾自己啊,白荔小妹妹。"

回去的路上,出租车驶过十字路口,白荔坐在副驾驶座,右侧的信号灯闪得她眼花。

车内安静,之前在酒吧里消耗了大家的精力,这会儿一个个都累得不想说话。

她突然觉得很闷,心口空荡的感觉明显,于是干脆就把车窗摇下来。冷风吹拂过,发丝也跟着贴在了脸颊。

白荔默默把礼盒拿出来,掀开,里面静静地躺着一枚鹿角戒指。

又是一年四月,白荔收到了K大的研究生录取通知书。

而关于纪霖洲,她已经很少再听到谁提起,好像从生活中消失。

年少时激烈的情绪仿佛已经被时间抹平,甚至连她自己都觉得那时候真的好矫情。

暗恋、告白什么的,不过都是你情我愿的事,称不上谁背弃了谁。

不过网上关于纪霖洲的新闻还真不少,一年半载的时间,纪霖洲已经跻身击剑天才选手行列。过往的事拿出来添油加醋地说一说,便成了一篇媒体争相传颂的文章。

白荔也曾在某网站搜索过纪霖洲,那段时间是纪霖洲比赛失利期,白荔也不知道自己怎么想的,脑袋一热换了个微博小号跑去给纪霖洲留言鼓励。

消息发送过去以后,她心狂跳了好一会儿,又有点后悔。

但想撤回已经为时已晚,所以她只能安慰自己,是微博小号没关系。

再说,纪霖洲也不一定看得到。

又半晌。

还好是微博小号啊!

女孩子为什么有这么多奇奇怪怪的纠结?呜呜呜。

对于白荔考上了研究生,室友们完全不意外,只兴冲冲地嚷着要庆祝。毕竟以白荔的学霸能力,要是落榜了,那才叫人奇怪。

其实到了大四下学期，宿舍里早就变得很空旷也没什么人气。大家能聚在一起的时间并不多，所以也是借着替白荔庆祝的由头，几个人出去吃顿饭。

这顿饭吃完，又是各自忙碌。

林曼欢和孟碧妮签了工作，王嘉也从宿舍搬了出去。

毕业离校的那天，最后走的人反而是白荔。她把宿舍打扫得一尘不染，拍了张照片发到了群里，然后关门离开。

对白荔来说，研究生的生活和大学期间也没什么不同——全天的课，周末的实验和定期的论文研讨。

时间过得也快，日子平淡却并不乏味。

自从白荔上了K大以后，钟陈怡像是终于认识到什么问题，不再给白荔施压，反而时不时打电话来嘘寒问暖，关怀备至。

室友群仍旧活跃，王嘉在群里一边羡慕白荔的学校生活，一边吐槽奇葩上司的迷惑行为，总之每天消息都能"99+"。

而江星序则是每个周末必须要来K大找她的，吃饭逛街购物。

白荔自己也觉得奇怪，这么多年过去，她竟和江星序成了很好的朋友。

省重点高中的校庆活动给白荔发了邀请函。

白荔想去，也顺便借着这个机会放松心情。

这一趟行程并不麻烦，机票、住宿、餐饮全都由高中学校负责人一手包办。对方在电话里直言，她只要来个人就行。

反正怎么看都觉得划算。

因为校庆活动从彩排演练到真正举行的那天，约有三天左右的时间，所以校方在安排活动之外，也给了充分的休息时间，让白荔他们可以随处去逛逛。

从快餐店出来，白荔就赶去了学校的礼堂。

傍晚的夕阳洒落余晖，校园里弥漫着很淡的橘红色。走在每处角落都让她觉得既熟悉又陌生。

晚风清凉，触景生情，回忆轻而易举地涌出来。

其实还是有很多值得怀念的,毕竟都是人生的组成部分。

念了研究生以后,哪怕年龄比同届的同学都小几岁,但她总觉得自己好像已经……步入成熟、波澜不惊。

除去不算愉快的高三时期,高中生活对她来说依然很珍贵。

彩排就是走个过场。毕竟四十周年校庆活动这样的事情,提前演练还是有必要的,白荔在群聊里看到了彩排的单子,足足有几十项那么长。

到了晚十一点,最后一项活动是烟花盛典。

想到夜幕里的绚烂,白荔便隐隐存了些期待。

大概不是正式活动的关系,人来得并不多。一进门,视线立刻就暗了下去,场内空了大半的座位。白荔瞄了一眼,有几个男人正在舞台侧边调整着灯光,其余的人则是坐在自己的位置上玩着手机各忙各的,略显冷清。

彩排很快开始,来的人都是知名校友,他们拿着稿在舞台上走了个过场,主持人偶尔会打趣两句活跃一下气氛,惹得现场传来低低的哄笑声。

白荔坐在位置上看了一会儿,很快就忍不住想打哈欠。场内的温度偏高,暖风吹拂下来,竟让她感觉有些困倦。

没五分钟的工夫,她眼睛便微微眯起来,容色懒散。至于舞台上发生了什么,她也都是左耳朵进右耳朵出。

"接下来,是曾在我校击剑训练队刻苦训练,如今已经享有名誉的世界级著名击剑选手 Jonas。"主持人没抬头,就盯着稿念了出来,旁边有个人嘀咕了句:"Jonas 今晚彩排不出现吧……"

话还没说完,负责人忙在下面打了个手势,示意主持人看向旁边。

所有人目光"唰"地被正缓慢走上舞台的人所吸引。

于是,主持人立刻改口欢迎,并开始念着稿子介绍。

白荔的座位离舞台很近,场内惊叹时,她也刚巧抬起眼,所以清晰地看清了来人。

气氛瞬间凝滞。

她想让自己移开视线,却怎么样都没办法做到。恍惚间,仿佛耳边什么都听不到,听不到主持人啰唆的废话,也听不见麦克风"嗞嗞嗞"的电流声,场内的轰动被隔绝在外。

世界变得安静,她的呼吸也变得迟缓。

而舞台一侧的男人穿着西装,领口一丝不苟地扣紧,肩直且宽。

他迈开步伐,单手揣进裤兜里,神色散漫慵懒,鼻梁恰到好处地架起一副银色边框的眼镜,斯文禁欲。

许是他气场太强,连主持人都忍不住愣了几秒才反应过来。

"纪霖洲。"

"是纪霖洲。"

"啊,Jonas 彩排真的来了哎。"

周遭议论声已经越来越响,慕名而来的女生们都变得有些躁动。

白荔稍一顿,攥紧了手心。

她吸了口气,垂下视线,鼻息间有微微凉气流转。

观众席瞬间沸腾,叫好和口哨声持续响起。

彩排而已,这些小插曲都不算什么。越来越多的人找好了座位,就连座位过道的两旁也站着不少人。

纪霖洲薄唇轻抿,视线触及观众席。除了舞台明亮的灯光,下方都被阴影笼着。

人头攒动,前几秒还稀疏的场内这会儿已经坐了七七八八。

他视线越过人群,落在了前排的小姑娘身上。小姑娘低垂的脑袋显得十分可爱,让人移不开目光。

人群里,他一眼便能看得到。

她一副心不在焉的模样,也没抬头。

许久没见,她依旧像是对他没什么兴趣。

纪霖洲抿唇,收回视线。

彩排结束以后,白荔几乎没等其他人动,就率先站起来朝着门口走出去。

校园里石砖路铺得不平,白荔疾步走了很久才慢慢停下来,弯腰扶稳

膝盖。

天色已晚,校园内的路灯亮起来,影影绰绰地交织。

倏地,旁边路过的学生们突然朝她投来注视的目光,似是好奇。

白荔一愣,下意识回过头。

纪霖洲站在不远处的路灯下。

他正双手插进口袋里,眉眼稍抬舒展开,眼眸清亮,薄唇勾着似笑非笑的弧度。

"好久不见。"他说。

第十三章
好久不见

——"好久不见。"

校园小路，路灯投影而下。

白荔和纪霖洲隔着不远的距离，一前一后。

这句"好久不见"倒像是穿过岁月，慢慢而至。

如今的纪霖洲已经成了击剑运动里炙手可热的新星，其实白荔还挺为他感到高兴。毕竟在高中时，进入击剑队一直都是纪霖洲的梦想，他也为此付出很多。

白荔很喜欢那个阶段的他，肆意而张扬，充满少年特有的瘦削和活力。

不过前提是，他们在现实生活中都不会再有任何交集的情况下，她会满怀祝福。

但很明显，次元壁被打破，充斥而来的只有说不清道不明的尴尬。

时间过去这么久，这些日子里白荔想了很多。

她现在已经长大，当然和以前的思维不同，比从前更加成熟，思考的方式也更全面。

其实从一开始她喜欢纪霖洲、从他那里获取所谓的安全感时，好像心里

就没有留给他说拒绝的权利。

她固执地以自己为中心,将纪霖洲这个名字死死地圈进了界限内,不容许他逃离,甚至还一直秉持着只要她足够努力就能和他在一起的信念。

那个时候,她不仅完全没有考虑到纪霖洲不喜欢她的可能性,甚至还会因为他将自己看作是小孩子、是妹妹的角色而生气,所以当初他用冷漠的态度对待她时,她一度无法接受。

可现在想想,她确实没有什么立场去讨厌他,他没有给过她肯定的承诺,是她自己幻想了美好的一切罢了。

深仇大恨是没有的,相反,她的很多温暖都是纪霖洲给予的。

白荔顿了顿,然后抬头看向纪霖洲:"嗯,好久不见。"

校庆过去了一段时间,白荔回到 K 大以后又恢复了三点一线的生活。

唯一不同的是,她的生活里多了一个人,一个根本没有经过她同意与否就出现在她生活中的人。

月中的时候,江星序带白荔参加了个小型的慈善会,白荔也顺利和信义集团的老总进行了洽谈。说起来,她一直对信义集团很感兴趣,毕业也有意向去投投简历。

没想到过程很顺利,信义集团的老总也留了实习的职位给她。

到了月底,白荔忙完了导师交代的事情,便开始着手信义内部的工作。

忙得时间突然像是不够用,她恨不能分出两个自己。这样一来,纪霖洲自然要被她遗忘在脑后,于是这段时间纪霖洲就开车到 K 大,然后拽着她去吃饭,而且还很严格地看着她每天三顿饭一顿不落。

"你现在太瘦了,来阵风都能把你吹跑。"纪霖洲拧开鲜奶瓶盖,递过去。

白荔一边回复着工作群里的消息,一边心不在焉道:"哪有那么夸张。"

纪霖洲眯着眼看了看她:"忘了你之前胃痛到要去医院的事情了?用不用我带你复习一遍,嗯?"

他似乎有点生气,语气稍冷。

"唔。没忘。"白荔吐了吐舌头,她到现在还记得那次恐怖的胃镜,一想到就感觉背脊冒出来一阵冷汗。

话音落下,她接过鲜奶喝了好几大口。

不过说实在的,如果没有纪霖洲每天跑过来看着她吃东西,估计她也就吃一顿饭吧。

相处了一段时间,纪霖洲要去日本打场比赛。

临走前他在学校门口问白荔,有没有什么想要的东西。

白荔也不知道怎么想的,突然记得童话故事里辛德瑞拉的父亲要出远门,曾问辛德瑞拉需要带什么东西回来,她要带的是父亲回家时蹭过帽子的树枝。

于是她一本正经地回复道:"那就把你在日本看到的第一片樱花带回来给我吧。"

纪霖洲停顿许久,黑眸敛了敛,半晌才笑着揉了揉她的脑袋:"好。"

"所以,你终于想开要认我做父了?"纪霖洲散漫地笑笑,视线笼着她舍不得移开。

这么一走就是大半个月的行程,要很久都看不到她。

白荔不满地摇头道:"不要瞎说好不好。"

纪霖洲也不在意她的小动作,只是笑:"你要的东西,不就和灰姑娘向她爸爸要的东西差不多,嗯?"

纪霖洲出国了,日子也是一天天照常进行。

可是,白荔突然感觉心里空了一块,就像是极为不习惯似的。但即便是如此,她也没有主动跟纪霖洲说过一句话。

她的性格就是这么别别扭扭,如果和她谈恋爱的话,应该也会很累吧。

不过纪霖洲倒是不怎么在意,照常跟她说话,还拍了要给她带的樱花。他用树脂封存住,这样能保存得久一点。

比赛那几天,白荔就是再忙,也会准时准点地等候在电脑旁边。

看纪霖洲打比赛比她亲自上阵还要紧张,几乎都是吊着一口气看完。想看他赢,想看眼前的少年永远意气风发。

前几次的小组淘汰赛,纪霖洲发挥还算不错。

哪怕面对日本非常有名的老牌选手时,也依然在一分钟内将其淘汰。几

天下来，他倒是未尝败绩。

白荔慢慢地放心下来。

淘汰赛的那天，白荔正在食堂吃面。

食堂悬挂的电视突然播放体育频道赛事，刚好是纪霖洲的那一场。

她一顿，手里的筷子差点掉在了地上。

因为食堂人还蛮多的，渐渐越来越多的学生聚集过来。

一轮淘汰赛三局，每次比赛是三分钟，休息的时长为一分钟。

可今天不知道怎么回事，纪霖洲几乎节节败退，食堂内响起了唏嘘声。

比赛结束，电视换了台。白荔说不出自己是什么感觉，只觉得心脏好像被什么东西堵住，疏散不开。

明明难过的人是纪霖洲，她却好像感同身受似的。她几乎下意识就拿出手机想给纪霖洲发个消息。

可一想，他这时候应该刚结束比赛，还不能看手机吧。

剩下的几口饭她有点吃不下去，拿出手机刷了好几遍相关博主的微博。

很快，击剑博主就发布了这次的比赛视频，包括赛后采访。

白荔点进去看了一眼。

记者们把赛场门口围堵得水泄不通，无数的话筒和闪光灯拥了上来。

而被围堵的纪霖洲没什么表情。

可他越是没什么表情，白荔反而越感觉到心疼。

视频里没看清是谁推搡了纪霖洲一把，他不耐烦地看向了对方，这个眼神被有心的记者无限放大，甚至扯开嗓音开始"叽里咕噜"地说着什么。

总之从语气和微表情看，这些记者对纪霖洲的印象并不友好，显然是为了大肆宣扬他的失败，甚至不少记者露出嘲笑的嘴脸，可一面嘲笑，一面又恨不能把话筒塞进纪霖洲怀里似的。

到这里，视频结束。

纪霖洲锦标赛失利的新闻国内也登了会儿热度，不过没什么反响很快就降了下去。

比赛结束许久之后，当天晚上白荔才收到了纪霖洲的消息。

他说话的语气似乎没什么变化,也没受这次比赛失利的影响。可白荔还是能感觉到,他不开心。

又过了一阵子,离纪霖洲说好要回来的日子大约过了三天。

白荔接到了一个陌生的电话,她接通以后才知道对方是纪霖洲的助理。

"我叫艾伦。"男生似乎挺爽朗健谈的,和白荔说了没三分钟的工夫就混得很熟,扯东扯西聊了半天,他才切入正题,"你现在方不方便来一下我们基地。"

"嗯?"白荔困惑,"我吗?"

"是啊,我老大这两天情绪不对劲,大家都怕他受打击。"艾伦接着说,"你可能不知道具体情况,他这次淘汰赛遇到的对手是日本刚刚崭露头角的新人,而且是被伤害性不大,但侮辱性极强的打法给淘汰了。媒体对他的报道都是负面的。"

白荔闷闷地听着,没说话。

只是对方每说一句,她的心就沉了一分。

"那他现在怎么样?"斟酌了一会儿,白荔才小声问道。

艾伦叹了口气,一向健谈的他这会儿也满脸愁云:"还能怎么样,把自己关在练习室疯狂练习,而且还两只手轮换着来,他胳膊本来就有伤,左胳膊长年累月练习也有旧伤,这么下去,我真怕人都废了。"

白荔紧蹙眉头,已经想到了艾伦描述的画面,心突然揪起来似的疼了一下。

"我现在就过去。"

还是没办法吧。

还是会喜欢他吧。

既然喜欢,那就去做。

这是纪霖洲曾经跟白荔说过的话。

嗯,她现在当真了。

白荔买了机票凌晨三点多赶去了纪霖洲的训练基地。

出来迎接她的,就是电话里自称是艾伦的男生。他看起来个头不高,年

纪也不大,像是刚刚毕业的大学生。

一见面,艾伦很熟稔地挽着她的胳膊,一口一个姐姐叫得挺亲热的。在得知白荔和他差不多大时,他面部表情扭曲了一会儿。

艾伦把她领到了基地训练室的门口,朝着她努努嘴:"喏,老大在里面。"

突然他压低了声音:"他不知道是我把你叫过来的,千万不要出卖我。"

白荔点点头,透过门缝可以看到,纪霖洲对面的陪训人员已经累得满头是汗,可纪霖洲仍面无表情,就像是只会训练的机器似的,他固执且认真,丝毫不顾及额前覆满的汗水。

还是陪训人员瞥见了门外的白荔,才像是卸下重担似的,看向白荔的目光简直就跟看到救世主差不多,几乎快要两眼发光。

陪训人员立刻比了个暂停的手势,示意纪霖洲去看门外。

纪霖洲看过来的一瞬间,两人的视线隔空撞了个正着。

白荔拘谨地攥紧了手心,她好像还是第一次,这么光明正大地渗透到纪霖洲的生活里。

紧张感莫名而来,无处安放。

一时间,她都不知道该不该打个招呼。

纪霖洲发梢湿黑,脱掉了护胸,才慢慢地走了过来。

"过来怎么没告诉我一声?"哪怕他承受了很多,但面对白荔的时候,声音温和得跟什么似的,"这么晚,我可以去机场接你。"

他走得近了,白荔才看清他脸颊上的汗水正顺着发梢滴落,眼下也泛着淡淡的瘀青,似乎很久都没有休息好的模样。

而旁边的陪训人员和艾伦哪里见过纪霖洲如此温柔的一面,差点不敢置信。

这人是他们老大?

刚刚说话的,是纪霖洲身体里的另一个灵魂吧!

旁边站了两个碍事的人,纪霖洲眉骨稍抬,漆黑的眼眸刚划过艾伦,对方立刻识趣地跑出了十丈远,一边跑还一边不停地回头看。

"没关系。我听……"话刚出口,白荔想到艾伦刚才嘱咐自己的事情,于是她立刻改口道,"我看了新闻,担心你状态不好,所以过来看看。"

对她的说辞,纪霖洲不太相信。

不过她能来,他就已经很开心了。

其他什么都不重要。

"饿不饿?我带你去吃点东西?"他问。

白荔摇摇头:"你是不是很久没有好好休息了,我看你眼睛下面都有瘀青。"

"我没事,你不用担心我。"纪霖洲试探地牵过她的手腕,见她不抵触以后,才慢慢地握住,"我只想知道你很好就可以。这段时间我不在,你有没有按时吃饭?"

他的掌心略潮湿,手指关节很粗很宽,握住她的时候,她的小手完全被包裹。

"嗯,当然有好好吃饭。"白荔软糯地说。来的路上她没有想那么多,可这会儿面对纪霖洲,她却害羞了,感觉自己确实好主动,大半夜就跑了过来。

"我给你邮的东西,收到了吗?"纪霖洲问她。

白荔想了会儿,意识到他是在说那枚樱花花瓣,便笑笑:"收到了。"

"喜欢吗?"

白荔歪着脑袋,也不吭声。

纪霖洲凑近了些。

"喜不喜欢?"

"喜欢……"

她声音小得跟蚊子似的,纪霖洲笑:"干吗那么小声,好像我强迫你说违心话?"

"没有呀。"白荔垂着脑袋,不知道为什么,她感觉站在这里和纪霖洲聊天,为什么会感觉有些羞耻,好像和他确认了某种关系似的。

不过,现在跑过来的举动也说明了什么吧。

她喜欢他,也在意他。

视线碰上,白荔又快速地低垂目光。

"你现在还要继续练习吗?"想到这次过来的目的,白荔问他,"你的手不是有旧伤,这么高强度的训练,会适得其反吧。"

"嗯？旧伤是在右手。"纪霖洲笑了笑，难得片刻喘息温存的时候，他视线真的一刻也不想离开她，指腹磨蹭着她的指缝，把玩得爱不释手。

白荔一着急，突然说漏了嘴："可是你的左手不是也有旧伤吗？"

"有，不碍事。"纪霖洲眼眸微敛，对自己一副丝毫不上心的态度，"你现在饿不饿？"

他唯一关心的事情，好像只有她，他自己的身体倒一点都不在意。

不知道为什么，白荔对此竟然感觉有些生气。

"我不饿。"她带了点脾气，故意唱反调似的说道。

纪霖洲笑，哪怕这会儿白荔跟他闹别扭，他都觉得可爱："怎么了，生我气了吗？"

"对啊。"白荔抽回了自己的手，"我是有点生气，我生气你为什么对自己这么不在意。难道一次的失利就能代表以后的比赛吗？"

"谁又不会有失利的时候呢？"

"可是像你这样自残式的训练，伤到了身体，除了亲近的人，还有谁会心疼你。"

"被别人淘汰掉，那就争取下一次比赛的时候赢回来啊。"

"哪怕你这次失败被淘汰，那又怎么样，我还是会支持你的啊。"

白荔在气头上，想也不想地说出来这样一堆话。

"所以，振作起来好不好？"

"那你呢？你是我亲近的人吗？"纪霖洲问她，"你会心疼我吗？"

白荔没答。

半晌，她才认真地道："我会。"

话音落下，白荔突然被抱进了温暖的怀里，她一身寒意在这一刻全被驱散。

稍一停顿，白荔从包里拿出来一瓶运动饮料。

纪霖洲看到饮料时愣了一秒。

"上一次你打篮球赛的时候，我想给你加油。"

白荔慢吞吞地说："这一次也是。"

说完，她把运动饮料递给了他："哥哥，加油。"

纪霖洲接了过来，错愕之后说道："我一直欠你一句对不起。"

"嗯？你是说什么事情？"白荔摆摆手，"如果是那件事的话，不重要了。"

相反，她觉得现在的状态，才是和纪霖洲在一起最好的状态。每个人都做着自己喜欢的事情，可以聚，也可以分开。不会太幼稚，可以成熟地维护好彼此之间的关系。

"这句对不起，是我不该伤了一个小孩的心。"

纪霖洲缓慢地开口："它太珍贵，我应该好好保护。"

"让它失望了。"语毕，他的指腹抚过白荔的脸颊，蹭了蹭。

"唔……"白荔也不知道该在这个时候说点什么，她没谈过恋爱，根本不懂所谓的调情是什么样子，只会傻傻地站在原地，想着措辞，"没、没关系啦。"

下一秒，他的指腹上移，轻而易举地触碰着她的嘴角，像是在故意地逗弄，他有一下没一下地摩挲着。

他的薄唇覆盖上来，和之前那次接吻的感觉完全不同，这一次极尽浪漫。

白荔仍是新手，根本不懂如何迎合还拒，哪怕心口的燥热挥之不去，她还是笨拙地紧闭着嘴巴。

"张开。"他嗓音几乎低不可闻，一瞬间哑得不像话。

纪霖洲将白荔压在了门口，他握住她手的手紧了紧，手指伸进了她的指缝间，紧紧贴合，又完全摁在了门框上，让她动弹不得。

白荔还处在茫然的状态，连呼吸换气都不晓得。她没听懂他的意思，水润的杏眸像是抹了蜜似的，湿漉漉地看着他。

纪霖洲视线笼着小姑娘动情的模样，他屈指握住了她的小手。

慢慢地，白荔软软地握了回来。

他俯低，在她耳边喃喃道："我知道不会每一段暗恋都能守得云开见月明。可我知道你会，因为我爱你，永远爱你，此生至死不渝。"

"对了，我突然想起个事要问你。"

纪霖洲眉眼稍抬，心不在焉："什么？"

"许博文说你曾经出国去找过我，你是那个小丑吗？"

她的话说得很笼统,但纪霖洲却听懂了:"是。"

"可是我在宋辞帆家里也见到过小丑的服装。"

纪霖洲黑眸突然沉了沉:"你去他家了?"稍一顿,他不轻不重地咬住了她软嫩的唇瓣,"所以你误会了吗?"

白荔愣住,想了想,突然轻笑:"没有。"

她埋在心里喜欢很久的人,一眼便能认出来。

番外一
情敌危机

除夕夜前,白荔申请了调休。

七天年假再加上调休的时间,算起来有足足小半个月的空闲期。

正巧纪霖洲日本赛事结束,工作也都暂停。还在飞机上的时候,他给白荔打了通电话,两人便约着回了B镇。

白荔对老家的亲戚倒没什么情结,只是李阿婆年底的时候联系了她,说是自己的小孙子今年也回来,便想着叫她一同回去聚聚。况且钟陈怡也在B镇,她还是要回去的。

不过她还没来得及和阿婆说纪霖洲的事情。

李阿婆年事已高,却也惦记着白荔,自从家里安了电话以后,总是时不时要联系白荔。于是,她不好推辞,加上到了年底思乡情绪重,她便一口应声。

李阿婆的小孙子肖清骏是镇上曾经的风云人物,虽然白荔早早地跟随着钟陈怡离开这里,但在B镇生活的时候,也和肖清骏有过几次交集,说他们是青梅竹马倒也行。

肖清骏属于典型的"别人家的孩子",比白荔小小年纪跳级的传闻还要稀罕很多——三岁识千字,五岁通诗书,十岁就跟着爸妈出国闯荡,十五岁

考上国外顶尖学校。自此以后便一直在外发展,很多年都没有消息。

之前白荔还听李阿婆念叨过。

李阿婆的儿女都在国外很多年没回来,她一个老人家也怪孤独的。

飞机穿过层层云雾,边缘被霞光照亮。轻缓的提示音响起,白荔撩起额前的碎发,看向窗外。这两年B镇的建设好了起来,从机场有直达B镇的大巴,倒是节省了不少时间。

落地时已经是傍晚,白荔在车站附近吃了碗面,店铺的门面不大,窗户上还贴着窗花,写着招牌"牛肉面七元一碗",真实惠便宜。

汤面的香气顺着门缝散出来,在冰凉的空气里弥漫着丝丝缕缕的暖意。

冬天冷,除夕夜前街道两旁都是忙碌的人群,行人们神色匆匆地低头快走,仿佛生活里有忙不完的琐事。不过街道上张灯结彩的,看着也有几分年味。

难得从信义集团的工作中抽出时间来放松,白荔连手机都不想看,她手揣进兜里,等面的工夫打量起路过的行人。

她已经不记得自己有多久没回这里,上一次回B镇的时候,还和纪霖洲一起被困在缆车里,吊在了半空中。

那晚,她好像敞开心扉和纪霖洲说了好多的话。

白荔微敛视线,低垂的目光刚触及桌面,只听铃铛"叮"地响了一声。

她顺着门口的方向看过去,进来的男生举手投足间很是妥帖,简单的黑色外套搭配了深灰色围巾,带着股高干子弟的气势。

门店小,男生一进来瞬间就显得更加拥挤,两边的过道仿佛都变窄不少。

"牛肉面,加辣不加葱花。"男生盯着墙上的菜单,随口点了餐道。

话音落下,老板探出半个脑袋:"在这里吃还是打包带走?"

稍一顿,老板自己也看出没单独的空位置,便说:"在这里吃就和那个小姑娘拼一下座位好啦。"

男生没应声,但坐在了白荔的对面。

白荔从他摘掉围巾的动作一直看到他脱掉了外套,这一套程序行云流水。

"可看够了?"男生放好了围巾,才双手交叠垫在了下巴处,视线直接而坦然地望过去。

白荔脸颊"唰"地一热,多少觉得自己有些不礼貌,便忙拿起手边的水瓶掩饰。

下一秒男生却接着说道:"你很面熟。"

"嗯?"白荔不懂他的意思,"你不面熟。"

男生笑笑:"我是肖清骏。"

嘶!白荔怔了怔,原来世界上真有这么巧合的事情。

现在看起来面熟多了。

和肖清骏在同一家面馆里吃饭,是白荔没预料到的。

"奶奶给我看过你的照片。"肖清骏眉眼上扬,他笑起来的时候会有些意气风发的味道,仿佛没什么事能难住眼前的少年,"有时候奶奶在电话里十句有八句都在说你,她很喜欢你。"

"婆婆人很好,"白荔笑笑说道,"我也很喜欢婆婆。"

面的分量很足,上面铺满了一层薄厚适中的牛肉,再加了不少翠绿的葱花点缀,看着就让人食欲大增。

肖清骏又说了几句什么,白荔跟着回了两句。她饿了一路,这会儿心思全在这碗热气腾腾的牛肉面上,因此回得心不在焉。

手机适时地响起,她从口袋里拿出来看了眼,是纪霖洲打过来的,想来这个时候他应该要转机到这边了吧。

顾着店内气氛很静,白荔压低了声。

"你已经到了吗?"纪霖洲那边声音很嘈杂,听着像是刚从机场出来,嘈杂声络绎不绝。

白荔咽了口牛肉,浓郁的汤汁在口中弥漫,软烂却又耐嚼。她含混不清地说:"嗯,不过还没上大巴,在这边的牛肉馆里。"

"饿了吧。"纪霖洲笑笑,"再等两个小时我就能见到你了。"

他说:"太久没见,想你了。"

也不知是确立关系以后的态度转变,还是纪霖洲本来的性格就是如此,白荔觉得他现在随口便能说出肉麻情话,和从前拽得二五八万,动不动就喊她小屁孩的哥哥简直是两个人。

而且最重要的是,她还没有习惯两人之间突然如此亲昵。

"唔。知道啦。"白荔脸颊一热，碍于还有其他人在场，她也没好意思说别的。

"你不想我吗？"电话那边又不紧不慢地跟了句，纪霖洲似笑非笑地扬了扬尾音，好像有点不甘心的意思。

白荔差点被面汤呛到，磕磕巴巴地咳嗽了声，想要义正词严，说出口的话却软得和什么似的："应该想了吧。"

"什么叫应该。"纪霖洲说得随意自然，懒洋洋地道，"是该收拾收拾你了。"

他嗓音轻慢懒散，别有意味地笑。

"嗯？"白荔显然没理解到他话语里的深层含义，搭了腔以后才后知后觉察觉到。

她红着脸应完，就卡在了那里不知道该说什么才能转移话题。

两人沉默的间隙，电话里嘈杂的"窸窸窣窣"声也跟着停了下来，仿佛能听见对方的呼吸。

好在纪霖洲也没想逼白荔太紧，又嘱咐了几句便准备上飞机。他刚到国内要转航班，折腾来折腾去，确实要比她麻烦很多。

最开始白荔征求纪霖洲意见的时候，有说李阿婆想让她回 B 镇的事情，其实她现在和白军也不怎么来往，思来想去唯一能被称为家的地方，好像也就只有 B 镇。

但若是纪霖洲想先和她碰面，白荔也考虑回 B 镇的时间再晚上几天。

结果纪霖洲听完打算和她一起回来，说是很久没看到李阿婆，想去看望看望她老人家。

其实白荔心里清楚，纪霖洲知道李阿婆对她的重要性，所以想亲自来和老人家承认这段关系，让婆婆放心而已。

挂了电话，白荔突然察觉到对面的注视。

肖清骏挑眉："男朋友。"

他用的肯定句，显然对答案不怀疑。

白荔点头："嗯。"

虽然她和纪霖洲确认关系没有多久，但男朋友这个头衔确实应该给他。

气氛略微凝滞一瞬。

肖清骏突然笑笑:"你知道婆婆这次找我回来,是因为什么事?"

"这——我怎么会知道。"白荔蹙了蹙眉头,开玩笑地说道,"总归不会是与我有关吧。"

她现在在职场工作的时间也长了,说起逗趣的话也不会觉得别扭。

又是一瞬的沉默。

肖清骏看着她,漂亮好看的眼尾稍微扬了扬,仿佛在看什么有趣的化学反应。

他仿佛在说:是啊,就是和你有关。

这下白荔真的吃不下去了,哪怕碗里的牛肉面再怎么香气扑鼻,她也无法动筷。

"很意外?"肖清骏一本正经道,"我这次回来是相亲。"

这让白荔怎么能不意外,就是给她一百个备选答案,她也猜不到才华横溢、年轻有为的肖清骏沦落到需要回到老家相亲的地步。

"奶奶跟我说,她很喜欢你,今年最大的愿望就是让你做她的孙媳妇儿。"肖清骏眼角带笑,"所以我回来实现她的愿望。"

在两人停顿的间隙,老板已经把肖清骏的牛肉面端了过来,放在他面前。

肖清骏拿起筷子,吃饭的姿势慢条斯理,但让看着他吃饭的人格外有食欲。

这里的牛肉面分量足,一碗面下肚,就已经是八九分饱的状态。

他吃饭的习惯比较特殊,不说话也不刷手机,只专心地吃东西。

大巴来了一趟又一趟。

白荔在十分钟前就吃完了,只是她犹豫纠结要不要等一等肖清骏。

等吧,好像显得她对肖清骏也有好感似的。

不等吧,两个人又是同一条路线,到时候在阿婆家里碰面只会更尴尬。

"你着急吗?"肖清骏问她。

白荔愣了愣:"嗯?"

"不着急等我一起。"他说。

行吧,他已经替她做了选择。

走出面馆已经是下午六点多。

空气微凉，冷得白荔鼻尖都泛着红。她轻轻呼口气，就能看见白茫茫的雾气氤氲在四周。

在车上的时候，白荔一直望着车窗外，她旁边坐着肖清骏。

两人相对无言，一路沉默。显然肖清骏也没有要找什么话题的意思。

路程很快，四十分钟左右就到了 B 镇的市中心，总算结束了这段尴尬沉默的旅途。

冬季里入夜，广场上的人都少了，只有零星几个人包裹得严实在遛狗。

白荔和肖清骏几乎是一前一后地往家里的方向走过去，他们同处一个小区家属楼，李阿婆的位置离钟陈怡住的地方也近。

刚踏进院门，就瞧见李阿婆搓着手等在了门口。

见到他们两个人的身影，她立刻迎了出来，瘦弱的身子骨被冷风吹得直晃，叫白荔看着心疼。她想劝李阿婆先回房间里待着，但老人家见到了孙子，又见到了她，哪里肯乖乖听话，浑浊的眼睛来回看着他俩，高兴得看不过来。

"嘟嘟呀，快来快来，婆婆都想你啦。"李阿婆一边颤颤巍巍地握住白荔的手，一边向她介绍道，"这位是我的孙子，肖清骏。你们两个是一起回来的吗？"

白荔笑笑，反握住李阿婆的手：“婆婆，我们先回房间里说，这里是风口，冷。”

肖清骏也在一旁帮腔道："是啊，奶奶。这里风大，我们也进去说。"

从大院门口到阿婆家里的路也不过一二百米的距离，话却好像说不完似的。

李阿婆家里很暖和，等那股暖意驱散周遭的寒冷，白荔才感觉重新活了过来。

"嘟嘟呀，来喝热茶。"李阿婆端起了茶壶，正想倒，被白荔接了过去。

白荔笑笑："婆婆，还是我来吧。"

"你见过我孙子了吧。"李阿婆也没推拒，倒杯茶水的事她就由着白荔去了，"你觉得怎么样？阿婆跟你说呀，我的孙子虽然是在国外待过段时间，但阿婆跟你保证，那些不良的风俗习惯可是绝对没有沾染的呀。"

两人说话的工夫，肖清骏不在。

他一进家里就上了楼，回自己房间里去了。

"阿婆，"白荔对李阿婆乱点鸳鸯谱搞得哭笑不得，"我们两个都不熟悉，你就不要操心这件事情啦，更何况——"

她话还没说完，李阿婆就喃喃地打断："哎哟，不熟悉没有关系的呀。这次清骏回国以后就不走啦，听说他也要去你的那个城市。阿婆不是想着你一个人在大城市里打拼，小女孩嘛，总是有很多生活上的困难，你就只管叫他帮你。"

"阿婆，这恐怕不可以。"轻慢的嗓音自门外响起，漫不经心地传进了屋里。

话语落下，门口走进来一个人。

白荔眨眨眼，瞧着纪霖洲身影疏朗地站在那里。

深色系的风衣，细碎的黑发干净利落，他正微抬下巴瞧着她。

她愣住："你什么时候到的？"

"刚到。"纪霖洲眉眼稍挑，"再晚一会儿，怕是女朋友都要被拐跑了。"

说完，他走进来牵住白荔的手腕，有一下没一下地摩挲着她漂亮白皙的腕骨。

"晚饭吃饱了吗？"他附在她耳边，低声细语。

白荔耳尖一热，娇嗔地说："吃饱了啊。你怎么每次都问我吃没吃饱，吃没吃饭，搞得像是在养猪。"

纪霖洲若有所思："好像也不是不可以，明天我买本《养猪手册》来看看？"

"哎！"白荔轻轻地捣了捣他的小腹。

两人之间亲昵而熟稔的互动，仿佛将其他人都隔绝在外。

虽然这是纪霖洲有意要营造的氛围。

李阿婆瞧见纪霖洲的时候也是愣了好半晌，过会儿才想起来他是去年那个诚越的漂亮小伙子，便诧异地说："你们两个人是什么时候……"

"婆婆，一直没来得及和你说，"纪霖洲执起白荔的手，放在薄唇边亲了亲，"嘟嘟现在已经是我的女朋友。"

277

气氛稍微静了静。

李阿婆有些尴尬和错愕,白荔羞赧到手足无措,还有进了房间就不知所终的肖清骏,唯一能保持得体微笑,甚至身心都愉快的,也就只有纪霖洲本人了。

从某方面来说,纪霖洲的占有欲还真是强大到可怕。察觉到某人正似有若无揉捏她的手指,白荔默默地想。

番外二
心甘情愿

过年在即，年货也在准备起来。

钟陈怡一大早就走街串巷，约着七大姑八大姨奔向了市集。原本钟陈怡也想叫白荔的，不过见她在睡也就没吵她。

说起来，钟陈怡在和白军分居以后，性格好像确实改了不少，至少不再像从前那般强势，强势到几乎不给其他人喘息的空间，和白荔的相处中也在慢慢地收敛她的尖锐。

随着客厅里的人一个接着一个地走了，整间房屋都在慢慢安静。

窗外稀薄的光线照进来，交谈声和脚步声都越来越远，像是被隔绝的另一个世界。

白荔是被纪霖洲的电话吵醒的。

其实她原本是没有睡懒觉的习惯，只是在信义集团工作以后，每天加班的生活成了常态，这样一来，休息日难得的忙里偷闲就成了她为数不多的快乐之一。

她还困倦懒散，接电话也是有气无力地哼哼。

"还没醒。"纪霖洲低沉的嗓音透过电话传过来，"是懒猪吗？"

"说吧,你大早上扰人清梦是什么意思?"白荔把手机贴在耳朵边,眼睛连睁都没睁。

想起昨晚在李阿婆家里的事情,她现在还十分尴尬。

李阿婆在得知了白荔和纪霖洲在一起以后的事情,也没说什么,只笑着拉过白荔的手,问她一些家常的话,例如什么纪霖洲对她好不好啊,或者有没有让她受气的地方等等。

说到底,李阿婆还是偏心自己家的小孙子,毕竟怎么说也是自己家里的孩子,底细清楚。

"你昨晚回去得早,想多见见你。"电话那边传来温和的声音。

她昨晚回得确实早,屁股还没在阿婆家里坐热,就被钟陈怡叫了回去。不过白荔舟车劳顿一天,确实想早点回去休息,也想让纪霖洲早点休息。

白荔默默地顿了会儿,勉强睁开眼睛,拿过手机看了眼通话界面,声音难得放软:"那你今天有什么打算吗?"

"和你出去逛逛。"纪霖洲说。

白荔想了想觉得可以,她也确实好久没怎么逛过街。

答应了和纪霖洲出去以后,白荔又窝在被子里几分钟才终于爬了起来。

哪怕是临近过年,街道上依然车水马龙。

人来人往,巷口穿梭着卖东西的小贩,汽车鸣笛声此起彼伏,与周遭的环境交相辉映。

白荔今天小小地打扮了一番,她还简单地化了个淡妆。工作上的早九晚九导致她平时化妆的次数不多,不过这次不一样,和纪霖洲出去逛逛街,她到底还是想多打扮打扮。

小姑娘穿着浅色的绒袄,素色的牛仔裤衬得双腿笔直修长,略施粉黛的脸颊染了抹红晕,也说不清是天气冷的,还是她在羞赧。

她站在人群里,却让纪霖洲一眼就能看见,仿佛四周景物全部失了色,唯独有她。

"等很久了吗?"白荔也瞧见了纪霖洲,小跑两步跟了上来。

纪霖洲单手揣进口袋里,另一只手紧紧地牵住了她的不肯松开。他语调轻慢懒散,却俯低身体认真地看着她:"是啊,等了很久。所以,有没有什么补偿？"

其实他是知道白荔容易害羞的性子，在她还在读高中的时候，就总是沉沉闷闷的。那时候他也喜欢逗弄她，不过跟现在存的心思大不相同罢了。

白荔蓦地踮起脚，在他清隽的面颊上留下了蜻蜓点水般的吻。

"这样可以了吧。"她小声地说。

纪霖洲愣了一秒，随后笑笑："不够，再亲一个。"

小姑娘水润的杏眸登时瞪圆，哼哼道："你不要得寸进尺。"

"嗯，我还喜欢得意忘形。"纪霖洲牵着她的手放在唇边亲了亲，"吃早饭了吗？"

白荔刚想说什么，但瞬间想起纪霖洲的养猪言论，便立刻补充道："我们先去逛逛吧。"

很显然，她的小计策根本不起作用，她还是被纪霖洲洞悉到了没吃早饭。于是纪霖洲带她去了镇中心后巷拐口的一家早餐店，说是早餐其实已经不太准确了，因为白荔他们到的时候，早餐店的东西都卖得差不多了，还剩了些包子和粥。

原本白荔想去吃火锅或者烤肉之类的，但被纪霖洲拒绝。

他的原话是："你忘了自己做完胃镜出来痛哭流涕的时候了？"

白荔瞬间就说不出话来，她到现在还记得自己当时在纪霖洲面前有多丢人。

吃饭的地方距离镇中心很近，周遭吵吵嚷嚷的，卖东西的小商贩和来这里逛街的行人络绎不绝，喇叭的声音隔着早餐店的门都能传进来，但这样的地方却充满了人间烟火气息。

早餐都是买给白荔吃的，纪霖洲撑着下巴在对面看她。

白荔咬了口肉包，忍不住说道："你不吃吗？"

"我看着你吃就行了。"纪霖洲轻声哄道。

白荔："光看着我吃就能饱啦？那以后也不用种粮食，让农民伯伯天天盯着我吧。"

知道她在闹别扭，纪霖洲忍着笑："那怎么行啊，我自己的老婆，怎么能随便给别人看？"

"谁是你老婆？"白荔蓦地脸颊一热，一股温热气息涌了上来，她差点咬了舌头，"还、还不算是好吧。"

纪霖洲也不在意她的反驳，慢条斯理道："总归要是的。"

偏白荔就想跟他唱反调似的："以后也说不准哦。"

话音落下，气氛瞬间冷了下来。

白荔抬眸，顿时撞进了纪霖洲深沉的黑眸里。

他的眼睛眯了眯，有那么点一刀戳进要害的感觉，随后笑得意味深长："你可以试试。"

白荔"唔"了声，避开他的视线："你凶我。"

"我哪有凶你？"纪霖洲被她突如其来的小委屈搞得哭笑不得，小姑娘都不想嫁给他，他才是该委屈的那个人好不好，有没有地方说理去。

见白荔仍然委委屈屈地偏着性子，纪霖洲放软态度："那我错了好不好？我态度有问题，我不该这样严厉地和你说话。"

"那你该怎么说？"白荔微一挑眉，她突然发现，这个套路对待纪霖洲还蛮好用的。

纪霖洲朝着她笑得暧昧，手里的动作却没停，给她又添了杯豆浆："到床上说。"

白荔："……其实我觉得你不说话也蛮好的。"

早餐店的小插曲很快就过去。

虽然说是出来逛街，但白荔购物的欲望并不大。她和纪霖洲走了一圈，两个人手牵着手，步伐不快不慢地没入人潮中，时不时会低声说上几句对方才听得到的悄悄话。

走到大院附近的公园时，白荔刚抬头，正巧就看见了篮球场中的人影。

这两天临近过年，白天公园里都没有什么人，毕竟白天买年货再加上走街串巷，总是觉得时间像是不够用。

空旷的篮球场，只有肖清骏一个人。

他打球打得热了，将外套都脱了下来，只穿着里面的羊绒毛衣。

肖清骏也看见了他们两人，投篮的动作一顿，和白荔的视线微一撞又很快地移向了纪霖洲。随后,肖清骏才懒散地收回了视线,手里的篮球一抛,投出了漂亮的三分球。

球"砰砰砰"作响,衬得四周越发寂静。

肖清骏擦了把汗,朝着纪霖洲走过来。

他眉目漆黑,在看向纪霖洲一瞬轻启薄唇:"打一局?"

"可以。"清淡的两个字出口,像是灌进了风里。

在白荔还没反应过来这两个人是什么情况,就见纪霖洲牵着她的手走向篮球场。

"你们——"她眨眨眼,似乎想说什么,但又不知道该说什么。

"没什么,玩一会儿。"纪霖洲抬手捏了捏她的脸颊,手下的力道不轻不重,更像是爱抚。

"那你们注意安全?"白荔想了想,补充道。

这两个人一个是纪霖洲,另一个是肖清骏,不知道是不是她的错觉,她总觉得他俩之间无形中有种针尖对麦芒的对峙感。

两个大男生打起球来还是很赏心悦目的,毕竟又高又帅弹跳力还强,攻防之间的拉扯也是有来有回的。

几场下来,纪霖洲细碎的发丝已经被薄汗打湿,清隽的脸颊也泛起潮红,倒是衬得眉目疏朗。

趁着白荔去买水的工夫,纪霖洲一屁股坐在了肖清骏的旁边,他下颌微抬,眼神看向对方。

纪霖洲没说话,男人之间的交流有时候不需要太多。

"怎么想的?"纪霖洲轻抖手指,他的手指因为打球而变得通红,温热的鼻息与冷冽的空气缠绕,呼吸都是冰冷的。

肖清骏背靠着身后的台阶:"你指白荔?"

纪霖洲没说话,递过去一个眼神。

李阿婆想让肖清骏和白荔相亲的事,纪霖洲正好听到。原本他以为对方跟白荔又不熟悉,更遑论有什么感情,在知道白荔有男朋友以后的第一反应怎么说都应该退让。

但他在肖清骏的眼神里看到了无所谓。

肖清骏似乎不太在意白荔有没有男朋友，有能怎么样，没有又能怎么样。又不是所有的感情在有了男女朋友这样的名称就能够永远稳固，不过肖清骏还不屑于用什么手段插足。

他可以等，他一向对想要达成的目的很有耐心，在成功前，他甚至不起丝毫波澜。

肖清骏对李阿婆是有愧疚的心思在，见老人家喜欢白荔，他也爱屋及乌。这个认知让纪霖洲多少有点在意。

男人看男人，总是格外准。

离着不远的距离，他看见白荔小跑的身影，于是站起身。

休息过后，那股因为打球而萌生的燥热已经完全消退，纪霖洲居高临下地看着肖清骏，突然说道："我想你还是不够了解感情这个东西，它不是物品，没有办法用价值来计算衡量。我不知道你执着的原因是什么，不过，我劝你趁早死了这条心。"

"是吗？"肖清骏不为所动地笑笑。

他的视线也顺着纪霖洲的目光看过去，看见白荔由远及近地跑过来，手里还拿着两瓶饮料。

纪霖洲很慢地说："是啊。"

下午没逛多久，白荔就吵嚷着累。

她确实不爱逛街，纪霖洲知道。

两个人没回白荔家，也没有去李阿婆家。纪霖洲带着白荔回到了他住的酒店，刚打完球，浑身汗味，他忍不了。

酒店的房门打开，白荔打量了纪霖洲住的地方。这房子是套间，里面的是卧室，中间还有个不大不小的客厅，而靠近客厅的一侧，是用磨砂玻璃围起来的浴室。

简而言之就是，在客厅看浴室，朦朦胧胧中好像能看到点什么，又好像看不到，犹抱琵琶半遮面的。

纪霖洲显然跟白荔不见外，到了酒店刚进门就脱了上衣，腰带一松，裤子松松垮垮地挂着，他没穿上衣，露出了大片的胸肌和腹肌，隐隐约约能看清人鱼线自上而下的走势。

他常年练习击剑，体能锻炼自然也是必不可少的，因此身材线条格外明朗好看，可以说是穿衣显瘦，脱衣有肉。

白荔登时脸颊像是被滚烫的开水冲过，连带着耳梢都在冒热气。她不自在地僵在原地，明明想要移开目光，却尴尬得动弹不得。

眼看着纪霖洲还要继续脱，她终于忍受不住出声阻止："你不会是要在客厅脱完衣服再进去吧？"

"不然呢？"纪霖洲挑一挑眉，看她，"不脱光衣服怎么洗澡？"

白荔脸颊红得要滴血了："拜托，我还在房间里哎，你能不能不要这么不见外。"

老天爷啊，她还是喜欢见外一点的纪霖洲。

本来纪霖洲还想再逗逗白荔，可没想这小姑娘太紧张，转身朝卧室里跑的时候扭到了脚。他走过去，臂弯撑起白荔纤细的双腿："跑这么急做什么，真当自己有穿墙术？"

"还不都是你。"白荔小声怪他。

纪霖洲心疼得要命，哄道："好好好，怪我怪我。躺床上，我帮你揉揉。"

这床很软，白荔刚躺下就陷了下去。

床单间有很淡很淡清冽好闻的味道，像是纪霖洲周身的味道，白荔脸颊的潮红持续不退，她眨眨眼看向纪霖洲。

近距离看，他肌肉的线条更加清晰。

"脚踝都能崴肿，该夸你厉害，还是该教育教育你？"纪霖洲蹙眉，看着白荔脚踝处明显肿起的地方，"我给你出去买点药。"

"不用啦。"白荔突然拉住他的手腕，"把我手机拿过来，我从外卖平台定一下就好。"

"那不是要等很久，送过来怎么都要一个小时左右了吧。怕你疼，我出去给你买。"

说完，纪霖洲穿好了衣服。

临走前他凑过来，在白荔的唇边亲了亲："等我回来，乖乖地躺床上，别乱动。"

蜻蜓点水般的吻，纪霖洲的动作很温柔。

等纪霖洲出了门，白荔才觉得自己心跳如擂鼓，快得仿佛要从嗓子里蹦出来。

她暗恋过纪霖洲，也讨厌过纪霖洲。

可真正在一起以后，这些亲昵的、暧昧的小动作虽然让她无所适从，但她却不讨厌。

纪霖洲出去了约有二十分钟，就拎着一袋药回来。

纪霖洲轻轻把白荔扭伤的地方涂好了药膏以后，就进了浴室。

没多久，水流声"哗啦啦"地响起来。

因为脚伤不方便，白荔晚上没回去，她给钟陈怡打电话报备了一声，又看到了手机屏幕显示的陌生号码。

接通以后才知道这个号码竟然是肖清骏的，是李阿婆让他来问他们两个要不要晚上一起去吃个饭，不过白荔以脚伤为由拒绝了。

肖清骏闻言也只温声嘱咐她好好休养。

挂了电话，正好纪霖洲穿了条松垮的棉质睡裤走出来，他发梢湿黑，水渍顺着修长的脖颈慢慢滑了下来。

"谁的电话？"他有一下没一下地擦拭着头发，目光却定定地看向白荔。

白荔窝在床里，脚踝涂抹了药膏以后有股丝丝凉意，一定程度上的确缓解了她的疼痛。

她说："肖清骏的，阿婆让我们两个人去家里吃饭。"

"嗯，你拒绝了？"纪霖洲说。

白荔点点小脑袋："我的脚疼着啊，估计就是去了也是到处添乱的，根本走不动。"

话音落下，她的视线一直盯着手机里的工作群，看大家在说什么消息。身旁的床铺突然塌陷了一块，湿润的沐浴液味道散过来，她的腰间很快就压过来一只手臂。

纪霖洲似有若无地揽紧她的腰身，附在她耳边问："如果，我是说如果。"

"什么？"白荔觉得他反应奇怪。

纪霖洲又紧了紧手臂:"肖清骏要追你,你会喜欢他吗?"

"不会啊。"白荔莫名其妙地看他一眼,那句"我喜欢的人是你啊"还是闷在心里。

纪霖洲仍然像是没什么安全感似的:"那如果,你没有碰见我呢,你会喜欢他吗?"

"你这个问题好奇怪。"

"只是想得多了,问问。"

"首先,"白荔斟酌片刻,"人和人相遇的顺序是已经注定的,没有如果。"

"其次,你问的问题已经不成立,自然说什么结果都是悖论。"白荔察觉到了纪霖洲不安的情绪,只是她不知道纪霖洲这股不安从哪里来,或许是他们之间发生过太多的事情。

于是她宽慰道:"我想,我是最喜欢你的。

"在很多年之前。

"在无数次你肯站出来帮我的时候。

"在我高三快要放弃的时候。"

他揉了揉她的脑袋:"嗯。"

纪霖洲没说什么,但他的回应却仿佛比那些话表达的内容还要多。

"对了,有个东西我一直想送给你。"

白荔好奇地探出小脑袋:"是什么东西呀?"

纪霖洲从客厅的箱子里拿出一个礼盒,走到了白荔的面前打开,里面安静地躺着一枚钻戒,说道:"是我很久很久以前就想送给你的,一直都没有合适的时间。

"等到你准备好,等你毕业,等你心甘情愿。

"然后,我们结婚吧。"

良久,小姑娘缓缓地说道:"好。"

番外三
"哥哥"

2003年的夏,天闷得不透气,蝉虫的鸣叫声越来越响,和着空气中的阵阵热浪,人们仿佛置身于巨大的火炉里。

这个夏季格外闷热,晌午更是,只稍微在太阳下站一会儿,便满身是汗。院门口的路还没修,铺满沙子的道很快就烫透了鞋底,像是滚滚热焰。

一大一小的人影已经走到了四合院的门口,梧桐树投下了一片阴凉,但闷热感丝毫没散。远远瞧着,能看见门缝里几个小孩跑来跑去的身影。

"霖洲,我们要在陈奶奶家住一段时间。"蔡嘉禾拎着行李箱的手一顿,目光看向落后半步的少年,才十二三岁出头的年纪,但个头比同龄的小孩子要高很多,"这里也有很多小朋友,你不可以和他们闹矛盾,知道吗?"

"你比他们大很多,你是哥哥。"蔡嘉禾语气温和,"哥哥要谦让弟弟妹妹。"

闻声,纪霖洲视线稍抬,眼底淡漠乖戾,像是蛰伏起来的野兽幼崽。

他戴着耳机,清隽脸颊上仍能看到打架斗殴后的瘀青痕迹,似有若无地应了声,他声调懒散,算是对蔡嘉禾的保证。

蔡嘉禾收回视线,攥紧了行李箱的拉杆。

若不是因为特殊情况，其实她并不想带着纪霖洲来到小镇。

她正头疼纪霖洲的转学问题，思来想去也只能找到纪珩盛当初的战友来帮帮忙。

正值青春期的男生，在学校里打了两场架，回家以后也不跟父母沟通，还是班主任打来电话，她这才知道纪霖洲在校的状况。

也是那时候她才发现，原来纪霖洲已经沉默寡言了许久。

想到这里，蔡嘉禾想起纪霖洲所有的细微变化，或许是因为他弟弟纪嘉珩的那句玩笑话。

——奶奶说我哥不是亲生的，是从垃圾箱里捡回来的。

一向对什么事情都漫不经心的纪霖洲，唯一一次和纪嘉珩吵得很凶。

自此之后，纪霖洲在学校里被处分的事情也就越来越频繁。

小到迟到、早退，大到打架、斗殴。

蔡嘉禾刚领着纪霖洲到大院门口的时候，院里的几个小孩好奇地从草垛间抬起脑袋，纷纷将视线投了过来，抻长了脖子半晌都不动。

听见了外面的动静，四合院北侧的大门开了道缝隙，"吱呀"一声，门里走出来一个六十多岁的老奶奶。

"不是说下午才到。"老太太操着一口不算流利的普通话，沾了点油腥的右手在腰间的围裙上蹭了蹭，这才笑眯眯地走近，"我以为你们下午才来，饭菜都还没做好。"

"客车临时改了时间，打家里电话没人接。"蔡嘉禾笑笑，和老太太寒暄了两句。

话音稍顿，她拍了拍纪霖洲的肩膀："这是陈奶奶，小时候你爸爸经常来陈奶奶家里蹭饭，算是我们家的旧相识了。"

纪霖洲不轻不重地喊："奶奶。"

"哎哟，过去的事总提它做什么。"老太太嘴上否定，但笑意立刻堆积起来，眼角都挤出来三条皱纹，"珩盛还忙着呢，好长时间没见了。"

蔡嘉禾说道："是呀，他人忙，要出差好一阵。"

两位大人的寒暄客套，纪霖洲听得不耐烦。他单手揣进裤兜里，自顾自地朝着远处的树荫走过去。

少年的背影瘦削单薄,白衬衫套在他身上,两只细胳膊从空荡荡的袖口垂落。热浪很快将他包围,脚边的石子也被他一脚踹出去很远。

瞧着孤僻又落寞。

蔡嘉禾长叹口气,收回视线。她现在开始担心纪霖洲的叛逆期……

如果让他知道亲生父母的事情,恐怕这孩子会完全崩溃到不能接受吧。

"霖洲,别走太远。"蔡嘉禾还是不放心地嘱咐了一声。

少年懒散地挥了挥胳膊,头也没回。

这院子不算大,院中央的梧桐树旁边有口水缸。蝉虫聒噪的声音便从树叶缝隙里发了出来,一阵一阵地和着。

而落在水缸木头盖子上的树叶,已经被烈日晒得发卷。

那几个小孩这会儿便蹲在水缸的旁边,正叽叽咕咕地说着什么。

"她会不会被闷死?"

"不会啊,我被我妈打的时候就经常躲在里面。"

"而且你没听到她一直在念什么吗?我看她完全没事。"

"她好像在数时间,真是个怪人。"

"白荔一直是这样啊,她之前都没被虫子吓到,我就知道她肯定是个怪胎。"

"也是,还不是借着楚楚爸爸的名义,才能跟我们住在一起。"

"我们才不要带着怪胎一起玩。"

小孩子之间也会有群体,排斥新来的很正常。

纪霖洲兜里的耳机线掉了出来,他摸到了携带过来的BB机。

几个小屁孩叽叽喳喳的声音太吵,他懒得理会。

正准备听音乐,倏地,水缸里隐隐发出什么声音。

他动作一顿,黑眸稍抬,轻慢地划过院中央的那群小孩。

那群小孩顿时就心虚得跟什么似的,连大气都不敢喘。

一时间,四周寂静。

而水缸里软糯的声音也逐渐变得清晰。

"三千五百二十八秒。

"三千五百二十九秒。"

"三千五百三十秒。"

"呼……"很沉闷的呼吸声，但小姑娘的音调却很甜软。

"三千五百三十一秒。"

纪霖洲自认并不是多管闲事的人，他正淡漠地准备收回视线。

"咳咳……"小姑娘停顿下来。

但也仅停了一秒——

"三千五百三十二秒。"

好像这么数着时间，就能够有足够的勇气去面对，就能够镇定下来。

这道软糯的声音虽然小，却很平静。

纪霖洲垂眸扯了扯耳机线。

阳光透过树叶的缝隙洒落，纪霖洲想，他估计是被日光晒得发晕，才会想知道水缸里被欺负的小孩到底是谁。

夏日烦闷，小姑娘的声音却如同清凉的风，就这么传了过来。

纪霖洲转了个身走过去，步伐停顿在水缸前。

旁边的几个小孩立刻局促地僵直不动，几乎下意识地看向他。

纪霖洲懒洋洋地问了声："里面是谁？"

几个小孩面面相觑也说不出个一二三来。

许是他脸颊受伤的痕迹让他看起来多了些痞气，成功震慑住他们。

于是最右侧的男生怯懦地说道："是……刚搬过来的。"

"叫……白荔。"

纪霖洲抬着下巴瞧了他们片刻，散漫地说道："你们还留在这儿做什么？"

仗着几个小孩怕他，纪霖洲面色冰冷，漆黑的眸深沉："嗯？"

他的话好像有什么巨大的压迫力，几个小孩哪里还敢逗留，纷纷逃似的跑回了家里。

院里瞬间就空旷安静下来。

纪霖洲单手撑起水缸上的木盖。阳光渗进去，小姑娘脸颊涨得通红，不知是怕的还是热的，杏眸噙着茫然的雾气，湿漉漉如同小鹿的眼睛。她正蜷缩着娇小的身体，小脑袋从膝盖间抬了出来。

但她并没有动，只是怔了怔。

小姑娘七八岁的年纪，在被其他小孩子这么欺负以后，她没哭也没闹，只是在看到纪霖洲以后，愣了一瞬，连时间都忘了继续数。

空气中萦绕着很淡的清香味道，似是小姑娘身上的奶香味。

"没事，出来吧。"停顿许久，纪霖洲才听到自己在说话。

语气多少带了些安抚的诱哄意味，连他自己都觉得不可思议。就在上一秒他还是以大欺小的恶人，这会儿倒成了什么好人。

也是挺有趣的。

小姑娘沉默了片刻，像是仍不敢完全相信他。

她试探地瞥了他一眼，收回；再接着瞥了他一眼，再收回。

如果水缸里换成其他人，恐怕纪霖洲早已经没了耐心。可这会儿，眼前的小姑娘看着可爱，纪霖洲难得起了逗弄的心思。

他的胳膊撑在水缸的边缘，俯低身子，看着水缸里的小姑娘似笑非笑："不出来？还想在里面住一晚？"

"不……不是。"小姑娘脸颊的热度已经蔓延至耳朵，通红通红。

纪霖洲目光轻慢地看了看，撑着下巴："那我盖上？"

"别。"小姑娘慌忙抬起视线，目光和他相碰，"我、我这就出去。"

迟疑了几秒，她又慢吞吞地说道："那如果我出去了，还会有其他的惩罚吗？"

敢情她以为自己和那几个小孩一样，准备欺负她的？纪霖洲被气笑了，看不出来自己是来救她的也就算了，竟然还误会他。

"嗯。"纪霖洲神色淡淡，"有。"

小姑娘像是没预料到他这么直白地说了出来，杏眸登时就变圆，这么小的年纪根本不会掩藏自己的情绪，她眼底的诧异被纪霖洲瞧了个一清二楚。

"什么惩罚？"她沉默了一会儿，刚想迈出去的动作停住，像是在思考自己能不能承受。

纪霖洲眉眼稍挑："你出来我再告诉你。"

他不紧不慢地问："你叫白荔？"

她抬起视线，点着小脑袋："嗯。"

犹犹豫豫的模样简直可爱得要把棉花糖都融化。

"这样吧，"纪霖洲饶有兴致，"你叫声哥哥，我就不为难你。"

小姑娘也老实乖巧，闻言，便乖乖巧巧地叫了声："哥哥。"

"嗯。"

有了纪霖洲在，白荔好像真的有了名义上的哥哥。院里的小孩们都怕他，于是也不敢再跑过来招惹白荔。

原因无他，每一次他们想欺负白荔的时候，纪霖洲都会刚巧出现在不远处。他倚靠着院里的那棵梧桐树，神色懒散，薄唇弧度抿得平直。然后他走过来单手就能把他们几个小屁孩提起来扔出很远，又或者随手捡了几块石子，稳准狠地打在这群欺软怕硬的小屁孩屁股上。

很明显，他不是来讲道理的，而是来给白荔撑腰的。

仅此而已，就这么简单。

打又打不过，几个小屁孩的个头还没到纪霖洲的腰，于是他们立刻变得老实，不敢欺负白荔，也不敢去招惹纪霖洲。别看他们年纪小，但才七八岁的年纪就已经学会抱团欺负人，也自然会懂得见人下菜碟。

这么过了几天，沉闷了许久的天气终于降了温。远处乌云慢慢散过来，一早起来就不见太阳。

空气潮湿，阴沉灰蒙的天。要下雨之前的温度，闷得像是不能透气。

屋外都沉闷，就更别提屋内了。

纪霖洲冲了个澡，还不到片刻的工夫，潮湿黏腻的感觉又附着上来，紧贴着皮肤。

他讨厌夏季的雨天，令人浑身都不舒服。

家里陈奶奶在吹着风扇睡觉，蔡嘉禾不在，估计是出门找钟陈怡去了。钟陈怡就是那个叫白荔的小孩的妈妈。

纪霖洲待得烦闷，打算出去走走。

他刚到门口,便听到几声严厉又尖锐的责骂声。他倚靠着门,单手揣进了裤兜里。

他视线轻慢地看了过去。

小姑娘站在院中央,而旁边还有两个大人。

一个年纪较大的老太太似乎是白荔的奶奶,旁边的中年男人是白荔的继父,而不远处还有个小心翼翼探出半个脑袋的小孩,是白荔异父异母的姐姐。

也不知道小姑娘犯了什么错,奶奶的责骂吵得四合院里住的人家都能听见,一边咒骂,一边时不时还动手打小姑娘的掌心。

纪霖洲稍有不耐烦地掏了掏耳朵。

聒噪。

不过白荔也没哭,愣是忍着情绪一言不发。

还挺倔的。纪霖洲抱着手臂想。

好在今天没什么阳光,不然站了这一会儿就已经摇摇晃晃的小姑娘,换成前两天肯定要中暑。

他不紧不慢地听了个大概,好像是家里比较值钱的古董花瓶打碎了,老太太怀疑是白荔打的。

但白荔很倔地不承认,说不是她打碎的,是姐姐打的。

老太太估计也是个偏心的,压根儿不信,一个劲地责骂着白荔小小年纪不学好,就知道撒谎骗人。

车轱辘的话说了一遍又一遍。

沉闷的空气,白荔额前早就覆盖了一层薄薄的汗渍。

"我再问你一遍,花瓶是不是你打碎的?"老太太的气势比先前更凶。

白荔敛了敛眼眸,汗珠挂在了眼睫上,正一滴滴地往下掉。她咬着牙:"不是。"

她没有做过的事情,她不会承认。

"啪!"

木棍狠狠地打在了她的掌心,像是被打得多了,连疼痛的感觉都迟钝了似的。

"小小年纪你学什么不好,非要学撒谎。

"那为什么花瓶碎的时候只有你在旁边,你姐姐根本都不在,你还想污蔑。"

"我就知道你和我们家不是一条心,果然是这样。"

原本旁边的白军想劝老太太两句,可是老太太脾气上来,哪里容许白荔忤逆着她。

白军刚开口说两句话,就被老太太一个狠厉的眼神给瞪了回去。而且旁边的人越劝,老太太的脾气越大。

其实众人心里谁不清楚花瓶是怎么打碎的呢,又有谁不知道一个花瓶而已,何必闹得这么兴师动众。

左右不过是别人家的事情,旁边的邻居就算是看见听见,也不会去管。

俗话说,清官难断家务事。

"我没有撒谎。"

"承认是我,才是撒谎。"

白荔一字一顿地说。

她声音很小,也许奶奶他们也可能没听见。

也不知是天热还是感冒的关系,白荔感觉头晕晕沉沉的,看东西也渐渐模糊。

空气很闷,闷得她几乎喘不过气来。

倏地,手腕突然一阵冰凉。

白荔诧异地抬起眼,就看见少年疏朗地站在她面前。他眉目清隽,漆黑的眼眸像是夜里的星,嘴角荡开一抹笑意。

"我有事找你。"纪霖洲懒懒地丢了三个字,也不管旁边的老太太和白军呆愣着,径直拽着白荔的手腕往院门口走。

白荔站得太久,双腿早已经发麻,酥麻了一瞬,她半推半就地被拉扯过去。

两个人走出去很远,一直走到了东边的河。

昏沉的天阴了下来,能听到风吹动草丛的"窸窣"声和流水潺潺声。

掌心里的手腕纤细白皙，他轻轻一握就像能折断似的。

余光瞥到，纪霖洲松了手。

"哥哥，你找我什么事……"身后的小姑娘亦步亦趋，软声问道。

纪霖洲看向她。小姑娘低着脑袋，两只白嫩的小手乖巧地揪在一起，好像是个受气包似的。

不知怎的，纪霖洲只觉得心口闷了股无名火气。

"没什么事，"他懒懒地说，"我在帮你解围啊，这也看不出来。"

白荔语塞，顿了几秒。

她知道这种做法并不会帮她解围，从这里回去以后，她还是要面对奶奶的责骂和继父的质疑。不过有什么关系呢，哪怕片刻的平静对她来说，也是好的。

继父家里的奶奶不喜欢自己，白荔不是感觉不到，只是她不想去思考而已。有的时候，想得越多，绕来绕去反而让自己越在意。

她和白军一家人，本来也没有什么血缘关系。

两个人沉闷了一会儿不说话。

纪霖洲突然从地面捡了块石子，他侧着身"嗖"地将石子扔向了河面。石子连蹦了几下以后，很快就沉入了河底。

"你试试。"他说。

白荔听了忙摆手："我不会。"

"试试有什么关系。"纪霖洲又捡起来一块，递给她。

骨节分明的手指，修剪得圆润干净的指甲和递过来的青灰色的石块。

白荔从他那里接过石子，学着他的动作有模有样地扔了出去。

可是明明动作、角度都看起来差不多，但她的石子直接划出一条抛物线，无声无息地就掉进了河水里。

白荔稍微有点沮丧。

倏地，脑袋一沉，她抬起视线看了过去。

纪霖洲浑不在意地摁了摁她的脑袋："再试一次。"

"不了……"白荔刚想拒绝。

他突然走到她的旁边，耐心地替她摆正角度姿势，并告诉了她怎么用力。

石子甩出去的时候，之前淤积在心底的所有沉闷好像都随之烟消云散。

这一次她终于成功了！

白荔忍不住弯着杏眸笑了笑，下意识转过头去看向纪霖洲。

清凉的风驱散了周遭的闷，轰鸣的雷声由远及近。

纪霖洲没预料到小姑娘会突然转过来，没来得及撤开些距离，这么撞了个正着。

他一怔。

谁知下一秒，小姑娘像是被雷声吓到了似的，猛地抓向了他的衣角。

"你怕打雷？"他略微沉思。

小姑娘缩了缩，瓮声瓮气地回答："嗯……有一次过年被他们关起来过。"

当时，那几个人在她房间的窗下放了一排的鞭炮。

纪霖洲大约猜到了发生什么，便没再多问。

雨下得突然，雷声还没结束，雨点就"噼里啪啦"地落了下来。

纪霖洲送了小姑娘回去。

不过自那天后，他便再也没见过白荔。偶有几次在院里见到，对方的奶奶也会突然出来撵着白荔回家。

听蔡嘉禾说，那天下雨白荔着了凉，回去之后就高烧不退，一直到现在才好了一点。

纪霖洲敛了敛眼眸。

临走那天，纪霖洲收拾好了东西准备和蔡嘉禾离开。

到了大院门口，突然南侧的房门突然打开，小姑娘脸颊通红地跑了过来。

纪霖洲脚步一顿，视线撞上，他垂眸："病好点了吗？"

他不咸不淡地问了一句，也没带什么其他的情绪。

小姑娘先是点点头，然后又突然涨红了脸颊。

她抬起的杏眸湿漉漉的，连发梢都沾着水汽："哥哥，我还能再见到你吗？"

297

纪霖洲一顿，想说出口的话突然哽在了喉咙里。

"会吧，还会再见面吧。"

他说。

番外完